Brigitte Lamberts / Ursula Schmid-Spreer (Hrsg.)
Mallorca mörderisch genießen

Wellhöfer Verlag
Ulrich Wellhöfer
Weinbergstraße 26
68259 Mannheim
Tel. 0621/7188167

info@wellhoefer-verlag.de
www.wellhoefer-verlag.de

Titelgestaltung: Uwe Schnieders, Fa. Pixelhall, Mühlhausen
Satz: FPW Verlagsdienstleistungen
    www.fpw-verlagsdienstleistungen.de

Die Erzählungen sind frei erfunden. Ähnlichkeiten mit wirklichen Personen oder tatsächlichen Ereignissen sind nicht beabsichtigt und somit rein zufällig.

2. Auflage 2017

© 2016 Wellhöfer Verlag, Mannheim

ISBN 978-3-95428-188-6

Brigitte Lamberts / Ursula Schmid-Spreer (Hrsg.)

Mallorca mörderisch genießen

Inhalt

Rezepte

JAN LAMMERS

Fischfutter

Porto Cristo

Pau hatte ihn von Beginn an nicht ausstehen können.

Was für ein armseliger Trottel, dachte er sich, nachdem er Leutnant Francisco Montero in der Bar *Ca na Bel* zum ersten Mal begegnet war.

Zuvor war er wie gewöhnlich kurz vor Sonnenaufgang mit seinem kleinen Fischerboot *Meeresblume* auf das Meer hinausgefahren und gegen Mittag wieder durch die geschlungene Bucht in den Naturhafen von Porto Cristo zurückgekehrt. Anschließend brachte Pau den Fang an Land und breitete die Netze in der Sonne zum Trocknen aus, während sein Blick immer wieder auf die zahlreichen kleinen Höhlen fiel, die sich am Fuße der Steilküste befanden.

Ihn fröstelte allein schon bei dem Gedanken, dass in den feuchten Coves Blanques, die vom Land aus zugänglich waren, früher einmal Menschen gehaust hatten. Wesentlich angenehmere Erinnerungen hingegen weckte in ihm die Cova des Correu, zu der Pau in seiner Jugend unzählige Male mit Freunden hinausgeschwommen war. Ihr hoher, gewölbter Eingang konnte nur vom Wasser aus erreicht werden, da er sich ebenso wie das unbegehbare Höhleninnere auf Höhe des Meeresspiegels befand. Die steilen, glitschigen Wände der Cova des Correu hatten die Jugendlichen einst auf die Idee zu ihrem Lieblingsspiel *Überleben* gebracht. Dabei galt es, sich so lange wie möglich an den rutschigen, nur wenige Hand breiten Felsvorsprüngen der Höhle festzukrallen, bis man entkräftet in das tiefe, erfrischende Wasser fiel.

»Was soll das heißen?« Das Geschrei des Leutnants Montero, der von den neuen Machthabern in Madrid zum vorläufigen Militärverwalter der Ostküste Mallorcas bestimmt und vom Festland in das entfernte Porto Cristo entsandt worden war, holte Pau jäh in die Gegenwart des Hochsommers 1939 zurück.

»Was soll das heißen«, wiederholte Montero mit schwerer Zunge, »dass es in Ihrer beschissenen Spelunke kein Lammfleisch gibt? Was für eine gottverdammte Scheiße ist das in diesem gottverdammten Kaff! Kümmern Sie sich gefälligst darum, dass sich das ab morgen ändert«, blaffte er Bel an, »ab morgen, haben Sie verstanden?«

Der verblüfften Wirtin, die eigentlich Isabel hieß und von jedermann im Ort einfach nur Bel genannt wurde, blieb keine Zeit zur Antwort. Bevor sie irgendetwas hätte sagen können, war Montero bereits wütend aus ihrem Lokal gestürmt und hatte sich fluchend auf den Weg in einen feuchten Verschlag am Hafen gemacht. Dieser diente ihm als vorläufiger Unterschlupf, bis er etwas anderes gefunden hätte.

Pau hatte sich während Monteros Wutausbruch seinem Glas Rotwein zugewandt. Ihn plagten im Moment ganz andere Sorgen als ein übergewichtiger Leutnant, dem offensichtlich die Macht zu Kopf gestiegen war und der meinte, seine fehlende Autorität durch Lautstärke, derbe Flüche und die beständige Wiederholung seiner Worte ausgleichen zu können.

Wenn die Insel seit dem Mittelalter etliche Pestepidemien überstanden hat, dachte er sich, dann wird sie auch noch einen cholerischen Militär vom Festland überdauern. Außerdem vertraute er fest einer mallorquinischen Erkenntnis, laut der mit der Zeit einem jeden genau der Platz zugewiesen wird, den er sich verdient hat.

Paus Gedanken beschäftigten sich mit seiner vor wenigen Wochen verstorbenen Mutter, die ihm ihr kleines Haus hinterlassen hatte, in dem er vor rund vierzig Jahren zur Welt gekommen war. An seinen Vater, der früh einer schweren Grippeepidemie zum Opfer gefallen war, konnte er sich kaum mehr erinnern. Als ewiger Junggeselle hatte Pau bis zum Tod seiner Mutter in der Nachbarschaft gewohnt, jetzt arbeitete er gerade daran, das Haus für sich selbst herzurichten. Neben den Gemüsebeeten im Garten stand noch immer der Blechzuber, in dem er einst als Kind von seiner Mutter gebadet worden war und der später als Waschtrog gedient hatte.

Jeden Sonntag zog durch die engen Gassen am Hafen von Porto Cristo ein würziger Duft, wenn Bel vor dem Lokal auf offenem Feuer ihre allseits gerühmte Fideuà de marisc zubereitete. Während die Nudeln im Sud vor sich hin köchelten, konnten es die hungrigen Fischer kaum erwarten, bis ihnen Bel endlich die dampfenden Teller vorsetzte. Ungeduldig saßen sie beim Wein zusammen, spielten Karten und strichen sich dabei bedächtig durch ihre dichten Bärte, die nach Meer rochen.

Einzig und allein Montero konnte mit diesem »Fischfraß«, wie er sich auszudrücken pflegte, nichts anfangen. Er bestand auf sein Lammfleisch, das er von Bel nahezu roh serviert bekam, um es genüsslich zu fasrigen Fetzen auseinanderzuziehen und begierig in die Blutlache auf seinem Teller zu tunken.

Die Rauchschwaden und das Aroma von Safran, Paprika, Knoblauch und den verschiedenen Meeresfrüchten der Fideuà verliehen dem kleinen Fischerort eine würdige Sonntagsruhe. Diese wurde allerdings seit einigen Wochen gestört, wenn der von einer durchzechten Nacht noch schwer angeschlagene Montero gegen Mittag in das Lokal wankte. Ein dumpfer Geruch von billigem Tabak, Alkohol und Schweiß, der aus jeder Pore seines aufgedunsenen Körpers strömte, haftete ihm an. Tag für Tag trug er ein und dieselbe bereits steif gewordene Uniform, die noch aus dem Bürgerkrieg stammte und ihm längst zu eng geworden war. Hinzu kam, dass der Leutnant es tunlichst vermied, sich wie die Einheimischen im Meer zu baden. Er konnte, ebenso wie viele andere Festlandspanier, nicht schwimmen und war zu stolz, dies einzugestehen. Jeder im Ort wusste allerdings von diesem offenen Geheimnis, denn er hatte bereits einige Male in höchster Not aus dem Wasser gerettet werden müssen, nachdem er sturzbetrunken ins Hafenbecken gefallen war.

Der verkaterte Montero hatte es besonders auf die anwesenden Fischer abgesehen. »Ihr Lumpenpack, ihr wart doch alle aufseiten der Roten. Nichts weiter als rotes Lumpenpack seid ihr, jawohl, das seid ihr«, ereiferte er sich.

Ihm stieß bitter auf, dass sich Porto Cristo zu Beginn des Spanischen Bürgerkriegs einige Wochen lang in der Hand der Republikaner befunden hatte und deshalb auch den Spitznamen Porto Rojo, der Rote Hafen, trug.

»Wenn ihr mir nicht bald sagt, wo die restlichen Waffen versteckt sind, lasse ich euch allesamt an die Wand stellen. An die Wand gestellt gehört ihr, allesamt«, schrie er und streckte dabei energisch seinen Arm durch, als wollte er postwendend diese Drohung umsetzen.

Pau war wie immer teilnahmslos sitzen geblieben, doch als Montero direkt vor ihm stand und ihn anbrüllte, konnte er nicht einfach weiter so tun, als würde er keine Notiz von ihm nehmen.

Notgedrungen erhob er sich und erwiderte gelassen: »Das Einzige, was wir wollen, ist, so weiterzuleben wie bisher. Meer und Fische verstehen nichts von Politik, und nur wegen eines neuen Machthabers werden unsere Fänge auch nicht besser.«

Der Leutnant stemmte die Hände in die Hüften. »Was glaubt ihr denn, für wen wir das machen und all die Mühen auf uns nehmen, ihr blödes Pack!«, schrie er auf Pau und die übrigen Fischer ein.

»Aber, aber, meine Herren«, versuchte die herbeigestürmte Bel, die sich zwischen die beiden gestellt hatte, die Gemüter zu beruhigen. Entschieden zog sie den schwankenden Montero an die Theke zurück und redete beschwichtigend auf ihn ein. »Herr Leutnant, verrichten Sie nur Ihre Arbeit, schließlich ist nicht jeder für das Gleiche berufen.«

Doch Bels Bemühungen blieben nutzlos. Montero hatte bereits jegliche Kontrolle über sich verloren. »Das Einzige, als was ihr zu gebrauchen seid, ist Fischfutter. Selbst Schweine wären sich für euch noch zu schade. Fischfutter ist das Einzige, wozu ihr taugt! Fischfutter!«

Mit hochrotem Kopf stolperte er aus der Bar. Während sein Gebrüll noch eine Zeit lang zu vernehmen war, hatten sich die Männer schon längst wieder ihren Karten zugewandt.

Nicht nur, dass die Fischer sich Montero gegenüber schweigsam zeigten, auch verstand dieser das wenige, das er in dem Lokal aufschnappte, nur bruchstückhaft. »Sprecht gefälligst Spanisch, ihr Dummköpfe, die Sprache des Reiches, und nicht eure Affensprache«, blaffte er sie an.

Ab und an gelang es dem Leutnant aber doch, einige Wortfetzen des breitgezogenen Mallorquí der Fischer zu entschlüsseln. Durch das Belauschen einer Unterhaltung in Bels Bar hatte er schließlich davon erfahren, dass Pau dabei war, das Haus seiner verstorbenen Mutter für sich selbst herzurichten. Ohne weitere Nachfrage entschied Montero, noch am selben Tag dort einzuziehen, auch den Mietpreis bestimmte er willkürlich. Pau blieb nichts anderes übrig, als gedemütigt hinzunehmen, aus seinem eigenen Haus geworfen worden zu sein.

Schon nach wenigen Wochen hatte sich Paus Ablehnung gegenüber Montero in blanken Hass gewandt. Mit Schrecken musste er feststellen, wie das vertraute Heim in Windeseile verkam, ohne dass es den Leutnant auch nur im Geringsten gekümmert hätte.

Bereits am Eingang des Hauses stank es erbärmlich. Mehrfach hatte Pau über leere Weinflaschen und Erbrochenes hinwegsteigen müssen, als er zum Einkassieren der Miete kam. Aus einem überfüllten Eimer in der Küche quollen abgenagte Schafsknochen, auf denen sich eine Heerschar von Fliegen befand.

Das Schlimmste aber war der Garten.

Die noch von seiner Mutter angelegten Gemüsebeete waren durch ein halbes Dutzend verdreckter, kleiner Milchlämmchen, die sich verschreckt in eine Ecke drängten, bis zur Unkenntlichkeit zertrampelt worden. Den Hof überzog eine Schicht von übel riechendem Schafsdreck, den Montero mit seinen Militärstiefeln auch ins Haus getragen und dort verteilt hatte.

Der Waschtrog aus Paus Kinderzeiten war vom Leutnant dazu missbraucht worden, um die von ihm eigenhändig geschlachteten Jungtiere darin ausbluten zu lassen und anschließend auszunehmen. Eine undefinierbare, geronnene Masse aus Blut und Gedärmen füllte den Blechzuber bis zum Rand.

Verzweiflung und ohnmächtige Wut stiegen in Pau hoch. Doch es war nicht ratsam, sich über Montero bei dessen Vorgesetzten zu beklagen. Die einflussreiche Position des Leutnants würde lediglich dazu führen, dass eine Beschwerde noch ernsthaftere Konsequenzen für Pau nach sich zöge.

Allerdings konnte er auch unmöglich weiter tatenlos dabei zusehen, wie das Andenken an seine Mutter von Montero mit Füßen getreten wurde.

*

Sanft tauchten die Ruder der *Meeresblume* ins Wasser und schoben das Boot gleichmäßig durch die Dunkelheit der Bucht von Porto Cristo in Richtung Meer. Im schwachen Mondlicht der bewölkten Nacht konnte Pau dennoch die Unruhe in Monteros Gesicht erkennen, der ihm gegenübersaß und sich ängstlich an der Holzbank festkrallte.

»Was ist denn jetzt, wie lang dauert das zum Teufel noch?«, wollte der Leutnant zum wiederholten Mal wissen.

»Bald haben wir's geschafft«, versicherte ihm Pau ruhig.

»Und wie sollen wir die ganzen Waffen in dieser wackligen Nussschale transportieren?«, hakte Montero nach.

»Heute Nacht bergen wir den ersten Teil, und morgen holen wir den Rest«, antwortete Pau. »Uns darf bloß niemand zusammen sehen. Sonst ist klar, wer verraten hat, wo die restlichen Waffen aus dem Bürgerkrieg versteckt sind. Dann bin ich geliefert.«

»Keine Sorge. Als Gegenleistung ziehe ich aus deinem Haus aus, versprochen ist versprochen«, sagte Montero, sichtlich bemüht, so überzeugend wie möglich zu klingen.

Pau wusste, dass dies nicht mehr als eine dreiste Lüge des Leutnants war, um an die Waffen zu kommen. Doch auch er selbst hielt es nicht so genau mit der Wahrheit, denn ihm war völlig unbekannt, ob und wo die republikanischen Soldaten bei ihrem Rückzug von der Insel einen Teil ihrer Waffen versteckt hatten.

»Da vorne ist sie«, sagte Pau triumphierend und wies mit dem Finger in die Finsternis. »Die Höhle, in der die Kisten mit den Waffen versteckt sind.«

Langsam glitt das Boot in das dunkle Innere der Cova des Correu. Als sie an der steilen Felswand angelangt waren, wandte sich Pau dem Leutnant zu. »Hier müssen wir raus. Wollen Sie zuerst?«

Montero nickte. »Aber natürlich!«, sagte er mit militärischem Unterton. Hastig setzte er einen Fuß auf den kleinen Felsvorsprung, während ihm Pau von hinten mit einem entschiedenen Schub nachhalf. Mit aller Kraft krallte sich der Leutnant unsicher am kühlen, glitschigen Gestein fest.

Währenddessen hatte Pau der *Meeresblume* einen kräftigen Stoß nach hinten gegeben und sich mit seinem Boot etwas von Montero entfernt. Nur wenige, für den Leutnant jedoch unüberbrückbare Meter trennten sie nun voneinander.

»Was soll das? Komm sofort wieder zurück, oder ich lasse dich standrechtlich erschießen, sobald wir wieder an Land sind, so wahr ich Francisco Montero heiße!«, schrie er rasend.

Pau ließ die *Meeresblume* ungehindert immer weiter abtreiben.

Als sich Montero schlagartig seines Schicksals und der Aussichtslosigkeit seiner Drohung bewusst wurde, begann er verzweifelt zu flehen: »Hör zu, Pau, du kannst haben, was du willst! Schon morgen lasse ich dir einen hohen Posten zukommen und du wirst für immer ausgesorgt haben.«

Wortlos ruderte Pau weiter.

Als er bereits ein gutes Stück in Richtung Hafen vorangekommen war, schien es ihm, als ob der Wind einen zwischen dem Rauschen des Meeres kaum vernehmbaren Schrei herangetragen hätte.

Pau saß gerade bei Bel, als einige Fischer schreiend in die Bar gerannt kamen. »Der Leutnant ist tot! Er wurde angespült – ertrunken!«

Nachdem sie den aufgedunsenen Leichnam Monteros mühsam an Land gezogen hatten, zweifelte niemand in Porto Cristo daran, dass der Leutnant abermals im Vollrausch ins Wasser gefallen und unbemerkt ertrunken war.

Während Pau gemächlich zum Haus seiner Mutter schlenderte, um dort für Ordnung zu sorgen, pfiff er leise und vergnügt vor sich hin und murmelte: »Fischfutter, wer von uns beiden ist jetzt Fischfutter?«

Fideuà de marisc

Paella mit Nudeln und Fisch

Dieses Gericht stammt ursprünglich aus Gandia in der Nähe von Valencia. Der Überlieferung nach ist die Entstehung der Fideuà de marisc einem Zufall zu verdanken. Da die Besatzung eines dortigen Fischkutters den Reis für die Paella an Land vergessen hatte, machte sie auf offenem Meer aus der Not eine Tugend, indem sie den Reis kurzerhand durch Nudeln ersetzte, die an Bord vorhanden waren.

Zutaten (für 4 Personen):
400 g Fideos
8 große Garnelen
200 g Miesmuscheln
1 Seeteufelfilet
1 Tintenfisch
1 Zwiebel
1 rote Paprika
2 Knoblauchzehen
1 Liter Fischfond
Olivenöl, Salz, Safran

Zubereitung:
Paprika, Zwiebel und Knoblauch klein schneiden und in der Pfanne mit etwas Olivenöl anbraten.
Dann den gesäuberten und gewürfelten Tintenfisch ebenso wie das Seeteufelfilet dazugeben und alles gemeinsam mit dem Safran schmoren lassen.
Fideos in die Pfanne geben, den Fischfond dazugießen und das Ganze samt den bereits vorweg zubereiteten Miesmuscheln und Garnelen köcheln lassen, bis die Nudeln die Brühe aufgesogen haben.

Sa Cova des Correu

Neben den bekannten, touristisch erschlossenen Coves del Drach und Coves dels Hams ist auch ein Großteil der Steil-küste von Porto Cristo mit vielen kleineren Höhlen durch-setzt.

Manche ihrer Eingänge sind von Land aus zu erreichen (Coves Blanques), andere wiederum liegen auf Meeresniveau (Cova des Correu) oder teilweise sogar darunter (Cova del Dimoni).

Die Cova des Correu verdankt ihren Namen der Tatsache, dass in früheren Jahren das Postschiff dort bei starkem Wellengang Zuflucht suchte und den Fischern auf ihren kleinen Booten die Zusendungen aushändigte.

Auch der Name des Ortes Porto Cristo hat einen maritimen Ursprung und stammt aus dem Lateinischen. Im Jahre 1260 erfüllte die Besatzung eines Schiffes nach einem schweren Sturm ihr Versprechen und stellte an Land eine an Bord mit-geführte Christusfigur als Zeichen ihrer Dankbarkeit für das Überstehen der Seenot auf.

KERSTIN LANGE

Tödliche Kaninchen

Punta de n'Amer

Es ist ein guter Trick. Manche sagen, er sei mies. Das sind die Neider. Früher hat er allerdings problemloser funktioniert. Da besaß ich die Leichtigkeit der Jugend, das Verspielte, das jeder so mag. Mittlerweile gehöre ich zu der gesetzteren Altersklasse, die gerne seufzt und gedankenverloren sagt: »Früher war sowieso alles besser.«

Die Sonne schien öfter, das Meer war blauer, die Mandelblüte schöner, die Touristen waren netter und die Strände sauberer. Früher zeigten die Kinder mit ihrem Zeigefinger auf mich und riefen: »Wie süß!«, »how cute!« oder »quelle douceur!« Je nachdem, welcher Nationalität sie angehörten. Spanisch hingegen hörte und höre ich immer seltener. Was natürlich auch an der Einstellung der Spanier zu Hunden liegt.

Doch auch die Kinder haben sich verändert. Heute gibt es tatsächlich welche, die mich sehen und sich hinter dem Hosenbein von Papa oder Mamas Sommerrock verstecken, schluchzen und mit Panik in der Stimme um Hilfe schreien. Das ist der Grund, warum ich mich nicht mehr so gerne an der Promenade aufhalte.

Aber nun zu meinem Trick. Ich liege auf der Lauer und schaue mir die Touristen an, die die Promenade entlanglaufen. Nicht gegen Abend, sondern am späten Nachmittag, wenn es nicht zu voll ist.

Ich werfe mich dann, maximal einen Meter entfernt, vor die Füße derer, die sympathisch aussehen. Strecke die Läufe weit von mir und schaue mit halb zusammengekniffenen Lidern, wie sie reagieren. Normalerweise habe ich jetzt schon Aufmerksamkeit und bekomme ein paar liebe Worte oder

Streicheleinheiten. Wenn ich mit dem Schwanz wedele und einschmeichelnd grunze, gibt es meist etwas zu essen. Ein Stück Brötchen, Reste vom Burger oder Hot-Dog-Würstchen. Falls nicht, gebe ich mehr Laute von mir, mache Sitz oder Platz oder lege mich auf den Rücken, was die Menschen zu Begeisterungsrufen animiert. In dieser waagerechten Lage bin ich auch für ängstliche Kinder kein Schreckgespenst.

Natürlich habe ich noch mit ganz anderen Menschen zu kämpfen und muss höllisch aufpassen, dass ich denen nicht in die Arme laufe. Als mallorquinischer Hund, der seine Freiheit liebt, muss man sich die Tierschützer vom Leib halten. Allzu gerne glauben sie, jeder Hund wollte eine Familie haben und versorgt sein. Ich liebe meine Freiheit, das Selbstbestimmtsein, das Tun und Lassen, was ich will. Die Vorstellung, vierundzwanzig Stunden mit einer Familie eingesperrt zu sein, finde ich grässlich. Genauso, wie an einer Leine laufen zu müssen und Frauchen oder Herrchen gefällig zu sein. Und dann die Kinder! Alles ertragen, selbst wenn sie mich am Schwanz oder an den Ohren ziehen – gibt es Schlimmeres? Oder als Schoßhündchen einer alten Dame zu enden, die ständig mit einem redet und einen von morgens bis abends mit Leckerlis füttert. Das ist ja mal ganz nett, aber nicht als Dauerzustand.

In unserer Gruppe sind nicht alle meiner Meinung, aber ich bin tolerant, soll jeder so leben, wie er mag.

In letzter Zeit habe ich jedoch immer häufiger Sehnsucht nach jemandem, der sich um mich kümmert. Heute ganz besonders. Mein rechtes Hinterbein schmerzt wieder. Es ist ein unangenehmer, stechender Schmerz, ausgelöst durch einen neuen Arthroseschub. Mein Vater litt ebenfalls daran. Bewegung hilft, und ich entscheide spontan, mich durch den Naturpark zur Bar *Es Castell* zu begeben. Dort habe ich mehr Auslauf und kann die Touristen beobachten, die erst den Wehrturm besuchen und dann den Blick auf die Bucht genießen. Die Bar liegt leicht erhöht auf der Halbinsel Punta de n'Amer zwischen Cala Millor und Sa Coma, einen guten Kilometer von meinem Stammplatz entfernt.

Diese Spaziergänge helfen mir – körperlich und seelisch. Ein wenig Einsamkeit, allein mit der Natur. Ich kann durchatmen und trotz der Bewegung schmerzt das Bein kaum noch, wenn ich am Ziel bin.

Gegen Mittag bin ich da. Natürlich nicht allein. Aber es ist noch Nebensaison und nicht ganz so viel los wie im Hochsommer. Ein älteres Ehepaar sitzt auf einer Picknickdecke, umgeben von kleinen kulinarischen Köstlichkeiten. Der Duft von Gebratenem zieht mich magisch an und ich schleiche mich heran. Auf meine Nase kann ich mich verlassen.

Aus sicherer Distanz beobachte ich das Pärchen. Auf den ersten Blick wirken sie sehr sympathisch. Doch bei genauerem Hinsehen entdecke ich Unstimmigkeiten. Der Ausdruck in den Augen des Mannes gefällt mir nicht. Ich krieche näher, um zu verstehen, was sie sagen.

»Es tut mir wirklich leid. Ich hoffe, dieser Ausflug ist eine kleine Entschädigung für mein blödes Verhalten«, sagt er.

Aha, ein Wiedergutmachungsessen. Was wohl passiert ist? Während ich überlege, mit was der Mann die Frau verärgert haben könnte, steigt ein Duft in meine Nase, der mich überrascht. Ich schließe die Augen und seufze verzückt. Erinnerungen an meine Kindheit kommen mir in den Sinn. Es riecht nach ... Ich kann es nicht fassen, es duftet tatsächlich nach Kaninchen! Und zwar genau so, wie Juan sein Kaninchengericht immer zubereitet hat. Juan! Ich sehe ihn vor mir, wie er mit Kochmütze und -jacke vor seinem Restaurant steht und uns Hunde füttert. Sein Kaninchenrezept war eine kulinarische Offenbarung, stets ohne Rosinen zubereitet. Ich bin überzeugt, er tat es für uns, weil Rosinen für uns Hunde giftig sind. Es ist eine Ewigkeit her, dennoch rinnt der Speichel in Fäden an meinen Lefzen herunter. Ich kann kaum an etwas anderes denken als an Juan und seine Kaninchen.

Wie durch einen Nebel folge ich dem Gespräch des Ehepaars.

Die Frau hat einen traurigen Unterton in ihrer Stimme. »Es ist zu spät. Mein Entschluss steht fest.«

Hunde haben ein Gespür für Stimmungen. An der Stimme und der Körpersprache können wir viel über die Menschen erfahren. Manche Hunde mehr, andere weniger. Ohne Übertreibung kann ich behaupten, dass ich ein Meister darin bin.

»Du kannst mich doch nicht einfach so abservieren.« Seine Stimme klingt zuckersüß, doch sein Blick ist eiskalt.

»Ich kann«, sagt sie mit zitternder Stimme. »Der Anwalt weiß bereits Bescheid.« Ich rieche ihre Angst.

»Das kann nicht sein, du hast gar keine Zeit dafür gehabt.«

Sie wirkt ertappt. Ich schaue sie mir genauer an und verdränge für einen Moment den Gedanken an Kaninchen. Es fällt mir schwer, doch es gelingt.

»Ich fürchte mich nicht vor dir.«

»Brauchst du auch nicht.«

Ich bin alarmiert. Der Inhalt des Gesagten und sein Tonfall passen nicht zusammen. Seine Körpersprache droht, zeigt Überlegenheit. Hier stimmt etwas nicht.

Noch immer betört mich der Duft von gebratenem Kaninchen, der zunimmt, als der Mann eine Plastikdose öffnet und ihr hinhält.

»Hier, eine Besonderheit. Nach original mallorquinischem Rezept. Zur Versöhnung.«

Wieder denke ich an Juan, die schönen Abende vor seinem Restaurant, mein Speichelfluss verstärkt sich. Plötzlich erstarre ich. Ein weiterer Geruch mischt sich unter den nach Knoblauch und Thymian. Neben einem Hauch von Zimt und Nelken erkenne ich noch etwas anderes. Etwas Abartiges, Böses und Tödliches. Die Erinnerung jagt mir einen Schrecken ein. Ich zittere, mein Fell stellt sich auf. Ich denke nur noch: Gefahr!

Dieser ekelhafte Geruch ist Nikotin. Ich habe es in der Tötungsstation gerochen, als mir mein Vater sie vor Jahren gezeigt hat und mich davor warnte. Aber Nikotin ist auch für Menschen giftig – was hat dieser Mann vor?

Entsetzt sehe ich, wie die Frau gerade ein Stück Fleisch nehmen will, und ohne weiter nachzudenken, springe ich los.

Ich knurre den Mann an, fletsche die Zähne, belle, was das Zeug hält. Immer wieder schaue ich zu der Frau, gebe Beschwichtigungsgeräusche von mir, um sie zu beruhigen. Hoffentlich versteht sie mich.

Aber ich muss aufpassen. Der Mann springt auf, tritt nach mir. Im letzten Moment kann ich ausweichen, schnappe nach seiner Wade. »Du blöder Köter, ich bring dich um«, schreit er herum. Sein Gesicht gleicht einer wutverzerrten Fratze.

Ich belle, fletsche und knurre, bekomme endlich sein Hosenbein zu fassen. Aus seinen Augen blickt Angst. Todesangst.

Während er versucht, mich abzustreifen, irgendwie loszuwerden, beschimpft er mich, doch ich lasse nicht ab. Er stolpert, stürzt. Die Gefahr, dass er auf mich fällt, ist zu groß. Jetzt muss ich loslassen. Bevor ich nachfassen kann, rutscht er auf Knien einen Meter zurück, versucht auf die Beine zu kommen und flüchtet. Sicherheitshalber belle ich noch laut hinter ihm her, damit kein Zweifel aufkommt, wer hier das Sagen hat.

Was ist das für ein Waschlappen, der sich von mir in die Flucht schlagen lässt, ohne sich um seine Frau zu kümmern?

Langsam drehe ich mich zu ihr um. Sie schaut fassungslos drein, blickt abwechselnd auf die Picknickdecke und auf mich. Um uns herum herrscht Chaos. Umgeworfene Plastikdosen und Becher. Lebensmittel liegen zerstreut umher. Kuchenreste, Obst und natürlich das Kaninchen. Die Gefahr ist noch nicht vorüber. Ich schupste die Dose von ihr weg, versuche, mit den Pfoten ein Loch zu scharren, um das Fleisch zu vergraben. Doch der Boden ist zu hart, es klappt nicht.

Ich schüttele den Kopf, versuche ihr deutlich zu machen, dass sie das Fleisch nicht essen darf. Sie sagt kein Wort, will das Kaninchen anfassen, und ich beginne von Neuem mit Bellen und Knurren. Ganz langsam scheint sie zu begreifen.

Es gibt Menschen, die verstehen uns Hunde nicht. Mit Frauke habe ich Glück gehabt. Sie hat – wenn auch nicht sofort – begriffen, dass ich ihr Leben gerettet habe.

Stücke des Kaninchens hat sie in eine Tüte gepackt und untersuchen lassen. Es war versetzt mit reinem Nikotin. In einer Dosis, die absolut tödlich ist.

Nun habe ich also ein Zuhause. Frauke weicht mir nicht mehr von der Seite. Ihren Mann hat sie angezeigt, sie lebt in Scheidung. Er wollte sie umbringen, weil er eine andere Frau kennengelernt hatte, aber Fraukes Geld als Witwer erben wollte.

Frauke besitzt zu meinem Glück hier in der Nähe eine Finca. Auch in Cala Millor gibt es schöne Ecken abseits der Touristenzentren. Mir bleibt das Schicksal erspart, ins kalte Deutschland zu müssen, von dem ich schon so viel Furchtbares gehört habe.

Allerdings gibt es auch hier einiges, was mir nicht gefällt. Anti-Floh-Shampoo zum Beispiel. Und die Tierärztin, die mich einmal im Monat untersucht. Die Spritzen gegen meine Arthrose. Jedoch geht es mir körperlich besser als je zuvor. Ich bekomme regelmäßige Mahlzeiten, die Ruhe tut mir gut.

Was ich jedoch schmerzlich vermisse: Kaninchen. Frauke scheint eine Abneigung dagegen zu haben, was ich irgendwie verstehen kann. Wenn ich in der Sonne liege, träume ich von Juans Kaninchengericht. Ich seufze dann und Frauke krault mich hinter den Ohren.

Nett – ersetzt aber nicht die Köstlichkeiten der Straße.

Juans Kaninchenrezept

Zutaten:
1 Kaninchen
12 Knoblauchzehen
eine Handvoll Rosinen (optional)
frischer Rosmarin und Thymian
eine Prise Zimt
1 gemahlene Nelke
2 EL scharfes Paprikapulver
frisch gemahlener Pfeffer
Meersalz
125 ml Olivenöl
300 ml trockener Weißwein
1 TL Essig
Fett, am besten Butterschmalz (zum Braten)

Zubereitung:
Das Kaninchen in kleine Stücke schneiden.
Die gehackten Knoblauchzehen und die anderen Zutaten mit einem Pürierstab pürieren. In dieser Marinade das Kaninchen mindestens zehn Stunden ziehen lassen, am besten über Nacht.
Anderntags die Kaninchenstücke gut anbraten, dabei immer wieder wenden. Die Sauce hinzugeben und das Fleisch mindestens eine halbe Stunde auf kleiner Flamme fertig garen.
Als Beilage eignen sich Rosmarinkartoffeln.

Das Castell von Punta de n'Amer, auch Es Castell oder Castell de n'Amer

Das Castell liegt mitten auf der 200 Hektar großen Halbinsel Punta de n'Amer, die sich in Privatbesitz befindet und 1985 zum Naturschutzgebiet erklärt wurde. Die Bauarbeiten des Wehrturms begannen 1693 und wurden 1696 beendet. Er befindet sich einen guten Kilometer von dem beliebten Ferienort Cala Millor entfernt und ist immer einen Besuch wert. Der Turm besteht aus dem typisch mallorquinischen Marès-Gestein.

Im Spanischen Bürgerkrieg von 1936 bis 1939 war die Halbinsel Punta de n'Amer ein wichtiger Stützpunkt der Armee. Das Castell diente als Nachrichtenstandort des nationalen Abhörnetzes und Vorratslager der Nationalisten.

Die obere Plattform des Turmes, auf der eine Kanone steht, ist über eine steinerne Wendeltreppe erreichbar. Im Innern kann man über eine umlaufende Holzbrüstung den Mechanismus der Zugbrücke und die vier Schießscharten betrachten.

1969 wurden der Turm und die Zugbrücke restauriert. Innen gibt es Vitrinen, in denen Ausstellungsstücke und Dokumente zur Geschichte des Bauwerks gezeigt werden. Das Castell ist tagsüber frei zugänglich.

Ein Geständnis auf Mallorca

Can Picafort

Ich gesteh: Ich bin ein Killer
Ich mordete stets ohne Gnad
Danach wurd's in mir stiller
Die Kindheit war wohl oft sehr hart

Den letzten Auftrag nahm ich an
Es ging in Mallorcas Norden
Ich schlich mich an mein Opfer ran
Ein letztes Mal ich wollte morden

Ich fühlte mich doch sehr beschissen
Als ich des Opfers Antlitz sah
Nun plagt mich heftig mein Gewissen
Weil es der eigne Bruder war

Mallorca du schönste Insel dieser Welt
Hier möcht ich sein
Wenn der letzte Vorhang fällt

»Ein Geständnis auf Mallorca«, wie sich das schon anhört! Theatralischer geht's nicht, oder? Auch noch in Reimen. Wie bitte? Du liebst Lyrik – seit wann das denn? Ach, seit deiner Jugend. Wie schön, dass ich das auch mal erfahre. Ach so, es war dir nicht der Rede wert? Is' klar, Mann. Mit seinem Partner muss man darüber ja nicht reden. Was? Ich stell mich an? Du sagst allen Ernstes, ich stell mich an? Sag mal, tickst du noch ganz sauber? Wenn sich hier einer anstellt, dann bist du das! Und zwar ziemlich blöde. Den Bullen so ein dämliches Geständnis abliefern zu wollen. Wer macht denn so etwas? Wie? Abschiedsbrief? Hab ich das richtig verstanden, das soll so etwas wie ein Abschiedsbrief sein? Das wird ja immer doller. Nimmst du deine Tabletten nicht mehr? Jetzt hör mir mal genau zu, Digga: Lass dich nicht so gehen! Was sollen denn die Leute hier denken? Ja, es ist alles schrecklich. Und nicht einfach für dich, hab ich verstanden. Okay. Aber jetzt hör mir doch erst einmal zu. Was? Cassola de Xot? Ach, der Herr hat sich für Lamm-Ragout entschieden. Na, das ist doch mal was. Klar, bestell ruhig, ich kann ja warten. Der Ober guckt sowieso schon so komisch hier rüber. Ja, zu dir! Pass auf, dass er nichts merkt! Was nestelst du auch immer an deinem Jackett herum? Was? Nein, ich esse nichts. Danke der Nachfrage. Witzbold. Hast du mich jemals …? Ach, lassen wir das.

So, habe ich jetzt deine ungeteilte Aufmerksamkeit? Gut! Digga, ich hatte Pläne für uns. Ja, für uns beide. Auf Mallorca. Genau, in der Touristenhochburg Can Picafort. Hier fallen wir doch gar nicht auf. Jedenfalls, wenn du dich mal etwas im Griff haben würdest. Sieh mal, früher fandest du es immer klasse, wenn wir hier waren. Die vielen Bars und Restaurants an der Strandpromenade waren doch das Highlight für dich. Und der lange Sandstrand. Da warst du immer gerne mit deinem Bruder – ja, Gott hab ihn selig – von morgens früh bis abends spät. Wenn uns der Touristenrummel so richtig auf den Keks gegangen ist, sind wir nach Alcúdia gefahren. Wegen der guten spanischen Küche. Und der schönen Aussicht. Das machen wir alles wieder. Und noch viel mehr. Wir haben's doch jetzt!

Jedenfalls, dachte ich, könnten wir es hier langsam ausklingen lassen. Uns zur Ruhe setzen und das Leben genießen. Du und ich. Unter der Sonne Mallorcas. In der Finca deines Bruders. Die wurde ja quasi frei. Ganz ehrlich: Er hatte es selbst zu verantworten. Was musste der Idiot auch bei den

Bullen singen? Jeder weiß doch: Wer singt, der stirbt. Der Boss wollte sichergehen, dass wenigstens du noch auf der richtigen Seite stehst. Daher bekamst du den Auftrag, den Singvogel stummzuschalten. Konntest ja nicht wissen, dass es sich ausgerechnet um deinen eigenen Bruder handelte. Da habt ihr beide ganz schön verdutzt geguckt, als ihr euch im Römischen Forum in Pollença gegenüberstandet. Hast etwas gezögert, aber ich habe es – oder ihn, ganz wie du willst – gerichtet. Die Mauern des früheren Versammlungsplatzes von Pollença mögen aus dem ersten Jahrhundert vor Christus stammen. Die Leiche, die man vor zwei Tagen dort fand, war praktisch noch warm. Och, jetzt fang doch nicht schon wieder an, wird ja langsam peinlich mit dir. Damals warst du nicht so zimperlich. Hast den großen Macker gespielt. Ich will jetzt nichts hören von deinem Geständnis. Schon gar nichts von einer Lebensbeichte. Wie, du gehst zur Polizei und stellst dich? Ich knall doch nicht deinen missratenen Bruder ab, damit du den Herbst deines Lebens in einem spanischen Gefängnis verbringst. Wo bleibe ich denn da am Schluss?

Hör zu, Mann, ich sag dir jetzt was: Ich wusste, dass es dein Bruder sein würde, okay? Aber ich bin Profi, ich kann damit umgehen. Wie ich darauf komme? Sagen wir, ich habe es im Lauf gespürt. Ja, mein Gott, der eine hat's im Urin, der andere im Lauf. Ich spüre das sofort. Mit der Zeit kriegt man doch ein Gefühl für solche Situationen, es wird einem heiß und kribbelt. Kennst du doch auch, also wenigstens von früher. Nein, ich mache mich nicht lustig. Jaha, das war damals 'ne ganz blöde Sache. Ein Betriebsunfall. Konnte ja niemand mit rechnen, dass hinter der Tür noch einer stand. Genau, war ein schlechtes Briefing vom Auftraggeber. Und von dem Typen war es eine ganz miese Tour. Macht man nicht. Heutzutage gibt's sowieso keine Ganovenehre mehr. Da sind wir beide anders. Alte Schule. Wir gucken denen noch in die Augen, bevor wir abdrücken. Außer damals, das war was anderes. Du hattest dir eine Kugel gefangen ... Ja, gut, es war ein Streifschuss. Nein, natürlich kannst du darauf bestehen. Es war ein Streifschuss, der deinen linken Hoden, sagen wir, peripher tangierte. Nein, der Schuss hat dich nicht von den Beinen geholt, du hast dich geschickt zur Seite weggerollt. Sozusagen selbst aus der Schusslinie genommen. Wie im Film. Im Krankenhaus hast du doch noch gewitzelt: »Die Stunts dreh ich selber.« Weißt du noch, wie die Krankenschwester dich dann angeguckt hat? Die war verschossen in dich! Du hättest sie haben können. Also, theoretisch. Ja, weil sie praktisch so gut wie verheiratet gewesen war. Da macht man das nicht mehr. Ehrensache.

Ja, dauert ganz schön lang mit dem Essen hier. Du warst aber auch kurz davor wegzutreten, stimmt's? Doch, doch, jetzt mal schön bei der Wahrheit bleiben, Digga! Hab ich doch mitgekriegt, wie du es der Schwester erzählt hattest. Wolltest ein wenig angeben. So, und wer hatte den Typen am Ende weggeballert? Genau! Auf mich kannst du dich nämlich verlassen. Ich puste dir den Weg frei. Hab ich immer gemacht und mach ich auch weiterhin. Todsicher.

Schau, dein Essen kommt. Jetzt iss erst mal, dann reden wir weiter.

Und, schmeckt's? Freut mich. Etwas viel Knoblauch? Digga, das ist wahrscheinlich normal für ein mallorquinisches Gericht. Rosmarin und Thymian sind auch nicht dein Ding? Warum bestellst du das dann? Ja, deine Mutter hat nur mit Salz und Pfeffer gewürzt, ich weiß. Die kommt aber auch aus dem Ruhrpott, da kennt man sowas nicht. Locker bleiben. Es liegt mir völlig fern, die Kochkünste deiner Mutter zu beleidigen. Ich mein ja nur. Bitte genieß dein Lammragout, es duftet wunderbar. Was ist denn da noch alles drin? Zwiebel, Tomate, Lauch? Ja, riecht man. Köstlich! Und neben dem

Lammfleisch, was ist da an Gemüse dabei? Hab ich mir gedacht – Kichererbsen, grüne Bohnen und Artischockenherzen. Wenn ich könnte, würde ich es mal nachkochen. Das Fleisch ist schön zart? Ich bin entzückt.

Gute Idee, bestell dir noch einen Wein.

Was soll das heißen, du glaubst mir das mit deinem Bruder nicht? Digga, ich hab so geglüht, als wir ihn und diesen Pfarrer vor ein paar Tagen in dieser Kirche in Alcúdia belauscht haben. Wie hieß die Kirche noch? Ach ja, Sant Jaume. Also, das musst du doch gemerkt haben. Dieses blöde Gesülze von wegen »Pfad Gottes«! Ja, genau, in der Seitenkapelle war das. Da haben dein Bruder und dieser Priester doch vor dem Kreuz mit der Silberkrone gestanden. Was? Richtig, Christus von Alcúdia heißt das Kruzifix. Und dein Bruder hat so furchtbar schlau getan von wegen, dass das Kruzifix damals – ja, von mir aus 1507 – Blut und Wasser geschwitzt und dadurch eine Dürre beendet hätte. Halleluja! Am liebsten hätte ich ihn da schon ... Ja, ist ja gut, er war dein Bruder. Keineswegs rede ich schlecht über einen Toten, ich sag doch nur. Moment, jetzt werd mal nicht ungerecht, wir waren es beide. Du und ich. Nein, bitte keinen Wein mehr nachbestellen, du hast genug. Lass gut sein mit Mallorca und Wein – zwei alte Freunde, die zusammengehören. Der Ober lacht dich schon aus. Der Wein heißt übrigens Manto Negro, nicht Manta Nagro. Trink Wasser. Und red bitte nicht so laut! Die anderen Gäste gucken schon herüber. Was soll das heißen: »Dann pusten wir die eben weg«? Spinnst du? Komm, beruhige dich mal, wir sind im Ruhestand.

Wer besitzt einen körperreichen Charakter? Ach, der Manto Negro. Wohlausgewogen im Geschmack mit einem angenehmen Abgang. Soso. Na, ob wir den hier noch haben werden, einen angenehmen Abgang?

Hör mal, zurück zu deinem Gedicht. Ich hab's mir nochmal durch die Trommel gehen lassen und finde mich darin etwas unterrepräsentiert. Also, nicht, dass ich es jetzt gutheißen würde, aber du schreibst nur über dich. Wie ich das meine? Der spanische Rotwein scheint dir ja ganz schön die Sinne zu vernebeln. Ich meine, ich komm in deinem Gedicht gar nicht vor. Ich, dein Partner, der für dich die eigentliche Arbeit erledigt. Na ja, in gewisser Weise schon. Du nimmst die Aufträge nur an und entwickelst das Konzept, das ich zielgerichtet umsetze. Über Kimme und Korn. Du hinten, ich vorn. So kann man es doch sagen. Du spannst maximal den Hahn, gibst grob die Richtung vor und guckst grimmig. Alles andere erledige ich. Wie zuletzt deinen Bruder in den Ruinen von Pollença. Jetzt reg dich doch nicht gleich wieder so auf. Und hör auf herumzuschreien! Wir sind nicht allein hier. Sieh mal, da kommt der Ober wieder. Der guckt jetzt aber ganz schön böse.

Nicht! Lass mich!

Och bitte, mitten ins Gesicht. Aus nächster Nähe. Das musste nicht sein. Ehrlich. Schau, wie aufgeregt die Gäste sind. Die Panik hast du verursacht, nicht ich. Was machst du denn jetzt? Du zielst mit mir doch nicht etwa auf die dicke Oma aus Dortmund. Weil dich ihr zu enges BVB-Trikot stört? Sag mal, geht's noch? Außerdem hat die sich gestern erst den Fuß verstaucht. Du siehst doch, dass sie sich kaum … in den Rücken. Wie feige ist das denn? Na gut, immerhin mittig in den oberen Kreis der Acht getroffen. Nicht schlecht! Aber jetzt lass gut sein, Kumpel. Nee, nee, komm, nicht das junge Paar da vorne. Die sind doch in Flitterwochen hier. Was sagst du? Der Kerl hat's heimlich mit dem Zimmermädchen getrieben? Ich fass es nicht. Mehr links. Höher. Etwas rechts. Feuer! Exzellent! Du bist witzig, hast aber natürlich recht: Die Witwe ist noch jung und wird bald einen besseren Mann finden.

So, komm, Ende Gelände. Wir hauen ab.

Wie, die nächste Kugel ist für dich? Was soll das denn heißen? Gewissensbisse, wegen deinem Bruder? Jetzt mach mal nicht schlapp hier, Digga. Mann, du hast dich ganz schön verändert. Früher warst du nicht so weich. So, man wird älter und nachdenklicher. Na, du musst es ja wissen. Ich vermute, es liegt am Wein.

Pass auf, Polizei im Anmarsch! Da hinten, zwei Bullen, dreh dich mal um.

Na komm, ein letztes Mal die Links-Rechts-Kombination. Wie früher. Halt mich nur grob in die Richtung, den Rest mach ich schon. Danach suchen wir den Backstage-Bereich auf. Nicht? Okay, auch gut. Von mir aus, setz dich einfach hin. Genau. Und leg mich vor dich auf den Tisch. Schön langsam, keine hektischen Bewegungen. Leg mich einfach ab und nimm die Flossen hoch. Hörst du nicht? Mensch, was machst du denn da? Warum hältst du mich an deine Schläfe? Digga, hör auf mit dem Scheiß. Finger weg vom Abzug! Denk auch mal an mich. Was bin ich denn ohne dich?

Na bravo! Jetzt vergammele ich in irgendeiner Asservatenkammer. Aber wenigstens auf Mallorca.

Cassola de Xot

Lammragout

Zutaten:
800 g Lammfleisch
150 g gekochte Kichererbsen
5 Artischockenherzen
200 g grüne Bohnen
2 große Tomaten
1 Stange Lauch
2 große Zwiebeln
5 Zehen Knoblauch
2 EL geröstete Mandeln
3 Zweige Rosmarin
2 Zweige Thymian
ein paar Fäden Safran, 1 Prise Zimt
1 EL Brühe
Olivenöl (zum Braten), Pfeffer und Salz

Zubereitung:
Das gewürfelte Lammfleisch salzen, pfeffern und mit Olivenöl anbraten. Zwiebeln, Knoblauch und Lauch fein zerkleinern und hinzugeben. Mit dem Fleisch einige Minuten schmoren.
Die Tomaten überbrühen, häuten, in feine Würfel schneiden und mit dem Rosmarin und Thymian in den Topf geben. Mit Wasser auffüllen, bis das Lammfleisch vollständig von der Flüssigkeit bedeckt ist.
45 Minuten auf mittlerer Flamme reduzieren. Die Kichererbsen und die grünen Bohnen hinzugeben, weitere 15 Minuten auf kleiner Flamme kochen. Erst danach die Artischockenherzen zufügen.
Geröstete Mandeln, Safranfäden und Zimt zerkleinern, in einer kleinen Menge der Sauce auflösen und in den Fleisch-Gemüse-Topf einrühren. Mit Salz und Pfeffer abschmecken.

Can Picafort

Can Picafort liegt im Nordosten von Mallorca und gehört zur Gemeinde Santa Margalida. Der Ort an der Bucht von Alcúdia ist komplett auf Tourismus ausgelegt. An der Strandpromenade befinden sich viele Bars und Restaurants, es gibt eine Einkaufsstraße für den Tag und eine Fußgängerzone für den Abend. Wer darüber hinaus noch etwas Kultur erleben möchte, der fährt z. B. ins nahe gelegene Alcúdia und besichtigt die katholische Kirche Sant Jaume sowie die Ruinen von Pollença. Die heutige Kirche wurde von 1882 bis 1893 im Stil der Neugotik erbaut und ist dem Heiligen Jakobus geweiht. Die ehemalige römische Stadt Pollença ist eine archäologische Ausgrabungsstätte. Sie befindet sich an der Nordostküste der Baleareninsel auf dem Stadtgebiet von Alcúdia.

URSULA SCHMID-SPREER

Ein sensationeller Fund

Pollença – Alcúdia

»Es ist eine Sensation! Wir haben es geschafft!« Walter Rottner schlug sich auf die Oberschenkel und führte einen Freudentanz auf. »Geschafft, geschafft«, rief er immer wieder. Lachte, schluchzte. »Das ist der Durchbruch!«

Innerhalb weniger Stunden war die mallorquinische Presse informiert. Es dauerte auch nicht lange, und die Weltmedien tummelten sich in Alcúdia, um von dem sensationellen Fund zu berichten. Der Fundort Pollença war weiträumig abgesperrt.

»Und das, meine sehr verehrten Damen und Herren, das ist sie! Die Venus von Pollença.« Andächtig hielt Walter Rottner die Holzkiste hoch, in der die mit Styroporschnipseln gepolsterte Tonbüste lag. Ein Blitzlichtgewitter ging auf ihn nieder.

Am nächsten Morgen fand eine deutsche Spaziergängerin, die ihren Hund Gassi führte, Walter Rottner mit dem Gesicht nach unten im Sand vor der Absperrung zur Ausgrabung.

Inés stand der Schweiß auf der Stirn, denn es war sehr heiß in der Küche. Sie schnippelte Staudensellerie, Lauch und eine Fenchelknolle in kleine Stifte. Ein glänzender Fisch lag gesäuert und gesalzen auf einem Teller. Sie erschrak, als sie von hinten umfasst wurde. »Vorsicht! Ich habe ein scharfes Messer in der Hand!«

»Genauso, wie es sich für die Frau eines Comisionado gebührt«, lachte Pablo. »Ich nehme an, du kochst mein Lieblingsgericht?«

Statt einer Antwort deutete Inés auf die Tomaten und sagte: »Ausziehen!«

Er begann, ihr den Reißverschluss zu öffnen.

»Nicht mich, die Tomaten.« Inés schüttelte sich, lachte ihren Mann spitzbübisch an. Im selben Moment läutete das Telefon. Pablo lauschte, sagte »hm« und legte auf.

»Dieser Deutsche, der Archäologe, ist tot aufgefunden worden. Da hatte er nicht viel von seiner Venus. Schade, wird nichts mit ausziehen.«

»Heute Abend«, meinte Inés doppeldeutig. »Fischeintopf schmeckt besonders gut, wenn er aufgewärmt wird.«

Comisionado Pablo Garcia Diaz sah den Patólogo forense Dr. Jorge Gómez Martin an, der gerade seinen Metallkoffer schloss. Der Rechtsmediziner hatte eine Augenbraue nach oben gezogen und meinte knapp: »Erstochen. Keine Ahnung, womit. Sehen Sie die Wunde? Es war etwas, das vorne abgeschrägt ist. Näheres ...«

»... wie immer nach der Obduktion«, vervollständigte Pablo den Satz. Er grinste in sich hinein. Wie oft hatte er das schon in Fernsehsendungen gehört. Es schien auf der ganzen Welt gleich zu sein.

»Dieser Walter Rottner hatte doch ein Team. Wer war sein engster Vertrauter?«

Einer seiner Mitarbeiter zeigte auf einen schmächtigen Mann, der an der Stange eines Zeltes lehnte. Er war käseweiß im Gesicht, hielt sich die Hand an den Magen. Er sah aus, als wenn er jeden Augenblick umfallen würde.

»Geht es Ihnen nicht gut, kann ich helfen?«

»Nein, mir geht es nicht gut. Es geschieht ja nicht jeden Tag, dass einem gesagt wird, der Chef wäre erstochen worden«, antwortete der Mann.

»Entschuldigen Sie«, murmelte Pablo. »Wie taktlos von mir.« Er zückte seinen Ausweis, stellte sich vor. »Sie sind ...?«

»Jens Kastner, ich bin, meine, ich war die rechte Hand von Walter.«

»Wann haben Sie ihn zuletzt gesehen?«

»Gestern bei der Pressekonferenz.«

»Danach nicht mehr?«

»Nein, mir war der Trubel zu groß und ich habe mich zurückgezogen.«

Ein Kollege von Pablo überreichte ihm einen Zettel, den er kurz überflog. Dann stutzte er, wandte sich an Jens Kastner und sagte: »Die Stimmung von Herrn Rottner hat sich während der Pressekonferenz drastisch verändert. Er hat sie abrupt beendet, als ihm etwas ins Ohr geflüstert worden ist. Von Ihnen, Herr Kastner.«

»Ich habe ihm lediglich gesagt, dass seine Frau angekommen ist, mehr nicht.«

»Das war so bedeutend, dass Sie es ihm während dieser wichtigen Veranstaltung sagen mussten?«

»Er hat mich darum gebeten. Um die Ehe von Walter stand es nicht besonders gut. Er hatte Angst, dass sie sich von ihm trennen wollte.«

»Bitte halten Sie sich zu unserer Verfügung.«

Als Pablo ins Comisaría kam, fand er eine Reihe von Notizzetteln auf seinem Schreibtisch vor. Seine Kollegin Alicia bat ihn dringend um Rückruf. Es schien wichtig zu sein, denn sie hatte drei Ausrufezeichen dahinter gesetzt. Daher rief er sie als Erstes zurück.

»Gut, dass du anrufst«, sagte sie. »Sonst hätte ich tatsächlich noch mal ins Comisaría kommen müssen. Du glaubst nicht, was ich herausgefunden habe.«

»Du wirst es mir sicher gleich sagen.«

»Dann hör mal zu.«

Jens Kastner hielt seine Freundin Susanne fest im Arm. Sie strich ihm die feuchten Haarsträhnen aus der Stirn. »Er war ein Ekel, der sich auf deine Kosten profiliert hat. Du glaubst doch wohl nicht wirklich, dass er dich mitgenommen hätte. Dir hätte die Stelle als Kurator zugestanden, nicht ihm.«

»Er war immer ein bisschen schneller als ich.«

»Er war einfach skrupellos«, ergänzte Susanne. »Diese Venus hätte ihm das Genick gebrochen.« Sie lachte kurz auf. »Jetzt hat er seine gerechte Strafe erhalten.«

»Frau Rottner?« Comisionado Pablo Garcia Diaz ging auf die Frau zu, die gerade mehrere Koffer in ein Fahrzeug einlud. Als sie nickte, stellte er sich kurz vor. »Sie wollen abreisen?«

»Was dagegen?«

»Ihnen scheint der Tod Ihres Mannes nicht sehr nahezugehen.«

»Ich wollte mich von ihm trennen. Es sollte hier in Alcúdia unsere letzte Aussprache sein.«

»Was haben Sie denn in den vielen Koffern? Der hier«, er zeigte auf einen Metallkoffer, »passt aber gar nicht zu den anderen. Zeigen Sie doch mal her.«

Frau Rottner presste die Lippen aufeinander, sodass ihre Wangenknochen hervortraten. Sie sagte nichts. Als Pablo den Koffer öffnete, sah ihn das Gesicht der Venus von Pollença an.

»Er braucht sie doch sowieso nicht mehr«, versuchte sie sich zu verteidigen.

»Ich würde sagen, Sie wollten den spanischen Staat um ein Kulturgut betrügen. Das ist kein Kavaliersdelikt, das ist Diebstahl. Ich muss Sie bitten mitzukommen.«

Jens Kastner wartete bereits im Verhörraum. Pablo setzte sich an das andere Ende des Tisches und schwieg. Die Zeit strich träge vor sich hin. Die Spannung, die in dem Raum lag, konnte man fast anfassen.

»Sie haben es herausgefunden?« Jens Kastner konnte das Schweigen nicht mehr aushalten.

»Es hat uns einen Anruf gekostet, Señor Kastner.«

»Rottner war ein Schwein. Er hat sich auf meine Kosten einen Namen gemacht. Er hat große Teile meiner Doktorarbeit abgeschrieben. Ich konnte es ihm nicht beweisen.«

»Er war immer ein bisschen schneller als Sie, nicht wahr? Was ich nicht verstehe: Warum haben Sie trotzdem für ihn gearbeitet?«

Kastner zuckte mit den Schultern. »Die Stellen als Archäologen sind dünn gesät, und so hatte ich ihn ein bisschen unter Kontrolle. Meine Stunde würde schon kommen. Dann sollte er sich vor der ganzen Welt blamieren.«

»Haben Sie ihn umgebracht?«

»Nein, das müssen Sie mir glauben«, stieß er hervor. »Ich wollte ihn nur bloßstellen, aber nicht umbringen.«

»Ich habe hier die Analyse von der Venus. Sie ist gefälscht.«

»Das war ich. Gute Arbeit, nicht wahr?«

Pablo schmunzelte. »Stimmt. Sehr gute Arbeit. Unsere Analytiker haben eine Weile gebraucht, um es als Fälschung zu identifizieren.«

»Ich habe auch sehr sorgfältig gearbeitet. Wissen Sie, es gibt jede Menge Chemikalien, um etwas auf alt zu trimmen. Wenn man sich nicht gut auskennt, ist es recht schwer, auf den ersten Blick eine Fälschung zu erkennen. Rottner war ein Angeber, der bluffte, aber letztendlich keine Ahnung hatte.«

Ohne weiter auf diese Einwände einzugehen, sagte Pablo: »Rottner ist mit einem sogenannten Formeisen aus Edelstahl umgebracht worden. Wie man es benutzt, um Skulpturen zu modellieren. Sie sind somit dringend tatverdächtig.«

»Von einem toten Rottner hätte ich nichts gehabt. Bitte glauben Sie mir. Ich wollte ihn nur bloßstellen. Er wäre in der Fachwelt erledigt gewesen und ich an seine Stelle getreten. Das hätte bewiesen, dass er ein Blender und Dilettant war. Er hätte nie wieder einen Fuß auf den Boden bekommen.«

Es klopfte sehr laut an die Tür. Ein Kollege reichte Pablo einen Zettel und flüsterte ihm etwas ins Ohr.

»Frau Rottner hat ein stichfestes Alibi. Sie scheidet aus.« Pablo war aufgestanden, ging ein paar Schritte auf und ab, hielt den Zettel nachlässig in der Hand.

Dann ging alles sehr schnell. Eine junge Frau eilte durch die Tür auf Jens Kastner zu. Sie war hochrot im Gesicht und schrie: »Er war es nicht. Ich war's, ich!«

»Susanne! Was machst du hier? Was redest du für einen Unsinn?«

»Er hat mich angefasst, Jens. Er wollte nur eine billige Rache, weil er mitbekommen hat, dass ihn seine Frau schon seit Langem betrügt. Und er wollte dir wieder mal eins auswischen. Er wollte der tolle Hecht sein, der seinem Mitarbeiter auch die Freundin ausspannen konnte, wenn er nur wollte.«

Susanne weinte, suchte nach einem Taschentuch in ihrer Jeans.

»Sie haben Rottner während der Pressekonferenz nicht gesagt, dass seine Frau gekommen ist«, meinte Pablo.

Kastner nickte und sagte mit fester Stimme: »Ich wollte sein Gesicht sehen und wie er sich herauswinden würde all den Pressefritzen gegenüber. Ich habe ihm ins Ohr geflüstert, dass die Venus gefälscht ist, und zwar von mir!«

»Und vor lauter Wut, dass Sie ihm diesmal überlegen waren, wollte Rottner Ihre Freundin.«

Kastner und Susanne schwiegen. Susanne nickte, wischte die Tränen weg, schniefte. Sie blickte Jens an und sagte nun mit fester Stimme: »Er wollte wissen, ob du die Venus wirklich gefälscht hast. Ich habe ihm den Ofen gezeigt und die Negativform. Da ist er über mich hergefallen, hat mir die Bluse zerfetzt und die Hose runtergerissen.«

»Dann war dieses Formeisen auf einmal in Ihrer Hand.«

»Ja, ich habe zugestochen. An alles andere kann ich mich nur noch schemenhaft erinnern.«

Pablo nickte dem Kollegen zu, der die ganze Zeit über im Raum gewesen war.

Pablo wusste nie so recht, wie er sich fühlte, wenn ein Fall abgeschlossen war. Trotz seiner vielen Jahre bei der Mordkommission konnte er sich einfach nicht daran gewöhnen, dass es Menschen gab, die anderen das Leben nahmen. War es nun aus Habgier oder aus Eifersucht. Er schlenderte in den Straßen der Altstadt umher. Heute war Markt, wie immer dienstags. Er ging durch die Carrer Major, kaufte ein paar Blumen für Inés. Verweilte an der Porta del Moll und lenkte seine Schritte zum Strand. Dort verharrte er einige Momente, atmete tief die würzige Meeresluft ein. Inés wartete auf ihn und ein köstliches mallorquinisches Fischgericht.

Estilo mallorquin guiso de pescado

Fischeintopf auf mallorquinische Art

Zutaten (für 6 Personen):
2 Stangen Staudensellerie
1 Stange Lauch
1 kleine Fenchelknolle
4 Fleischtomaten
2 Stängel Petersilie
1 frische Knoblauchknolle
2 TL Oregano (gehackt)
800 g gemischtes Fischfilet z. B. Dorade, Brasse, Petersfisch
300 g frische kleine Sardinen
3 EL Olivenöl, 1 l Fischfond
Salz, Pfeffer aus der Mühle
1 EL Paprikapulver, 1 Estragonzweig
Saft einer halben Zitrone

Zubereitung:
*Sellerie, Lauch und Fenchel zerkleinern. Die Tomaten über-
brühen, enthäuten und vierteln. Kerne entfernen, Frucht-
fleisch grob würfeln. Knoblauch schälen und pressen.*
*Die Sardinen waschen, den übrigen Fisch grob in mundge-
rechte Stücke teilen.*
*In einem großen Topf Olivenöl erhitzen, das Gemüse und die
Petersilie andünsten und mit Oregano, Knoblauch, Salz und
Pfeffer würzen. Paprikapulver, Fischfond und nun auch die
Tomatenwürfel hinzugeben. Alles aufkochen.*
*Den gesamten Fisch und den Estragonzweig zufügen und bei
schwacher Hitze etwa zehn Minuten auf dem Herd belassen.
Estragon und Petersilienstängel wieder entfernen und Zitro-
nensaft hinzugeben. Abschmecken, danach werden die abge-
zupften Petersilienblättchen darübergestreut.*
Serviert wird der Fischeintopf mit gerösteten Weißbrotscheiben.

Pollença - Alcúdia

In den Geschichtsbüchern Mallorcas findet sich eine wechselhafte Besiedlung. 70 vor Christus herrschten die Römer. Sie siedelten in der Nähe vom heutigen Alcúdia, bauten Tempel, Läden, ein Theater und einen Hafen. Die Häuser verfügten bereits über Bäder, Wasser- und Abwasserleitungen. Die Stadt wurde im Jahr 426 von den Vandalen zerstört, später allerdings wieder aufgebaut. Die Römer nannten die Stadt Al-Qudya, der Hügel.

Erst im 17. Jarhhundert wurde Alcúdia entdeckt. Bei den Ausgrabungen wurden Grundmauern, Säulenreste und ein Tempel freigelegt. Ebenfalls fand man Grabbeigaben, die aus Keramik, Gläser, Amphoren bestanden. Auch Münzen und Bronzegefäße wurden gefunden.

URSULA HAHNENBERG

Pinien, Palmen und Platanen

Pollença

Esther zieht den Sonnenhut mit der breiten Krempe tief ins Gesicht. Dann schiebt sie sich mit dem Zeigefinger die riesige schwarze Sonnenbrille zurück auf die Nase. Sie muss vorsichtig sein. Es sind viel weniger Leute da, als sie erwartet hat. Sie hat gedacht, Mitte September wären in Port de Pollença noch Massen von Urlaubern am Strand, und sie würde in der Menge einfach untergehen. Doch trotz der angenehmen Temperaturen und des herrlichen Wetters ist nur die vordere Liegestuhlreihe besetzt. Esther sieht Familien mit kleinen Kindern, sie hört immer wieder englische Sprachfetzen und nur hier und da schnappt sie ein deutsches Wort auf.

Barfuß, mit den Sandalen in der Hand, schlendert sie an der Wasserlinie entlang, hinterlässt Fußspuren im nassen Sand, die schon von der nächsten Welle gelöscht werden. Sie hat den Pareo locker um die Brust gebunden, der hauchdünne Stoff verbirgt ihren immer noch jugendlichen Körper. Sie bedauert, dass sie sich nicht zeigen kann, aber es ist wichtig, dass niemand sie erkennt. Sie bleibt stehen und streckt den Rücken noch ein bisschen mehr durch. Dabei schweift ihr Blick prüfend über die Badegäste. Sie ist sich sicher, er muss hier sein. Die Detektei, die sie nach einem vagen Verdacht eingeschaltet hat, ist für Zuverlässigkeit genauso bekannt wie für Diskretion.

Da ist Alexander.

Ihr Herz setzt einen Moment aus. Dann schlägt es wieder, so laut, so heftig, so schmerzhaft, dass sie scharf die Luft einziehen muss.

Auf der Liege direkt neben ihrem Ehemann sonnt sich eine Frau. Der knappe Bikini bedeckt nur wenige ihrer weiblichen

Reize, das Oberteil scheint ein bisschen zu klein zu sein. Sie ist braun gebrannt, und ihr Kopf ruht in einem Meer dunkler Locken. Sie ist schön. Sündhaft schön. Die Fremde und Alexander teilen sich den strohgedeckten Sonnenschirm. Zwischen den beiden Liegen treffen sich ihre Hände, die Finger zärtlich verschränkt.

Wegschauen. Sie muss sofort wegsehen und weitergehen. Alexander erwartet sie hier nicht, er denkt, sie wäre zu Hause in Berlin, aber wenn sie hier steht und ihn anglotzt, wird er sie erkennen.

Esther lässt also ihren Blick weiterschweifen, dreht sich um und sieht hinaus auf das Meer. Sie lächelt. Er wird bereuen, was er ihr angetan hat. Sehr bald.

Ihre blonden Strähnen fallen achtlos zu Boden. Esther hat einen Friseur gefunden, nur wenige Schritte vom Hafen entfernt. Innerhalb einer halben Stunde macht Paolo aus ihren schulterlangen Haaren eine raspelkurze Frisur. Er hat Tränen in den Augen, aber Esther findet, sie sieht jetzt wie Charlize Theron aus, die südafrikanische Schauspielerin. Der Haarschnitt steht ihr, und wenn sie ihre Sonnenbrille vor den Augen hat, wird niemand sie erkennen. Auch Alexander nicht. Gerade er nicht. Sie stellt sich vor, wie ihre Finger sich um seinen Hals legen, wie sie zudrückt. Nein. Dazu ist sie nicht stark genug. Sie muss ein Tuch benutzen. Einen weißen Seidenschal, der sich schmeichelnd um seinen Hals legt, sie hat die Enden fest im Griff, sie zieht zu, und seine Hände schießen an seinen Hals, um das Band zu lockern. Aber vergeblich.

Sie darf keine Spuren hinterlassen. Sie bezahlt den Friseur in bar ebenso wie das neue Sommerkleid, das so bunt und wenig seriös ist wie kein anderes in ihrem Schrank. Ein gelungenes Verbrechen braucht gute Vorbereitung, ein perfekter Mord erst recht. Das weiß sie, schließlich ist sie Strafverteidigerin. Sie zieht sich im Hotel um und schlendert zurück an den Strand. Sie hat Glück, die beiden sind noch da, stopfen gerade ihre Handtücher in eine riesige Korbtasche. Esther mischt sich unter die Spaziergänger auf dem Gehweg und folgt ihnen die Passeig Saralegui hinunter. Die breite Straße trennt den weitläufigen Sandstrand von drei- bis viergeschossigen Häusern, in denen sich ein Laden an den anderen reiht. Sie passieren das letzte Geschäft. Hier stehen schmucke Appartementhäuser mit kleinen Gärten. Schließlich verschwindet das Paar hinter einer Haustür.

Esther schlendert weiter, einige Meter am Haus vorbei, dann läuft sie schnell über die Straße und setzt sich auf die Mauer, die den Weg vom Strand trennt. Der Stein ist von der Sonne aufgeheizt und fühlt sich durch ihr dünnes Sommerkleid rau an. Sie starrt auf das gelbe Haus mit den hübschen weißen Balkonen und den Fensterläden. Es sieht nett aus, gar nicht, als wohnte hier ein Verräter.

Am besten wäre ein Unfall. Ein tragisches Missgeschick an den Klippen von Formentor. Am Leuchtturm geht es nicht. Zu viele Leute und die Klippen sind zu weit weg, auch wenn der Ausblick atemberaubend ist. Sie kann sich erinnern, dass sie vor vielen Jahren einmal dort oben gewesen ist.

Esther sitzt in der Osteria N 15 an der Plaça Miguel Capllonch, dem grünen Hauptplatz des Ortes, und bestellt Abendessen. Spaghetti Vongole. Obwohl die Nudeln köstlich aussehen, stochert sie nur darin herum.

Sie blättert nebenbei im Reiseführer. Zögert. Der Aussichtspunkt auf dem Weg zum Leuchtturm könnte besser geeignet sein. Dort gibt es eine Stelle, an der man ganz nah an den Felsvorsprung herankommt. Sie beobachtet gedankenverloren die Menschen, die über den Platz flanieren. Wie soll sie Alexander zu den Klippen locken, ohne Spuren zu hinterlassen?

Eine leichte Brise streicht über den Platz und über ihren Nacken. Nein, sie will keine Briefe oder Nachrichten verschicken, keine Anrufe machen. Es muss auf eine andere Art funktionieren. Vielleicht ein Autounfall. Eine manipulierte Bremsleitung. In ihrer Handtasche brummt etwas. Esther fischt mit einer einzigen Bewegung das Mobiltelefon heraus.

»Hallo?«

»Hallo, mein Schatz!«

Alexander. Esther hält die Luft an und sieht sich um, ist er in der Nähe?

»Alexander, wie schön, dass du dich meldest. Wie ist das Wetter in Ankara?«

»Du weißt doch, dass man auf diesen Kongressen kaum Tageslicht zu sehen bekommt.«

Esther beißt die Zähne zusammen, um nicht hysterisch zu lachen. Wenig Tageslicht? Wahrscheinlich hat er den ganzen Tag mit seiner kleinen Schlampe im Bett verbracht. Bis sie ihn nachmittags gesehen hat. Am Strand.

»Und wie ist es zu Hause? Hast du viel Arbeit?«

Esther holt tief Luft und im Ausatmen sagt sie: »Ach, du weißt doch, dass ich abends nicht gerne über meine Fälle spreche.«

»Wenn ich zu Hause wäre, würde ich dir jetzt den Nacken massieren.« Seine Stimme klingt so liebevoll, dass Esther schon wieder mit der Übelkeit kämpfen muss. Aber sie sagt nichts. Sie wird ihn im Innersten treffen und zusehen, wie ihm seine Lügen im Hals stecken bleiben.

An diesem Abend liegt Esther noch lange wach in ihrem Hotelzimmer im Sis Pins. Es ist nicht groß, aber sauber und hat einen wunderbaren kleinen Balkon. Sie hat die Fensterläden geöffnet und kann vom Bett aus direkt auf das Meer blicken. Sie lauscht auf das leise Rauschen der Brandung. Seit 15 Jahren kennt sie Alexander, seit 10 Jahren sind sie verheiratet. Das perfekte Paar, der talentierte Chirurg und die Staranwältin. Schon immer ist sie ehrgeizig, will den Erfolg um fast jeden Preis. Alexander ist der perfekte Partner, gutaussehend, erfolgreich und an Kunst und Reisen genauso interessiert wie sie. Vor drei Jahren hat Alexander vorgeschlagen, die Patenschaft für ein kleines Mädchen zu übernehmen. Er wollte benachteiligten Kindern eine Chance geben und Esther hat sich darüber gefreut. Sie weiß, dass ihr Geld zugunsten des Mädchens nur eine klitzekleine Wiedergutmachung dafür ist, dass sie ihm keine Kinder schenken will. Sie will ihr Leben genießen.

Ein perfektes Leben.

Warum wirft er es weg?

Warum serviert er sie ab wie ein Gericht, das einem früher einmal geschmeckt hat und nun zu fade ist? Halt, nein, nicht abserviert hat er sie, sondern betrogen. Hintergangen.

Am nächsten Morgen sitzt Esther schon um halb zehn auf der Terrasse vor dem Hotel beim Frühstück. Sie nippt an einem Cappuccino und ist froh darüber, dass die Sonnenbrille die Augenringe verbirgt, die ihr die schlaflose Nacht beschert hat. Sie nimmt noch einen Schluck von ihrem Kaffee und beobachtet die Passanten.

Ein kleines Mädchen erregt ihre Aufmerksamkeit. Es ist blond wie ein Engel und balanciert über die Kaimauer. Esther kennt sich mit Kindern nicht aus. Dieses ist kein Baby mehr, aber auch noch kein Schulkind, also vielleicht drei oder vier Jahre alt. Es sieht aus wie Alexander auf seinen Kinderfotos. Das Mädchen stolpert, Esther zuckt zusammen, doch ein Mann ist in wenigen Sekunden bei dem Kind. Er hebt es hoch, sieht sich das verletzte Knie an und wirft die Kleine dann in die Luft, bis sie kreischt und lacht.

Es ist Alexander. Er steht mit dem Rücken zu ihr und doch weiß sie es. Sie ist seine Tochter. Ungefähr drei Jahre alt. Esther schluckt. Zahlt sie für dieses Kind fünfhundert Euro im Monat? Ihre Gedanken straucheln, die Luft bleibt ihr weg. Das Mädchen läuft und hüpft und strahlt eine Lebensfreude aus, die Esther aufsaugt wie eine Ertrinkende und die ihr gleichzeitig die Kehle abschnürt.

Auf einmal weiß sie nicht mehr, was ihrem Leben Sinn gibt. Immer war sie die Beste, die erste Wahl gewesen. Nun hat Alexander eine Familie, die Familie, zu der er sie einmal hatte überreden wollen. Was will er noch von ihr, Esther? Geht es um ihr Geld?

Sie wendet den Blick ab. Und fühlt, dass sie angestarrt wird. Ja. Tatsächlich. Die andere. Die Händchenhalterin. Dieser Blick lässt sie frösteln. Als hätte sie einen dummen Fehler begangen. Als wüsste die andere genau, wer sie ist. Die Dunkelhaarige verzieht den Mund zu einem kalten Lächeln und Esther wird es mulmig. Die Frau geht zu Alexander und dem Kind, beide nehmen das Mädchen an der Hand und zu dritt, die perfekte Familie, spazieren sie weiter.

Esther atmet tief durch und der ganze Zorn in ihrem Bauch verwandelt sich in Trauer. Trauer darum, dass etwas zu Ende gegangen ist. Eine Träne rinnt unter der Sonnenbrille über ihre Wange. Schnell wischt sie sie weg. Sie ist Esther Leonardi, erfolgreiche Anwältin, und sieht blendend aus. Sie kann es sich leisten, ihren eigenen Weg zu gehen. Dann zückt sie ihr Smartphone und bucht ihren Flug um. Heute Nachmittag schon wird sie nach Hause fliegen. Weg von hier, von Alexander, der dunklen Schönheit und der perfekten Familienwelt, die sie stört. Sie schreibt eine E-Mail an ihren Kollegen Max, der den Ehevertrag und ihr Testament aufgesetzt hat. Er muss das ändern. Alexander wird kein Geld mehr von ihr bekommen und sein Kind auch nicht. Nicht einen Cent.

Um 19 Uhr geht ihr Flug, sie bestellt ein Taxi, das sie am Nachmittag nach Palma bringen wird. Bis dahin wird sie hier sitzen und das Leben genießen. Sie blättert im Hotelprospekt und erfährt, dass Agatha Christie in den 1930er-Jahren in Port de Pollença war, sogar einmal im Sis Pins gewohnt hat. Wahrscheinlich hat sie hier gesessen, auf das Meer geblickt und sich einen Krimi ausgedacht. Eigentlich, denkt Esther, könnte sie auch einen schreiben. Anwälte tun das doch heute. Sie notiert sich die Idee im Smartphone, macht ein paar Fotos vom Strand und liest ihre E-Mails. Dann sieht sie aus den Augenwinkeln, wie Alexander und die Dunkelhaarige mit dem Mädchen einen Tisch nur wenige Meter entfernt von ihr besetzen. Erst wird ihr ganz warm und sie möchte lieber gehen. Dann beschließt sie, sich nichts anmerken zu lassen. Niemand erwartet, dass sie hier ist. Außerdem können die beiden sitzen, wo sie wollen. Es geht sie nichts mehr an. Alexander nimmt das kleine Mädchen an die Hand und geht mit ihm zum Strand. Die Dunkelhaarige bleibt sitzen und winkt den Kellner zu sich. Sie diskutieren, der Kellner schüttelt den Kopf, dann steckt ihm die Dunkle ein paar Scheine und ein Päckchen zu. Dienstbeflissen eilt er nun davon. Esther versteht das nicht, aber andererseits kennt sie sich mit Kindern ja nicht aus. Vielleicht braucht die Kleine ein besonderes Essen. Der Blick der Frau trifft sie und schnell sieht Esther weg.

Jetzt bekommt sie Hunger. Das ist ein gutes Zeichen. Esther bestellt eine Flasche Mineralwasser und Tapas. Pimientos de Padrón, Datteln im Speckmantel, mit Oliven und Brot. Sie bekommt sogar eine Paste dazu, die sie nicht kennt. Sie tunkt das Brot ein und isst. Beim Essen beobachtet sie wieder die Passanten. Ihr Appetit ist schnell gestillt. Hin und wieder wirft sie einen Blick zum anderen Tisch. Alexander ist noch nicht zurückgekehrt, aber die Frau scheint sie zu beobachten.

Sie hebt die Hand, fragt nach einem Cappuccino und noch mehr Wasser, plötzlich hat sie so einen trockenen Mund. Außerdem ist es heiß geworden, viel heißer als vorhin. Der Kellner muss den Teller abräumen, wenn sie die Reste der Tapas nur ansieht, wird ihr schon übel.

Esther muss blinzeln, die Realität verschwimmt vor ihren Augen. Ihre Zunge fühlt sich an, als hätte jemand einen trockenen Waschlappen in ihren Mund gestopft, den sie nicht hinunterschlucken kann. Ihr Puls hämmert in den Ohren, was ist nur mit ihr los? Es geht ihr nicht gut, normalerweise würde sie Alexander bitten, ihr zu helfen. Doch er ist nicht zu sehen. Nur die Schwarzhaarige, die sie mit einem Lächeln beobachtet. Esther greift nach ihrem Wasserglas, sie ist so durstig, als hätte sie jahrelang nichts mehr getrunken. Die andere prostet ihr zu.

Der Camerero sagt etwas, sie kann es nicht verstehen, was will er denn? Warum hilft er ihr nicht? Esthers Körper beginnt überall zu zittern, Alexander, denkt sie, Alexander kann helfen. Alexander ist immer noch nicht da. Diese Frau kommt herüber. Sie setzt sich neben Esther auf einen Stuhl, nimmt eine Serviette, taucht sie in Wasser und tupft damit die Schweißperlen von Esthers Gesicht. Sie beugt sich vor, kommt ganz nah an Esthers Ohr, dann wispert sie: »Es ist vorbei. Ich wusste, dass du auftauchen und mein Leben zerstören würdest. Ein bisschen Atropin und in ein paar Minuten ist das Problem gelöst. Du wärst besser zu Hause geblieben.«

Bedauernd sieht sie Esther an, die nicht mehr antworten kann. Röchelnd ringt sie nach Atem. Krämpfe schütteln sie. Holt doch einen Arzt, formt sich ein letzter Gedanke.

Dann wird es dunkel.

Dátiles con bacon

Datteln im Speckmantel

Tapas sind spanisches Fingerfood, schmackhafte Kleinigkeiten. Die Auswahl ist schier endlos, für jeden Geschmack ist die passende Köstlichkeit dabei. Kombinieren Sie zum Beispiel verschiedene eingelegte Oliven mit weißem Stangenbrot.

Zutaten:
Datteln ohne Kern
Frühstücksspeck
Zahnstocher
Backpapier

Zubereitung:
Den Backofen auf 180 Grad vorheizen. Die Streifen des Frühstücksspecks mit einem scharfen Messer halbieren. Dann die Datteln einzeln in jeweils einen Streifen Frühstücksspeck einrollen und diesen mit einem Zahnstocher fixieren.
Ein Backblech mit Backpapier belegen und die Datteln darauflegen. Backen, bis der Frühstücksspeck kross ist.

Port de Pollença

Port de Pollença ist ein kleiner Hafenort. Hochhäuser und Massentourismus sucht man dort vergebens. Dabei hat Port de Pollença gerade für Familien viel zu bieten, zum Beispiel einen langen Sandstrand und flaches Wasser. Auch eine Surf- und Segelschule ist ansässig. Die endlose Promenade lädt dazu ein, einen langen Spaziergang am Meer entlang zu unternehmen, und soll eine der schönsten auf ganz Mallorca sein. Schon in den 1930er-Jahren haben die Engländer das Städtchen als gehobenen Urlaubsort entdeckt.

Agatha Christie, die große Dame des Crime, ist immer wieder nach Pollença gereist. Dort soll sie sogar im Sis Pins abgestiegen sein. Ihre Begeisterung für den Ferienort hat sie in einer Kurzgeschichte mit dem Titel »The problem at Pollensa Bay« zum Ausdruck gebracht.

www.pollentia.net

Süße Liebe

Sencelles

Bertaluise Nürnberger ließ sich aufatmend in den Sitz fallen. »Endlich«, murmelte sie. Den Sitzgurt musste sie weiter stellen; dafür hatte sie kein Problem, ihre Beine in dem engen Fußraum auszustrecken.

Kein Mord, kein Totschlag, Erholung pur, dachte sie. Ein feines Lächeln umspielte ihren Mund. Und kein Klausi. Sie mochte ihren Kollegen wirklich sehr, aber manchmal ging er ihr schon ziemlich auf die Nerven mit seinen saloppen Sprüchen. Kurzentschlossen hatte Belu, wie sie von allen genannt wurde, einen Flug nach Mallorca gebucht. In Palma erwartete sie ein kleiner Fiat, der sie nach Sencelles bringen sollte. Sie hatte sich bewusst für diesen Ort entschieden. Mitten auf der Insel gelegen, bot er wenig Abwechslung – dafür Ruhe. Sie übte ein paarmal, das spanische Wort richtig auszusprechen. »Sansejas, Sansejas«.

»Richtig«, antwortete ihr der Mann, der sich neben sie setzte. »Mein Name ist Wolfgang Debelius, schließlich sind wir jetzt etwas mehr als zwei Stunden zusammen.«

»Nürnberger«, stellte sie sich vor. »Können Sie spanisch?«

»Ein bisschen. Was man halt so von diversen Urlauben mitbekommt«, lachte er.

»Waren Sie schon einmal in Sencelles?«

»Nein, aber es soll ein netter kleiner Ort sein, vor allem, wenn man Ruhe sucht. Übrigens, es gibt eine spannende Geschichte zu dem Dorf.«

»Interessant, erzählen Sie! Ich bin neugierig.«

»Der Name des Ortes könnte sich von *cent selles*, also hundert Krüge, herleiten. Manche glauben, es bedeute *cent celles*, das heißt hundert Parzellen, andere wiederum sind der

Ansicht, der Name stamme von dem Wort *centelles* für funkeln, glitzern ab.«

»Danke für den kostenlosen Geschichtsunterricht«, lachte Belu.

»Mich interessiert besonders die kulinarische Spezialität von Sencelles.«

»Was ist das?«

»Mamelletes, ein sehr schmackhaftes Gebäck, das mit einer Kirsche verziert ist und an Frauenbrüste erinnert.«

Belu schaute ihren Sitznachbarn irritiert an. Typisch Mann, schoss es ihr durch den Kopf.

Wolfgang lachte auf. »Nein, nein, das sind keine Männerfantasien«, schob er schnell nach. »Das ist eine Köstlichkeit, die es nur dort gibt und die in einem kleinen Café namens *Can Pep* exklusiv hergestellt wird.«

»Dazu gibt es doch bestimmt wieder eine Geschichte?«, fragte Belu belustigt.

Wolfgangs dunkle Augen leuchteten auf. »Wollen Sie die hören?«

»Klar! Wir haben doch genügend Zeit.«

»In Sencelles wird jedes Jahr im Februar das Patronatsfest *Santa Águeda* gefeiert, zu Ehren der Heiligen Jungfrau Agatha von Catania. Die wollte ihre Jungfräulichkeit behalten und lehnte den Heiratsantrag des heidnischen Statthalters ab. Der ließ sie kurzerhand einkerkern und ihr die Brüste abschneiden.«

»Wie fürchterlich«, rutschte es Belu heraus.

»Ja, schrecklich. Doch dann das Wunder: Der Legende nach erschien ihr nach dem Martyrium der heilige Petrus und pflegte ihre Wunden.« Wolfgang machte eine kurze Pause. »Das hat sie jedoch auch nicht gerettet. Der Statthalter ließ sie auf glühende Kohlen legen.«

»Und?«

»Wie und? Das hat sie nicht überlebt.«

»Ist schon klar. Aber was ist nun mit dem Gebäck?«

Wolfgang grinste. »Ach ja. Das Gebäck gibt es natürlich zum Patronatsfest, aber wohl auch das ganze Jahr über.«

Bei angeregter Unterhaltung vergingen die zwei Stunden buchstäblich wie im Flug.

»Dann wünsche ich Ihnen einen schönen Aufenthalt auf Mallorca«, sagte Belu, während sie ihren Koffer vom Gepäckband zog und sich von Wolfgang mit einem Winken verabschiedete. Er wartete immer noch auf sein Gepäck.

Nach einer halben Stunde erreichte sie den Ort Sencelles. Die Pensionswirtin Maria nahm sie freundlich in Empfang, eine kleine, rundliche Person, die sie mit einem Schwall spanisch-deutscher Worte begrüßte. Es war angenehm warm; Belu schlüpfte in ein Hängekleidchen, schnappte sich ihren Liebesroman und legte sich in den Liegestuhl. Es roch nach frischem Gras, eine seidige Brise strich über ihr Gesicht. Die Ruhe war himmlisch. Sie war wohl eingeschlafen, denn Kaffeeduft weckte sie. Maria stand mit einem Tablett vor ihr und redete wieder lebhaft auf sie ein.

»Café con leche, Señora? Y Mamelletes?«

Belu nickte, nahm einen großen Schluck und biss genüsslich in das Gebäck. Ihr Sitznachbar im Flugzeug, wie hieß er noch gleich, Wolfgang, hatte recht. Schmeckt köstlich, dachte sie. In dieser Nacht schlief sie tief und traumlos.

Nach einem guten Frühstück machte Belu einen kleinen Spaziergang durch das Dorf. Es war Mittwoch und somit auf der Placa Nova Wochenmarkt. Endlich hatte sie einmal Zeit zu schlendern, sich alles in Ruhe anzuschauen. Sie atmete die Luft tief ein. Griff nach einem Apfel, roch daran.

»Buenos dias«, hörte sie eine Stimme, die ihr bekannt vorkam.

»Oh, guten Tag«, antwortete Belu.

»Meine Freunde kommen heute Abend aus Deutschland nach und ich muss für das Begrüßungsessen noch einiges auf dem Markt einkaufen«, erklärte Wolfgang.

Im selben Moment ertönte ein langgezogener Schrei.

»Ayuda, ayuda!«

»Da schreit jemand um Hilfe«, konstatierte Belu.

»Sangre!«

Wolfgang ergänzte: »Blut!«

Belu und Wolfgang liefen gleichzeitig los. Die junge Frau hinter der Verkaufstheke am äußersten Rand des kleinen Marktes beugte sich über einen Mann. Die Blutlache, in der er lag, breitete sich immer weiter aus. Belu zog die jammernde Frau weg.

Wolfgang griff dem Mann beherzt an den Hals, konnte aber keinen Puls mehr fühlen. Er schnellte hoch, blickte sich um und ergriff ein Leinentuch vom Tresen, drückte es auf die klaffende Wunde. Dann begann er mit der Reanimation. Jedes Mal, wenn er den Brustkorb hinunterdrückte, kam ein weiterer Schwall Blut aus der Wunde am Hals.

»Es hat keinen Sinn mehr.« Belu berührte ihn an der Schulter. Wolfgang erhob sich mühsam. »Ja, da lässt sich wohl nichts mehr machen.« Er entfernte das Tuch und betrachtete die Wunde.

»Ein tiefer, schmaler Schnitt«, stellte er fest.

»Sind Sie Arzt?« Belu sah ihn fragend an. Wolfgang schüttelte den Kopf. »Nein, Hauptkommissar bei der Mordkommission.«

»Na, dann sind wir jetzt wohl ein Team.«

Wolfgang blickte Belu verständnislos an.

»Ich bin auch Hauptkommissarin bei der Mordkommission.« Trotz der dramatischen Situation huschte ein Lächeln über Wolfgangs Gesicht. In dem Augenblick kam ein Polizist in schwarzer Uniform von der *Policia Local* herangelaufen. Schnell drängte er die Schaulustigen zur Seite.

»Pedro, Jaime, besorgt ein großes Betttuch«, befahl er zwei Einheimischen. Es dauerte nicht lange, dann war der Tote vor den Blicken der Umherstehenden abgeschirmt.

»Was machen Sie hier«, kam es nicht unfreundlich, aber resolut von dem Polizisten.

»Wir sind auf dem Markt zum Einkaufen gewesen«, beantwortete Wolfgang die Frage, und sowohl er als auch Belu zückten automatisch ihre Dienstausweise.

»Ah, deutsche Polizisten«, sagte er in breitestem Kölsch. »Ich war mal in Köln. Ein Austauschprogramm. Gestatten«, er deutete eine kleine Verbeugung an, »Pepe Lopez, Comisionado. Das entspricht einem Kommissar bei Ihnen.«

Belu lächelte und fragte: »Wer ist der Tote?«

»Sancho Martinez, der Bäckermeister und Besitzer des Cafés *Can Pep*«, er zeigte zur benachbarten Häuserzeile.

»Der Bäcker, der exklusiv die Mamelletes herstellt?«, wollte Wolfgang wissen.

»Ja, und er hat mich erst vor Kurzem aufgesucht.«

»Warum?«, Belu horchte auf.

»Sancho fühlte sich bedroht. Er berichtete mir, dass zwei Bäckereiketten ihm sehr aggressiv sein Rezept abkaufen wollten.«

»Was er natürlich nicht wollte!«, ergänzte Wolfgang.

»Natürlich nicht. Das war sein Alleinstellungsmerkmal. Für die Mamelletes kommen die Mallorquiner und sogar die Festlandspanier in sein Geschäft.«

Comisionado Sanchez bemerkte eine Hand auf seiner Schulter. Schnell drehte er sich um und blickte in die dunklen Augen des Notarztes, der in einem weißen Overall steckte.

»Lassen Sie mich durch?«

Der Notarzt beugte sich über den Toten. Mit seiner Hand, die in dünnen OP-Handschuhen steckten, tastete er die Wunde ab.

»Stich in den Hals und dann einmal kräftig durchgezogen. Er hatte keine Chance, ist sofort verblutet.«

»Können Sie etwas zur Tatwaffe sagen?«, fragte Belu nach.

»Die Ränder der Schnittfläche sind ausgefranst. Das bedeutet, es war kein glattes Messer, dafür ein sehr scharfes. Man braucht nicht viel Kraft. Die Klinge könnte einen Wellenschliff gehabt haben.«

»Ein Brotmesser?«, wollte Wolfgang erstaunt wissen.

»Möglich«, der Arzt klappte seinen Tatortkoffer zu und verabschiedete sich.

»Ein Mord, nur um an das Geheimrezept zu kommen, erscheint mir wenig überzeugend«, wandte sich Wolfgang an Belu und Pepe.

Belu ging ein paar Schritte auf eine ältere Frau zu. Diese hielt sich die Schürze vor den Mund. Die Augen waren weit aufgerissen. Ihre Schultern bebten. Eine Jüngere stand neben ihr. »Mama, komm, ich bring dich nach oben.«

»Augenblick noch«, schnell war Belu bei der jungen Frau. Sie hob deren Hand hoch. Blutstropfen liefen ihr an der Handkante entlang.

»Ich habe ihn angefasst«, rechtfertigte sie sich.

Pepe nickte, machte eine Handbewegung, und die Jüngere führte ihre Mutter vom Marktstand weg.

»Kollegen«, Pepe lächelte, »möchten Sie mit in mein Büro kommen?«

»Gerne«, bestätigten die beiden.

»Wer war eigentlich die junge Frau?«, fragte Belu.

»Carmen, die Schwester unseres Toten. Die ältere Dame ist die Mutter der beiden.«

»Führen die Frauen das Geschäft weiter?« Wolfgang nagte an der Lippe und murmelte etwas, das wie »seltsam« klang.

»Nehmen Sie Platz. Café cortado?«, bot Comisionado Pepe Lopez seinen beiden Gästen an.

Die drei Kommissare saßen bequem um Pepes Schreibtisch. Ein Außenstehender hätte meinen können, dass sie sich lediglich angeregt unterhielten. Pepe hörte aufmerksam zu, welche Fragen die beiden deutschen Kommissare stellten. Nach gut zwei Stunden überreichte ein Mitarbeiter Pepes die ersten Rechercheergebnisse. Unter anderem eine Liste der spanischen Telefonica. Er wählte eine Nummer, die sehr oft angegeben war, sprach einige Sätze, lauschte und legte dann mit einem zufriedenen Lächeln den Hörer auf die Gabel.

»Ich dachte es mir fast«, meinte Belu, als sie die unterstrichenen Telefonnummern sah. Auch Wolfgang nickte: »Klassiker.«

»Kommen Sie bitte, ich erkläre Ihnen alles auf dem Weg«, meinte Pepe.

Das Fahrzeug hielt vor der Bäckerei *Can Pep*. Pepe ging zielstrebig auf eine Haustür zu. Er winkte nach hinten, deutete damit an, dass ihm sowohl Belu als auch Wolfgang folgen sollten.

»Carmen? Margarita?«, schrie er die Treppe hoch. Keine Antwort. Die drei fanden die beiden Frauen in inniger Umarmung vor.

»Ich bin bereit«, sagte Carmen. »Ich habe ihn umgebracht. Hier ist das Brotmesser.«

Margarita schnäuzte sich. »Wir haben es nicht mehr ausgehalten. Mein eigener Sohn hat uns schikaniert.«

»Er hat Mama sogar einmal geschlagen. Die eigene Mutter!«, stieß Carmen hervor. »Er hat eine Frau kennengelernt. Für die wollte er das Geheimrezept verkaufen. Was aus uns werden würde, hat ihn überhaupt nicht interessiert.«

»Ich bin eine alte Frau«, meinte Margarita. »Aber Carmen hat noch alles vor sich. Die Bäckerei ist unser Leben.«

Die Frauen weinten. »Sancho war wieder einmal sehr garstig zu Mama und da habe ich das Messer genommen. Es war ganz leicht.«

Pepe hatte die ganze Zeit über leise übersetzt, so dass Belu und auch Wolfgang informiert waren.

»Wir haben mit Sanchos Freundin gesprochen«, informierte Pepe. »Er wollte das Rezept wirklich verkaufen und mit dieser Frau weggehen, das hat sie uns bestätigt. Es tut mir leid.« Comisionado Pepe sah sehr traurig aus.

»Ja, was die späte Liebe nicht alles bewirkt! Sancho war an die fünfzig und wollte ein anderes Leben beginnen.«

»Schade nur«, ergänzte Wolfgang, »dass er das auf Kosten seiner Mutter und Schwester tun wollte.«

Pepe verbeugte sich vor den deutschen Kommissaren. »Es war sehr inspirierend für mich, Ihre Ansichten kennenzulernen. Ich wünsche Ihnen einen erholsamen Urlaub auf unserer wundervollen Insel.«

»Und ich wünsche Ihnen viel Spaß mit Ihren Freunden«, meinte Belu zu Wolfgang gewandt. »Jetzt möchte ich mich endlich mal erholen und von Mord und Totschlag nichts mehr hören. Ich hoffe sehr«, sie lächelte, »dass ich hier nicht nochmals in einen Mordfall hineinschlittere.«

Wolfgang sah ihr nach, grinste breit und murmelte: »Charmant. Vielleicht bis zum nächsten Mord.«

Magdalenas

Es ist ein Geheimrezept, die Mamelletes werden nur in dieser Bäckerei in Sencelles hergestellt und verkauft. Trotz Einsatz weiblichen Charmes war der Bäckermeister nicht bereit, uns das Rezept der Mamelletes zu verraten. Darum haben wir uns für das Rezept der Magdalenas entschieden.

Zutaten:
250 g Mehl
4 Eier
180 g Zucker
abgeriebene Schale einer Zitrone
180 g Olivenöl
20 g Vanillezucker
1 Backpulver, 1 Prise Salz

Variation:
abgeriebene Schale einer Orange
120 g Schokosplitter
100 ml Sahne

Zubereitung:
Eier, Zucker und Vanillezucker schaumig rühren. Öl hinzufügen, alles verquirlen. Backpulver und Zitronenschale mit dem Mehl vermengen und zur Ei-Zucker-Masse geben.
Es sollte ein zähflüssiger Teig werden. Die Förmchen mit dem Teig zu drei Vierteln füllen. Eine halbe Stunde in den Kühlschrank stellen.
Die Förmchen mit etwas Zucker bestreuen. Bei 180 bis 200 Grad etwa 15 Minuten backen.

Variation:
Orange statt Zitrone nehmen. Das Öl durch Sahne ersetzen. Die Schokosplitter mit in die Masse geben.

Sencelles

Interessante Wanderungen kann man rund um Sencelles, einem bezaubernden Örtchen mitten in Mallorca, unternehmen. Weitab vom Rummel gibt es kleine Ferienwohnungen oder Fincas zu mieten. Der Besucher wohnt in typisch mallorquinischen Häusern. Viele Deutsche, die in Spanien leben, darunter Handwerker und Künstler, haben verlassene Fincas nach historischen Vorlagen restauriert.

Obwohl der Ort mit etwas über 3.000 Einwohnern klein ist, pflegt man das Brauchtum. Dudelsäcke und Schalmeien werden hier gefertigt. Wann immer eine Schalmei zu hören ist, sollen die Menschen dazu angehalten werden, die Feldarbeit ruhen zu lassen.

1989 hat Papst Johannes Paul II. Schwester Francinaina Cirer (1781–1855) seliggesprochen. Die Mallorquiner sind sehr gläubig, überall findet man im Ort Wegekreuze, die die Schwester verehren. Am zweiten Sonntag nach Ostern kann man an eindrucksvollen Wallfahrten teilnehmen.

Um Sencelles fließen die Bäche Torrent de Solleric, Torrent s'Ostorell sowie der Torrent de Pina. Die Anhöhen sind höchstens einhundertsechzig Meter hoch.

Bruno Woda

Dem Lockruf erlegen

Portocolom

»Buenas tardes, Entschuldigung, wo finde ich Alejandro?«

Der Mann auf dem Liegestuhl am Pool blickte auf.

»Der ist mit seiner Frau zum Einkaufen in der Stadt, ich zeig Ihnen Ihr Zimmer.«

Er legte sein Buch ab, wies mit der Hand auf die Veranda im ersten Stock. »Dort oben, Nummer fünf, Schlüssel steckt!«

Die wenigen Utensilien für meinen Kurzurlaub auf der Finca waren schnell im Zimmer verteilt. Dann ging ich wieder nach unten. Der Mann nahm keine Notiz von mir. Also ließ ich ihn in Ruhe und setzte mich auf eine Badeliege am anderen Ende des Pools.

»Wenn Sie wollen, können wir später was zusammen trinken!«, rief plötzlich der Mann mit dem Buch.

»Gute Idee!«

»Sechs Uhr?«

Ich nickte, dann schloss ich die Augen, um etwas zu entspannen. Ich musste wohl eingedöst sein. Da spürte ich eine Hand an meiner Schulter. Der Mann von vorhin stand mit einer Flasche Brandy und zwei bereits gefüllten Gläsern vor mir. »Salud!«

Es folgte ein typisch männlicher Austausch der Personalien – was man war, was man hatte und was für ein toller Typ man sei. Er reichte mir seine Visitenkarte. Ich las Friedrich Fist, Restaurator und eine Adresse am Bodensee.

»Jetzt wäre ein Bier schön!« Ich war durstig geworden.

Fist lief zur Theke, brachte zwei kühle Cerveza San Miguel mit.

»Sag ruhig Freddy zu mir!«

»Was restaurierst du denn so, Freddy?«

Er griff die Frage sehr ernst und eingehend auf.

»Alles, was aus Holz besteht, Schränke, Tische, Stühle. Hab 'ne Werkstatt mit drei Angestellten, die erledigen alle einfacheren Arbeiten. Intarsien oder wertvolle antike Stücke mache ich selbst.«

Wir prosteten uns zu.

»Bin aber meist unterwegs, viel im süddeutschen Raum, in der Schweiz oder eben auf Mallorca.«

»Interessanter Job, da kommst du viel herum!«

»Ja, ich bin nur auf Achse. Leider stirbt der Beruf des Restaurators aus. Es gibt einfach keine Auszubildenden mehr.«

Wir stießen nochmals an, das Reden machte durstig auf ein weiteres Bier.

»Früher verbrachten wir jedes Jahr vier, fünf Monate auf unserer Finca, jetzt bin ich nur gelegentlich hier – meine Ex hat sich die Finca unter den Nagel gerissen.« Er verstummte.

»Und du wohnst dann immer bei Alejandro?«

»Ja, er verschafft mir oft Aufträge.«

Freddy stierte in sein Glas. »Einen Piloten von einem Flugservice für Geschäftsleute hat sie jetzt im Bett.«

Ich wollte nicht weiter nachfragen, er wollte nichts weiter erzählen.

Freddy schenkte aus der Brandyflasche nach. Ich lehnte ab, er trank mein Glas mit.

»Die wird sich wundern. Dieses Luder!«

Es dämmerte schon, als wir vom Pool zur Terrasse wechselten. Andere Gäste kamen hinzu. Sie schwärmten von den Sehenswürdigkeiten Mallorcas.

Freddy lockte: »Ich kann dir morgen ein tolles Restaurant in Portocolom zeigen. Dort gibt es den besten frischen Fisch in der Gegend.«

»Und Sie müssen da unbedingt die malerischen Bootsschuppen, die *Barragnes*, ansehen«, warf ein Gast ein.

Bevor wir am nächsten Mittag loszogen, erklärte Freddy, er wolle auf eine ruhige Nebenstrecke nach Felanitx abbiegen. »Ich zeig dir, wo meine Finca liegt, wir kommen dran vorbei.«

Mir war's recht. Wir nahmen jeder unser eigenes Auto, weil Freddy auf dem Rückweg noch etwas Dringendes zu erledigen hatte.

Wir fuhren durch Felder mit Mandelbäumen und einsamen Gehöften. Dürre Schafe suchten auf dem trockenen Boden nach Gras. Menschen sah man kaum.

Als wir uns einem zugewachsenen Grundstück näherten, verlangsamte er sein Tempo und wies mit der linken Hand auf das Gebäude. Der Wildwuchs von Sträuchern und Hecken ließ nur Teile des Gebäudes erkennen. Hinter dem Eisentor zum Hofeingang parkte ein Ford Fiesta. Die meisten Fensterläden waren geschlossen. Freddy beschleunigte wieder, um nach zwei Kurven plötzlich anzuhalten. Er stieg aus seinem Auto. In würdevoller Haltung stellte er sich in Positur. Mein Blick schien ihn nicht zu stören. Er stand in Richtung der Finca, seiner Finca, die jetzt seiner Exfrau gehörte. Dann kam er an mein Wagenfenster.

»Eine Schande, wie sie das Anwesen verkommen lässt. Das war mal ein Schmuckstück.«

Er ließ mir keine Zeit zu antworten. Festen Schrittes ging er zu seinem Fahrzeug zurück.

In Portocolom lenkte mich das Treiben an der Carrer d'en Cristofor Colom nur kurz von meinen Gedanken ab. Was hatte Freddy gestern am Pool gemeint, als er über seine Ex gesprochen und gesagt hatte: »Die wird sich wundern!«

Wir fanden das Lokal, das Freddy so lobte, gut besetzt. Ein Ober brachte zwei Speisekarten. Freddy drückte ihm seine zurück in die Hand und fragte nach der Señora, die bereits herbeilief. Man schien sich gut zu kennen, denn Freddy ging mit ihr in einen Nebenraum und winkte mir mitzukommen.

Ein gut zwei Meter hoher Kühlschrank aus poliertem Stahl gab dem Raum seine Bedeutung. Die Señora öffnete stolz die Tür. Auf mehreren Etagen lag die ganze Pracht des letzten Fischfanges: Doraden, Seezungen, Sardinen, Seeteufel. Ich sah deren tote Augen. Dann entschied ich mich für das kleine Mittagsmenü auf der Karte mit amanida amb Llangostins i vinagreta de mango und secret ibèric amb patata oretjada, zart in Milch geschmortes Fleisch vom iberischen Schwein. Freddy suchte sich eine Dorade aus und gab Anweisung, sie in der Pfanne mit Chili und Knoblauch zu braten. So viel glaubte ich herauszuhören. Wir nahmen wieder an unserem Tisch Platz, zwei Glas Bier warteten bereits auf uns. Der Salat war perfekt zubereitet, fürs Auge schön angerichtet und die Mangovinaigrette muy bien, die würde ich zuhause sofort nachmachen.

»Hier war ich oft mit Janine, meiner Exfrau.«

Es klang nicht mehr so wehleidig. Hatte er sich mit seiner Situation abgefunden?

»Janine konnte nicht kochen. Auf unserer Finca habe ich das meist selbst getan. Ihre Qualitäten lagen auf anderem Gebiet.«

Der Ober kam herbei und servierte den Hauptgang.

»Genießen wir es. Wer weiß, ob wir nochmal so zusammenkommen.« Freddy prostete mir zu.

Ich erhob ebenfalls mein Glas; wir stießen an und ließen die Gläser klingen.

Die Señora kam an unseren Tisch. »Todo bono?«

Wir nickten mit vollem Mund.

Freddy blickte auf seine Armbanduhr, wurde unruhig und beschloss, auf eine Nachspeise zu verzichten. »Ich muss los, bin schon spät dran!« Hastig verließ er das Lokal.

Ich nahm mir Zeit für den Nachtisch, danach übte ich mein Spanisch: »La cuenta, por favor!«

Meinen café solo trank ich in einer Bar an der Carrer Togores. Dann zog ich los, um den Leuchtturm am Ende der

Carrer d'es Far zu besichtigen. Welche Enttäuschung, der Turm stand auf gesperrtem Privatgelände. Also entschied ich, ein Boot zu mieten und den Leuchtturm in der Abendsonne vom Meer aus zu fotografieren. Die Frau am Schalter der Bootsvermietung sprach flüssig Deutsch und meinte, auf See sei jetzt Windstärke sechs. Sie riet mir: »Kommen Sie morgen früh um zehn Uhr. Da ist der Mistral noch müde.«

Langsam machte ich mich auf den Weg zu Alejandros Finca, genoss die Landschaft und hing meinen Gedanken nach.

Auf der Ma-5100 von Felanitx nach Porreres schreckte mich die Sirene einer Ambulancia auf. Kurz nachdem sie meinen vulcanoschwarzen Fiat 500 überholt hatte, bog sie auf die Nebenstrecke ab, die zu Freddys ehemaliger Finca führte.

Ich zwang mich, nicht an seine Geschichte zu denken, und konzentrierte mich ganz auf den dichter werdenden Abendverkehr. Aber warum hatte Freddy sich so komisch verhalten?

Die ganze Nacht bis in den Morgen grübelte ich über die Fahrt vorbei an Freddys Finca und unser Gespräch beim Mittagessen. »Wer weiß, ob wir nochmal so zusammenkommen.« Was hatte er damit gemeint? Und dann sein überstürzter Aufbruch?

Beim Frühstück wollte ich Freddy vorschlagen, mich auf meiner geplanten Bootstour durch den Hafen und entlang der Küste um Portocolom zu begleiten. Ich konnte ihn nicht finden. Alejandro klärte mich auf: »Vielleicht hat er einen verlockenden Auftrag erhalten. Vielleicht bei einer reichen Witwe.«

Er grinste. »War sicher ein größerer Auftrag. Das kann schon mal über Nacht gehen.«

Ich sah wohl etwas verwirrt aus, denn Alejandro ergänzte: »Da kann Freddy schlecht Nein sagen. Mach dir keine Sorgen, der taucht schon wieder auf.«

Enttäuscht zog ich allein los.

Das Büro vom Bootsverleih öffnete erst um elf Uhr. Der Mistral blies schärfer als tags zuvor. Im riesigen Hafenrund gab sich der Wellengang noch sanft. Das änderte sich unmittelbar auf der freien See. Der Leuchtturm wurde in Reiseführern als das Wahrzeichen von Portocolom beschrieben. Vom Meer aus zeigte er sich im Tageslicht recht imposant und war für Seefahrer kaum zu verfehlen. Ich fotografierte ihn aus Richtung Cala Marcal. Später schoss ich etliche Fotos von den Bootsschuppen entlang der Ronda Creuer Baleares und bei den Fischerhäusern im alten Ortsteil. Der Farbanstrich ihrer Holzlattentore leuchtete in der Mittagssonne besonders bunt. Freddy wird meine Fotos bestaunen, dachte ich. Auf der Finca traf ich ihn auch abends nicht an. Vielleicht würde ich ihn am nächsten Tag beim Frühstück sehen.

Am Abend überspielte ich die Bilder auf mein Notebook. Ich hatte keinen Hunger und ging früh zu Bett. Mein Kurzurlaub war zu Ende. Vor dem Heimflug morgen um halb eins vom Aeropuerto Son Sant Joan musste ich noch meinen Leihwagen auftanken und zurückgeben. Ich nahm mir vor, rechtzeitig aufzustehen.

Ich frühstückte am nächsten Morgen etwas früher. Außer Alejandro und seiner Frau war sonst niemand anwesend. In der frisch ausgelieferten Zeitung blieb mein Blick an einer Schlagzeile hängen. Alejandro bemerkte meine Irritation, er übersetzte für mich: »Wiedersehen mit Ex endete tragisch! Inhaberin einer Finca nahe Portocolom hielt ihren unvermutet auftauchenden Ex-Ehemann für einen Einbrecher. Sie wehrte ihn in der Dunkelheit des Flurs mit einem Filetiermesser ab. Er verstarb auf dem Weg ins Krankenhaus.«

Alejandro schüttelte den Kopf: »Geschichten gibt's, die glaubt man kaum.«

Dann setzte er sich zu mir: »Hat es dir bei uns gefallen? Wir freuen uns, wenn du wiederkommst.«

»Ja, gerne – und sag bitte Freddy schöne Grüße von mir!«
»Klar!«

Alejandros Frau blickte besorgt. »Er war gestern immer noch nicht zurück.«

Ich verabschiedete mich von beiden und holte meinen Koffer aus dem Zimmer. Auf dem Weg zum Parkplatz kamen mir Freddys Sätze über seine Ex-Frau und zu seiner Finca in den Sinn: »Das Luder« und »meine Finca, das war mal ein Schmuckstück«.

Als ich mein Gepäck in das Leihauto verstaute, bog ein Wagen der *Guardia Civil* in die Einfahrt zu Alejandros Finca ein.

Amanida amb Llangostins i vinagreta de mango

Blattsalat mit Langustinos und Mangovinaigrette

Zutaten:
1 Mango
1/4 l trockener Weißwein
1 Prise Salz und Pfeffer
1 EL Honig

Zubereitung:
Eine Weißweinvinaigrette herstellen. Dazu Fleisch einer halben Mango mit dem Stabmixer pürieren, die Vinaigrette zugeben und mit Honig, Salz und Pfeffer abschmecken. Anstelle mit Langustinos könnte der Salat mit Scheiben der restlichen Mango garniert werden.

Lomo de cerdo con leche y almendras

geheimnisvoll angekündigt als *secret ibéric amb patata oretjada*

Schweinerücken auf Kartoffelpüree

Zutaten (für 6 Personen):
3 EL Schweineschmalz
2 EL Olivenöl
1,2 kg Schweinerücken oder Filet
1,5 l Vollmilch
50 g süße Mandeln (gerieben)
1 Zimtstange
1 TL schwarze Pfefferkörner
1 TL Salz
1 TL Honig
8 mittelgroße Karotten

12 Champignons
12 Stangen grüner Spargel
1 Glas Rotwein (ideal: Crianza)
ausreichend Kartoffeln für Kartoffelpüree

Zubereitung:

Schmalz und Öl in einem Schmortopf erhitzen und den Schweinerücken bei mittlerer Hitze von allen Seiten braun anbraten. Die Milch mit den geriebenen Mandeln erhitzen und durch ein Sieb vorsichtig (sonst schäumt die Milch über) zugießen. Das Fleisch soll möglichst bedeckt sein. Die Zimtstange, die Pfefferkörner, Salz und Honig zugeben. Den Ansatz vorsichtig zum Kochen bringen und eine Stunde leicht köcheln lassen, bis das Fleisch zart ist.

In der Zwischenzeit das Kartoffelpüree wie gewohnt herstellen, die Karotten kochen.

Grünen Spargel wie üblich zubereiten, gut abtrocknen, in etwas Öl in der Pfanne anschmurgeln, die Champignons zugeben. Das Spargelwasser einkochen, bis es zum Färben des Dekoschaums geeignet ist. Karotten mit Stabmixer pürieren. Zwischendurch auf den Braten achten, den Deckel etwas offen halten, damit die Milch nicht hochschäumt. Sie darf dabei ruhig gerinnen.

Das Fleisch herausnehmen. Den restlichen Sud für die Sauce durch ein Sieb geben. Zur Sauce eindicken, mit Salz, Pfeffer und Honig abschmecken. Das Kartoffelpüree auf die vorgewärmten Teller geben. Das Fleisch in Scheiben schneiden und auf das Püree legen.

Den Teller mit dem grünen Spargel, den Champignons, dem Spargelschaum und dem Karottenpüree garnieren, dazu die Sauce verteilen.

Wer es auf die Spitze treiben will, verwendet das Fleisch vom mallorquinischen oder iberischen schwarzen Schwein und Mandeln aus Mallorca.

Portocolom

Am spektakulärsten entert man Portocolom von See aus. Schon von Weitem lockt der schwarz-weiß gestreifte Faro, der Leuchtturm, auf 42 Meter hohem Steilfelsen. Nachts leitet sein Signalfeuer sicher in den Hafen, seit 150 Jahren. Backbord passiert man Punta de Sa Bateria, steuerbords lädt ein kleiner Sandstrand zum Baden ein. Ein ungewöhnlich großer Hafenbereich tut sich auf. Hier findet der Skipper immer einen freien Platz zum Ankern oder Anlegen. Das linke Hafengebiet ist bebaut mit Hotels, Villen und Wohnanlagen, der Strandbereich selbst ist freigehalten. Bereits an der Ronda Creuer Baleares findet man die ersten Barragnes, die Bootsschuppen mit ihren Toren aus bunten Holzlatten – zusammen mit dem Leuchtturm die auffallenden Wahrzeichen von Portocolom. Weiter den Strand entlang kommt man über die Carrer Togores zur Carrer d'en Cristofor Colom. Hier beginnt das touristische Leben mit Cafés, Restaurants, Bootsverleih und mehr. In den Restaurants wird fangfrischer Fisch angeboten. Auf der Hafenpromenade bleibt noch Platz für die Fischer, ihre Netze auszulegen und gegebenenfalls zu reparieren. Weiter im Uhrzeigersinn trifft man auf den bewirtschafteten Hafen, wo die Jachten Strom und Wasser tanken können. Im Anschluss daran gelangt man in den alten Ortsteil. Sein Kirchplatz, die Plaza de Sant Jaume, ist tagsüber ziemlich verlassen, die Kirche geschlossen. An warmen Abenden kann man in und an der einzigen Kneipe am Platz schon mal Einheimische bei Cerveza, Vino tinto oder Café carajillo treffen.

Im Hafenbecken des alten Ortsteiles liegen die Kähne der Fischer, ein hübscher Kontrast zu den Jachten der Seefahrer. Wenn man die steilen Steinstufen zu den Barragnes hinabsteigt, erblickt man gelegentlich ein verrottetes Boot hinter *den bunten Holzlatten im Schuppen. Die davor liegenden Fischerboote sind heute größer, passen nicht mehr hinein.*

Im Vergleich zu Portocristo, das nur wenige Kilometer nördlich liegt, empfindet man selbst in der Hauptsaison Portocolom nicht überlaufen, weil das Hafenbecken so weiträumig ist. Schlendert man zu Fuß vom Hotelviertel gleich nach dem Punta de Sa Bateria zum alten Ortsteil Es Riueto, muss man schon eine Stunde einkalkulieren – ohne Pause in den Cafés oder Restaurants der Carrer d'en Cristofor Colom. Eine knappe Stunde weiter entlang der Carrer d'es Far erreicht man den Leuchtturm. Noch wohnt der letzte aktive Leuchtturmwärter dort. Er ist in den letzten paar Jahren seiner Dienstzeit für die technische Pflege der Signalfeuer zuständig. Die balearische Hafenbehörde soll die kommerzielle Nutzung der Leuchttürme im Auge haben, zum Beispiel als Hotels – einigen Mallorquinern eher ein Dorn im Auge. Die wollen sie lieber der Öffentlichkeit zugänglich machen. Der Faro von Portocolom ist als Museum angedacht. Wie auch immer, Portocolom ist einen Besuch wert.

Ina Boa

Leidenschaft

Palma

Es ist schon lange her, dass ich auf Mallorca, in Palma, einen kleinen Laden führte. Er war wirklich nur Miniatur, gerade einmal fünfzehn Quadratmeter groß. Er lag in der Carrer de Can Savellà, die zur berühmten Basílica de Sant Francesc führte.

Laufkundschaft hatte ich genug, die Touristen gingen einer nach dem anderen durch mein Geschäft, immer auf der Suche nach einem Schnäppchen, das man mit in die Heimat nehmen konnte. Meistens versuchten sie zu feilschen, aber ich blieb standhaft.

Doch es gab nicht nur Laufkundschaft. Schon einige Monate nach der Eröffnung hatte es sich in Palma herumgesprochen, dass es hier eine ganz eigene Art von Kunsthandwerk zu kaufen gab. Die spanischen Kunden kamen erst zögerlich. Dann immer häufiger. Sie waren bereit, Preise zu zahlen, die meinem handwerklichen Aufwand entsprachen.

Ich liebte meine Arbeit und ich liebte auch meinen handwerklich gefertigten Schmuck. So manches Mal brach es mir fast das Herz, eine Kette zu verkaufen, an der ich nahezu eine Woche gearbeitet hatte. Eine Perle nach der anderen fädelte ich dafür mit einer Nadel und einem reißfesten Faden aus Angelschnur auf. Ja, Angelschnur. Das ist das Beste, was man finden kann, das hält ewig. Meine Schmuckstücke sollten doch eine Ewigkeit halten und nicht vergänglich sein.

Die meisten Stücke konnte ich nicht einfach für mich behalten. Schließlich musste ich meinen Lebensunterhalt bestreiten. Der Laden kostete monatlich Miete, Strom, Wasser – all das wollte bezahlt werden. Anfänglich übernachtete ich noch dort. In dem kleinen Toilettenraum, der zu ihm gehörte, konnte ich mich waschen. In einer Nische hatte ich einen schmalen Tisch mit einer Kaffeemaschine und einer Kochplatte aufgestellt, um mir auch etwas Warmes zubereiten zu können. Ein kleiner Vorhang verbarg meine Kochecke. Nach einem Jahr erlaubte ich mir dann den Luxus, eine kleine Wohnung anzumieten mit Küche und Bad, sogar mit Badewanne.

Viele meiner Künstlerkollegen lebten noch lange in ihren Ateliers, um sich die monatliche Wohnungsmiete zu sparen, doch ich hatte den Sprung zur finanziellen Unabhängigkeit bereits geschafft. Ich war stolz darauf. Bald konnte ich es mir leisten, diese oder jene Arbeit nicht zu verkaufen, sondern sie als Lockmittel mit dem Schildchen *unverkäuflich* in meine Auslage zu stellen.

Immer wieder schaute ich mir am Tag meine Arbeit an, die ich ganz ohne Fehler hergestellt hatte. Jede kleine Perle war am richtigen Platz, nicht verrutscht oder etwa in der Farbe abweichend von den anderen. Darauf legte ich immer sehr viel Wert. Meine Kunst war perfekt. Das sprach sich auch bei den Kunden herum. Sie kamen und zahlten meinen Preis für die unzähligen Glasperlen, gestickt, gefädelt und gehäkelt.

Stets hatte ich die beste und neueste unverkäufliche Arbeit in einer Vitrine liegen. Schon beim Betreten des Ladens konnte ich mich zu meinem Meisterwerk beglückwünschen und abends beim Gehen ebenso. Es war jedes Mal Balsam für meine Seele, dieses perfekte Stück zu betrachten.

Eines Morgens wollte ich mein Geschäft aufschließen. Doch das Schloss klemmte. Ich musste mehrmals den Schlüssel hin und her drehen, bis sich die schwere Holztür öffnen ließ. Als ich den Raum betrat, knirschte es unter meinen Schuhen. Auf dem Boden lagen Bröckchen aus zersplittertem Glas. Ein Blick auf die Vitrine, und es riss mir den Boden unter den Füßen weg. Ich taumelte und konnte mich gerade noch an der Kasse festhalten, um nicht zu stürzen.

Die Vitrine war leer und ihre Tür sperrangelweit geöffnet. Zwei der gläsernen Zwischenböden hingen schief im Rahmen, ein Zwischenboden lag zerbrochen vor dem Glasschrank, und die kleineren Bruchstücke des Glases waren auf dem Boden verteilt. Ich setzte mich auf meinen kleinen Hocker in der Nähe der Kasse und vergrub den Kopf in meinen Händen. Das Herz klopfte mir bis zum Hals, und ich schien in einen Abgrund hinuntergerissen zu werden, den ich noch nie gekannt hatte. Wie Espenlaub zitternd rief ich nach einer mir unendlich vorkommenden Zeit die Polizei.

Die Polizisten erkannten wohl, dass die Vitrine und die Tür meines Ladens gewaltsam aufgebrochen worden waren. Ihre Ermittlungen brachten jedoch nichts. Die schönste meiner Arbeiten blieb für mich verloren. Auch Wochen nach der Tat konnte ich mich mit dem Verlust nicht abfinden. Mir war klar, dass ich meine Arbeit nie wiedersehen würde. Sie würde nun eine fremde, mir unbekannte Frau schmücken. Das trieb mich schier zum Wahnsinn.

Es begann schleichend. Ich schaute mich immer wieder um, wenn ich durch die Carrer de Can Savellà in Richtung Basílica ging. Hier und dort hörte ich ein Lachen und wusste, dass es um mich und meinen Verlust ging. Sie kicherten über meine Qual und ich meinte, dass sie genaue Kenntnis davon hatten, wo sich mein Collier befand. Doch sie würden es mir nicht sagen. Immer wenn ich mich umschaute, verschwanden die Stimmen und das Gekicher blitzschnell. In der schmalen Gasse konnte ich meist niemanden entdecken. Sie mussten sich sofort in den Häusern verkrochen haben. Sonst hätte ich ihnen schon das Geheimnis entlockt – das Geheimnis, wo ich das Collier wiederfinden würde. Ich folgte auf meinem Heimweg dann dem leichten Rechtsknick der Straße und sah nun in der Ferne das runde Ende der Basílica de Sant Francesc. Die Beklemmung, die mich in der Straße mit all den vielen Stimmen überfallen hatte, löste sich nun immer mehr auf, umso näher ich der Basilika kam. Die Weite des Platzes ließ mich durchatmen. Für mich war die Basílica der ruhigste Ort in Palma. Ich ging in den Kreuzgang von Sant Francesc, setzte mich auf eine der Bänke und genoss den Anblick der Palmen und der Zypressen. Von hier hatte ich bereits so manches Gebet losgeschickt, da ich schon einige schwere Zeiten hatte durchstehen müssen. Meine Gebete wurden nun von Tag zu Tag häufiger und drängender.

Irgendwann fühlte ich mich nur noch in meinem Laden sicher. Beim Betreten meines kleinen Ateliers hörten die Stimmen und das Gekicher auf. Ich schlief nun wieder hier und nicht in meiner Wohnung. Ich arbeitete den ganzen Tag an neuen Projekten. Ich wusch mich in dem kleinen Toilettenraum, der zu meinem Laden gehörte, wie in der Anfangszeit, als ich noch nicht genug Geld für eine Wohnung hatte. Doch die Kundschaft wurde trotz meiner Bemühungen immer weniger. Mancher, der vorher regelmäßig bei mir einkaufte, versagte mir nun seine Treue. Es wird daran gelegen haben, dass ich durcheinander, nervös und ungepflegt war, was mir damals nicht selbst auffiel. Aber die Kunden reagierten sehr sensibel auf solche Zustände.

Eines Tages, als ich schon längst nicht mehr sicher meine Ladenmiete zahlen konnte, strahlte mir in einer Zeitung mein Collier entgegen. Es war purer Zufall, dass ich darauf stieß. In einer Churreria hatte ich mir eine ordentliche Portion Churros gekauft. Ich liebte dieses Fettgebäck, da es als Leckerei eher herzhaft als süß war. Dort war es üblich, um die Papiertüte, die direkt mit den Churros in Kontakt kam, auch noch ein Zeitungspapier zu schlagen. Ich las, dass die Person, die mein Collier auf dem Zeitungsbild trug, eine angesehene Geschäftsfrau in Palma war. Sie besaß eine Markenboutique in der Nobelstraße Av. de Jaume III. Es war mir ein Leichtes, herauszufinden, dass sie in der Carrer del Conquistador wohnte.

Ich schloss für einen Tag meinen Laden und lauerte ihr auf. Gleich am ersten Abend kam sie aus ihrem Haus. Es war bereits dunkel und die Laternen der Straße tauchten die Umgebung in ein unwirkliches Licht. Ich spürte mit meiner rechten Hand die Klinge des Küchenmessers, vorsorglich versteckt in der Jackentasche. Ich überquerte die Straße und ging ihr nach. Die Locken ihres pechschwarzen, in dem Licht der Laterne glänzenden Haares wippten bei jedem Schritt. Ich wusste nun, was ich zu tun hatte. Ihr Blut würde an ihren langen Haaren hinunterfließen, wenn ich mit ihr fertig wäre.

Plötzlich drehte sie sich um und schaute mir in die Augen. Es waren glasklare, blaue Augen, die mich völlig ohne Angst ansahen. Ich spürte den Griff des Messers in meiner Jackentasche. Ich wollte es schon herausnehmen und damit sichtbar für mein Opfer machen, sodass dieses meine Absicht erkennen würde. Doch da schaute ich auf ihr Dekolleté, sah mein perfektes Collier wunderschön harmonieren mit ihrem schwarzen Haar und ihrer hellen Haut. Es war wie bei Schneewittchen, die Haare schwarz wie Ebenholz, die Haut weiß wie Schnee und blutrot die Lippen. Das Blut würde das Collier um ihren Hals benetzen. Es würde sich zwischen den weißen und grauen Perlen seinen Weg suchen, immer den Vertiefungen entlang. Die Perlen würden wie kleine Inseln aus diesem Rot herausblicken. Langsam würde das Blut gerinnen und eine schmutzige, rostrote Farbe bekommen.

Doch das sollte nicht sein! Dieser reine, edle, ja sogar mit wertvollen Süßwasserperlen hergestellte Schmuck durfte nicht in Blut getaucht werden.

In diesem Moment wusste ich genau, dass ich meinen Plan nicht ausführen konnte. Erleichtert lockerte ich meinen Griff um den Messerknauf, lächelte die Geschäftsfrau an, nickte, ging an ihr vorbei die Straße entlang, ohne mich noch einmal umzuschauen.

Am selben Abend entschloss ich mich dazu, einen befreundeten Arzt aufzusuchen. Der schickte mich zu einem Psychologen. Der wiederum erklärte mir, ich sei in einer Obsession gefangen, die mich beinahe in den Wahnsinn getrieben hätte.

Es gebe nur einen Weg, mich von meiner inzwischen quälenden Leidenschaft zu befreien. Ich befolgte seine Anweisungen und es ging mir von Tag zu Tag besser. Irgendwann hörte ich keine Stimmen mehr.

Monate danach räumte ich meinen Laden, verkaufte die letzten Schmuckstücke zum Sonderpreis und flog zurück nach Deutschland in meinen Geburtsort. Ich suchte mir eine Stelle als Sekretärin. Und so genoss ich mein Leben in leidenschaftsloser Normalität, aber stets mit pikantem Käse und einem guten Glas Rotwein am Abend.

Churros con chocolate

Frittiertes Teiggebäck mit Schokolade

Zutaten für den Brandteig:
225 ml Wasser
20 g Butter oder Margarine
125 g Weizenmehl
1 Ei
1 Messerspitze Backpulver

Weitere Zutaten:
Ausbackfett
Puderzucker

Zubereitung:
Das Wasser und die Butter aufkochen, in die heiße Flüssigkeit das Mehl schütten (auf einmal). Die Masse zu einem glatten Teig verrühren, dann abbrennen (mindestens eine Minute unter ständigem Rühren erhitzen) und in eine Rührschüssel füllen. Das Ei mit einem Knethaken auf höchster Stufe in den Teig einarbeiten. Das Backpulver erst einrühren, wenn der Teig erkaltet ist.
Das Ausbackfett auf 180 Grad erhitzen (um einen in das Fett gehaltenen Holzlöffelstiel bilden sich Bläschen). Nun tritt der Spritzbeutel mit Sterntülle (10 Millimeter) in Aktion. Gut zehn Zentimeter lange Stücke in das Fett spritzen, mit einem Messer abschneiden. Die Churros goldbraun backen. Auf Küchenpapier das überschüssige Fett aufsaugen. Lauwarm mit Puderzucker und dicker, heißer Schokolade servieren.

Carrer de Can Savellà

*In der Carrer de Can Savellà befinden sich einige Barockge-
bäude, darunter das beeindruckende Haus des Marquis von
Vivot. Trotz zahlreicher Umbauten lassen sich heute noch
die Spuren der Gotik an den Fassaden der benachbarten
Häuser erkennen. Das Haus Nummer 15 besitzt einen gut
restaurierten Innenhof mit Treppe und Innengalerie, in dem
der Betrachter sogar die Reste der alten Doppelbogenfenster
entdecken kann.*

Basílica de Sant Francesc

*Besonders sehenswert ist auch die Basílica de Sant Francesc.
1281 hatte König Jaume II. dem Orden der Franziskaner erlaubt, das Kloster und die Kirche zu erbauen. Prunkstück der
gesamten Anlage ist der im 14. Jahrhundert errichtete Kreuzgang mit filigranen Säulen und Spitzbögen rund um den Innenhof mit Palmen, Zypressen und Brunnen.*

*Am Allerseelentag des Jahres 1490 soll es aus heiterem Him-
mel zu einem Streit zwischen Palmas Adeligen gekommen
sein. Etwa 300 Tote lagen nach dem Gottesdienst in und vor
der Basílica. Die Gründe für dieses blutige Gemetzel sind bis
heute unbekannt.*

URSULA SCHMID-SPREER

Das Geheimnis der Lagerhalle

Hafen von Palma

Comisionado Pablo Garcia Diaz schenkte seiner Frau Inés noch eine Tasse Kaffee ein. Dann schnitt er den Mandelkuchen an, legte erst Inés und dann sich selbst ein Stück auf den Teller. Er biss ab, schloss genießerisch die Augen und meinte: »Mit jedem Mal übertriffst du dich selbst. Schmeckt vorzüglich.«

Inés lächelte geschmeichelt. »Ist mit Liebe gebacken. Sag mal, Schatz, wollen wir nach Palma in die Altstadt fahren?«

»Warum nicht?«, meinte Pablo. »Ein bisschen am Hafen entlangbummeln, die großen Passagierschiffe bestaunen, gemütlich ein Eis essen und einfach einen geruhsamen Sonntag verbringen.«

Es war ein wunderschöner Wintertag. Vereinzelt sah man schon ein paar Touristen, die zur Mandelblüte im Januar nach Mallorca gekommen waren. Inés und Pablo gingen Hand in Hand die Hafenpromenade entlang.

»Der Blick auf die Kathedrale ist wirklich atemberaubend. Beeindruckt mich jedes Mal aufs Neue«, sagte Inés. Sie hatte sich fest bei Pablo eingehakt. »Och nee«, maulte sie, als das Handy zu bimmeln begann. »Du hast doch gar keinen Dienst.«

»Entschuldige«, murmelte Pablo. Er drückte auf den Knopf, nickte ein paar Mal und sagte: »Du hast Glück, ich bin zufällig in der Nähe. Hatte mit Inés einen kleinen Ausflug geplant.«

Dann wandte er sich an seine Frau und gab ihr einen Kuss. »Gleich um die Ecke ist ein Lagerraum, jetzt sagt man *Self Storage* dazu.« Er grinste schief. »Ein Lager wurde geöffnet und sie fanden einen skelettierten Arm.«

»Da hat dein lieber Kollege dich angerufen, weil er selbst im Liegestuhl auf seiner Finca schaukelt.« Inés schüttelte den Kopf. »Na geh schon, ich setze mich so lange ins Café. Ruf mich an, convenido?«

Pablo drückte Inés herzlich, küsste sie noch einmal stürmisch und war schon halb unterwegs.

Der Lagerraum war nur ein paar Minuten vom Hafen entfernt. Ein großes Schild wies darauf hin, dass der Lagerplatz trocken und sicher sei. Jeder Mieter könne mit einem eigenen Schlüssel und einer persönlichen Geheimnummer seine Räumlichkeiten jederzeit aufsuchen. Das bestätigte auch ein Lagerarbeiter, der aufgeregt an einer Zigarette zog.

»Der Platz war für drei Jahre im Voraus bezahlt«, stotterte er. »Gestern ist die Frist abgelaufen. Der Mieter hat sich nicht mehr gemeldet. Deshalb haben wir«, er zeigte auf seinen Kollegen, der ebenfalls nervös eine Zigarette rauchte, »auf Anweisung des Chefs die Tür aufgebrochen.«

»Und da haben Sie gesehen, wie ein Arm aus der Kommode herausragte.«

Beide Arbeiter nickten heftig. Während die Spurensicherung ihre Arbeit tat, stand Pablo nachdenklich in einer Ecke. Laut der Aussage, sowohl von den Arbeitern als auch vom Inhaber der Lagerräume, war das Abteil seit drei Jahren nicht mehr geöffnet worden. Dies bezeugten auch die Spinnweben. Es stand eine komplette Wohnungseinrichtung im Lager. Angemietet von einer Carmen de Rosa.

Einen Tag später traf sich Pablo mit dem Patólogo forense Dr. Jorge Gómez Martin. »Sehen Sie her«, sagte er. »Der Schädel weist einen Bruch auf.« Er deutete auf das Röntgenbild. »Die Frau hat einen tödlichen Schlag erhalten. Die Person zu finden, die das zu verantworten hat, ist jetzt Ihr Job.« Dr. Gómez Martin nahm seinen Worten die Schärfe, indem er lächelte.

Pablo war nicht untätig gewesen. Er hatte versucht, die Familie von Carmen de Rosa ausfindig zu machen. Das stellte sich als schwierig heraus. Die Familie war schon vor sehr langer Zeit nach Brasilien ausgewandert und Carmen schien keinerlei Kontakt mehr zu ihnen zu pflegen.

Inés schmiegte sich in die Arme ihres Pablo. Sie standen auf der Terrasse und sahen der Sonne zu, wie sie langsam unterging. »Ich liebe diese Momente«, sagte Inés. »Schade, dass wir sie so selten zusammen erleben dürfen.«

»Der Job«, antwortete Pablo. »Ich weiß.«

»Wie kommst du mit deinem jetzigen Fall zurecht?«

»Wir haben den Namen der Toten, aber sie scheint keinerlei familiäre Bindungen zu haben. Eine Ex-Nachbarin meinte, dass sie eine enge Freundin hatte. Den Namen wusste sie allerdings nicht.«

»Dann frag doch mal in ihrer letzten Schule nach.«

»Das ist eine gute Idee, hätte ich auch selber drauf kommen können. Aber jetzt ...«

»... Mandelkuchen«, ergänzte Inés.

Isabell Serrat und ihr Bruder Sergio wirkten blass. »Das kann doch nicht sein«, meinte Isabell entsetzt. »Carmen ist zu ihrer Familie nach Brasilien gegangen. Wir haben ihr doch noch beim Umzug in diese Lagerhalle geholfen.«

»Und sie sogar zum Schiff begleitet«, fiel Sergio ein. Er griff nach der Hand seiner Schwester und hielt sie fest. »Sie hat die Möbel eingelagert, wollte erst einmal sehen, wie es in Rio de Janeiro ist.«

»Hat sie keinen Kontakt zu Ihnen gehalten?«

»Leider nein«, antwortete Isabell. »Sie wollte ein neues Leben beginnen, so dachten wir zumindest.«

Und Sergio fügte an: »Da hatten wir wohl keinen Platz mehr in ihrem Leben.«

Pablo war nicht entgangen, mit welchem Blick Sergio seine Schwester betrachtete. Die beiden verhielten sich eigenartig. Als er am Abend mit Inés darüber sprach, meinte sie nachdenklich: »Du sagst also, dass sich die Geschwister sonderbar verhielten. Wenn ich auswandere, würde ich doch gerade die erste Zeit Kontakt mit meinen Freunden halten wollen. Hast du eigentlich …?« Sie lächelte, als sich Pablo mit der Handfläche an die Stirn tippte.

Am nächsten Tag bat der Comisionado seinen Kollegen, die Geschwister auf das Comisaría zu bringen. Sie wirkten seltsam gefasst, lehnten dicht aneinander.

Pablo saß ruhig am Tisch, die Fingerspitzen hielt er leicht aneinandergelegt. Vor ihm lag ein Hefter. Langsam öffnete er ihn.

»Wir haben von der Toten Carmen de Rosa eine DNA-Probe entnommen. Es ist uns auch gelungen, ihren ehemaligen Zahnarzt ausfindig zu machen. Bevor sie auswandern wollte, hat sie ihr Gebiss gründlich untersuchen lassen. Der linke untere Weisheitszahn machte ihr zu schaffen. Deshalb wollte sie ihn noch entfernen lassen. Da sie Angst hatte, sollte dies unter Vollnarkose geschehen. So kam es, dass ihr bei den Voruntersuchungen auch Blut abgenommen wurde. Darum haben wir die DNA und den Zahnstatus von Carmen de Rosa, der nicht mit der Toten übereinstimmt. Wohl aber zu einer anderen Frau passt!« Pablo schwieg, sah die Geschwister eindringlich an. Es war sehr still im Raum. Sergio räusperte sich, nieste. Isabell griff nach einem Taschentuch, das sie ihm sofort reichte.

»Die Tote ist nicht Carmen. Sie sind Carmen. Und geben sich als Isabell Serrat aus. Es sind viele Kleinigkeiten, liebevolle Gesten, wie sie sich angeschaut haben. Das hat mich stutzig werden lassen. Keine Schwester ist so aufmerksam ihrem Bruder gegenüber. Aber eine Freundin, eine Geliebte tut so etwas.«

Sergio öffnete ein paarmal den Mund, um ihn wieder zu schließen. Dann stotterte er: »Es war ein Unfall, ein verdammt blöder Unfall!«

Isabell nickte, zog ebenfalls ein Taschentuch heraus und tupfte sich die Tränen ab.

»Sie haben recht, ich bin Carmen de Rosa. Sergio und ich lieben uns schon sehr lange.« Sie fuhr sich durch ihre langen Haare, schniefte und legte beide Hände auf den Tisch. Sergio nahm ihre Linke, führte sie zum Mund, drückte einen Kuss darauf.

»Meine Schwester Isabell war eine sehr herrische Person. Es musste immer nach ihrem Kopf gehen. Ich bin eher der weiche Typ.«

»Das hat Isabell gnadenlos ausgenutzt«, ergänzte Carmen.

»Sie wollte nicht, dass Carmen und ich ein Paar werden. Nicht bevor sie selbst einen Ehemann gefunden hätte. Das musste ich auch noch meiner Mutter auf dem Sterbebett versprechen.« Sergio biss sich auf die Lippen.

»Ich habe Familie in Brasilien«, fuhr nun Carmen fort. »Es war so schrecklich für mich zu sehen, dass ich mit Sergio nicht zusammen sein konnte. Da wollte ich nur noch weg.«

Pablo war aufgestanden, lehnte sich an die Tischkante. Er schenkte Wasser in die Gläser der beiden nach. Gierig nahm Sergio einige Schlucke. Dann fuhr er fort: »Isabell hat sogar noch geholfen, die Möbel und Kisten in den Lagerraum zu bringen. Es hat ihr sichtlich Vergnügen bereitet, mich leiden zu sehen.«

»Dann haben Sie gestritten«, sagte Pablo sachlich.

»Ich, ich habe sie geschubst«, Carmen sprach abgehackt.

»Ich auch«, fiel Sergio mit ein. »Ein Wort ergab das andere. Isabell hat mich angeschrien. Ich wäre eine Memme, ein Schisser, ein *Debilucho*.«

»Du bist kein Weichei«, fiel ihm Carmen ins Wort. »Ganz im Gegenteil, du bist ein toller Mann.«

»Was ist dann passiert?«, unterbrach Pablo die beiden. Sergio erzählte weiter. »Isabell ist rückwärts gegangen und über einen Teppich gestolpert.«

»Dabei fiel sie so unglücklich mit dem Kopf auf meine Kommode«, ergriff nun Carmen wieder das Wort. »Sie war sofort tot.«

»Warum haben Sie den Unfall nicht gemeldet?«

»Es schien uns die Lösung für alle unsere Probleme zu sein. So konnten wir endlich zusammenleben. Ich weiß gar nicht mehr, wer auf die Idee mit den Geschwistern kam.«

»Wir haben Isabell in den Teppich eingewickelt und sie in die Kommode gelegt.«

»Ich habe dann für drei Jahre im Voraus bezahlt. Das Schöne an diesem Lagerraum war ja, dass er trocken war und kein anderer Zugriff hatte. Durch den Code, den nur ich bekam, konnte auch nur ich ran.« Carmen schwieg erschöpft.

»Es war ein Unfall«, meinte Sergio. »Bitte, Comisionado, glauben Sie uns.«

»Was ich nicht verstehe«, meinte Pablo. »Warum haben Sie die Miete der Lagerhalle nicht verlängert?«

»Schlichtweg vergessen«, sagte Sergio mit einem Achselzucken.

Pablo betrachtete mit Inés den Sonnenuntergang. Beide hielten ein Glas spanischen Rotwein aus Ribera del Duero in der Hand.

»Du hast den Fall gelöst«, lächelte Inés. »Das sagt mir der Wein. D.O.P.*, lange gereift in kleinen Barriques. Ein besonders edler Tropfen, den du nur trinkst, wenn es etwas zu feiern gibt.«

»Mit deiner Hilfe. Deine weibliche Intuition war richtig.«

»Na ja, Bruder und Schwester gehen nicht so liebevoll miteinander um, wie du mir das geschildert hast.«

Sie prosteten sich zu.

»Das war der richtige Ansatzpunkt, jede weitere Recherche war dann einfach.«

»Du bist mir noch einen Spaziergang am Hafen schuldig und wir könnten in Palmas Altstadt ein bisschen shoppen gehen. Wie wäre es mit Samstag?«

Pablo schmunzelte und drückte Inés ganz fest an sich.

* *Denominación de Origen Protegida*, geschützte Herkunftsbezeichnung

Gató de almendra

Mallorquinischer Mandelkuchen

Zutaten:
8 mittelgroße Eier
250 g Puderzucker
abgeriebene Schale einer Orange
Saft einer Orange
1 Messerspitze gemahlener Zimt
Mark einer Vanilleschote
250 g Mandeln (geschält und gerieben)
50 g flüssige Butter
Semmelbrösel für die Form
2 cl Orangenlikör
Puderzucker zum Bestäuben

Zubereitung:
Eigelb und Puderzucker schaumig schlagen. Orangenschale, Zimt und Vanille hinzufügen. Mandeln und flüssige Butter nach und nach einrühren. Eiweiß steif schlagen und unter die Masse ziehen.
Backform mit Butter einfetten, mit Semmelbröseln ausstreuen und die Masse einfüllen. Auf mittlerer Schiene bei 180 Grad 45 bis 50 Minuten backen.
Anschließend den Kuchen auf ein Kuchengitter umsetzen. Noch warm mit Orangensaft und Orangenlikör beträufeln und kräftig mit Puderzucker bestäuben.

Mandelblüte auf Mallorca

Die Zeit der Mandelblüte verwandelt die Insel von Januar bis etwa Mitte März in ein Blütenmeer. Bei etwa 15 Grad erlebt man einen sehr frühen Frühling. Ein fesselnder Anblick: Süßmandeln haben weiße, Bittermandeln rosa Blüten. Es hängt von der jeweiligen Temperatur ab, wann sich die Knospen öffnen – an der Küste früher, in den Bergen später. Nicht nur Touristen sind begeistert. Mandelbaumplantagen befinden sich auf der ganzen Insel.

Der Hafen in Palma de Mallorca

Westlich von Palma liegt der Hafen des Ortes. Abgeschirmt wird er durch den Westdeich nach Süden. Im Nordosten übernimmt diese Funktion die Alte Mole, dahinter befindet sich der Jachtclub von Palma.

Von der Wollarbeitermole mit dem Fährterminal unterhalb des Jachthafens fahren die Linienschiffe zum spanischen Festland und zu den Nachbarinseln. An der Westmole ankern Kreuzfahrtschiffe.

Durch zwei Leuchttürme wird die Einfahrt zur Bucht Cala de Porto Pí markiert (im Südwesten). Die Fundamente des älteren stammen noch aus römischer Zeit. Aus dem ehemals natürlichen Becken der Bucht entstand der heutige Militärhafen. Veränderungen an den Hafenanlagen wurden bis zum 19. Jahrhundert kaum vorgenommen. Inzwischen hat man entsprechend den modernen Anforderungen ausgebaut.

JOSEF RAUCH

Die Rückkehr zur Schwarzen Madonna

Kloster Lluc

Da war irgendetwas ziemlich schiefgelaufen.

Von einem Ermittlungsjob auf Mallorca hatte ich mir eigentlich Stimmung und Party, Sangria und Paella, Strand und Ballermann erwartet.

Nun befand ich mich im heimlichen siebzehnten Bundesland der Deutschen, und was hatte ich bekommen?

Statt Stimmung und Party war Stille und Kontemplation angesagt, statt Sangria und Paella zu genießen, löffelte ich gerade eine kalte Mandelsuppe, und statt am Strand und am Ballermann befand ich mich im Gebirge und im Kloster.

Eine Woche zuvor hatte ich einen an mich, Philipp Marlein, vertrauliche Ermittlungen aller Art, Büro in der Blumenstraße in Fürth, adressierten Brief erhalten. Darin schrieb mir ein fränkischer Rentner, der gerade auf Mallorca überwinterte, er wolle in einer »dringlichen und wichtigen Angelegenheit« meine Dienste als Privatdetektiv in Anspruch nehmen. Er stellte mir ein fettes Honorar in Aussicht, hatte einen großzügigen Vorschuss in bar beigelegt und nannte mir den Tag, die Uhrzeit sowie den Ort auf Mallorca für ein erstes Treffen.

Ich hatte mir gedacht: Wunderbar, auf Malle war ich noch nie, und außerdem handelte es sich hier um eine ideale Gelegenheit, das Nützliche mit dem Angenehmen zu verbinden und mal so richtig einen draufzumachen.

So kann man sich täuschen.

Es sollte nicht die einzige Täuschung in dieser Geschichte bleiben.

Ich war also am vereinbarten Tag mit dem Touri-Bomber von Nürnberg nach Palma geflogen und dort in einen Bus gestiegen, der mich zum vereinbarten Ort ins Landesinnere der Insel bringen sollte. Nach einer 75-minütigen, durchaus abenteuerlichen Fahrt über holprige und enge Bergstraßen, die direkt am Rande tiefer Abgründe und Schluchten verliefen, war ich schließlich auch glücklich dort angekommen.

Hier befand ich mich nun also: Im Kloster Lluc im Tramuntanagebirge im Nordwesten Mallorcas.

Die Klosteranlage bestand aus einem schlichten großen Gebäudekomplex mit mehreren Flügeln, in denen unter anderem eine Kirche, ein Museum, ein Internat, Läden, Restaurants sowie ein Gästetrakt untergebracht waren. In Letzterem hatte mein Auftraggeber ein Zimmer für mich reserviert.

Ich löffelte die letzten Reste meiner Ajo Blanco. Es war eine Gazpacho, also eine spanische Suppe aus ungekochtem Gemüse, auf der Basis von Mandeln. Sie hatte zwar vom Aussehen her eine große Ähnlichkeit mit dem, was ein Patient mit einem Bronchialkarzinom in eine Nierenschale abhustete, aber sie schmeckte sicherlich ganz lecker – wenn man, im Gegensatz zu mir, Mandeln mochte und kräftigen Knoblauchgeruch sexy fand.

Immerhin passte die kalte Suppe in ihrer Einfachheit und Schlichtheit perfekt zur klösterlichen, asketischen Atmosphäre des Ortes. Ich war eben im anderen Mallorca gelandet, lernte im Kloster Lluc die besinnliche, religiöse Seite der Insel kennen.

Ich sah auf die Uhr. Bald würde ich Besuch von meinem Klienten bekommen.

Ich stand auf, verließ den Speisesaal des Gästehauses, ging auf mein Zimmer und öffnete das Fenster. Teutonengrill wurde Mallorca im Volksmund genannt, aber hier war keine Spur von Hitze. Stattdessen umströmte mich ein kühler und frischer Wind, was aber nicht weiter verwunderlich war angesichts der Tatsache, dass der Ort immerhin 525 Meter über dem Meeresspiegel lag.

Es klopfte.

Ich schloss das Fenster, ging zur Tür und öffnete sie.

Dem Brief nach zu schließen, den ich in Fürth erhalten hatte, hätte ich einen mir unbekannten dicken Rentner mit der Bildzeitung in der Hand erwartet.

Die nächste Täuschung.

Vor mir stand nämlich kein Rentner, sondern eine Rentnerin. Es war eigentlich auch gar keine Rentnerin, sondern vielmehr eine junge Frau, und sie war nicht dick, sondern schlank. Außerdem war sie mir nicht unbekannt. Ich kannte sie sehr gut.

Das Problem an der Sache: Sie hielt keine BILD in der Hand, sondern eine Pistole, mit der sie auf meine Brust zielte. Sie drängte mich zurück in mein Zimmer und schloss die Tür hinter sich.

»Was für eine Freude, Sie wiederzusehen, Herr Philipp Marlein!«

Ich blieb neben der Badtür stehen und hob meine Hände.

»Die Freude ist ganz meinerseits, Frau Lena Wiga!«

Lena Wiga war die Hauptperson in dem Fall gewesen, den ich ein paar Wochen zuvor abgeschlossen hatte. Ich war beauftragt worden, nach dem Verbleib des Kindes zu forschen, das sie offenbar heimlich zur Welt gebracht hatte. Ich hatte mich an sie herangemacht und so getan, als wäre ich an einer Beziehung mit ihr interessiert. Meine Ermittlungen ergaben, dass Lena Wiga einer obskuren neuheidnischen Sekte angehörte, deren Mitglieder die Gottesmutter Maria als Wiedergeburt der vorchristlichen Großen Göttin verehrten, ihr mit religiösen Zeremonien und sexuellen Orgien huldigten – und ihr ihre männlichen Erstgeborenen als Blutopfer darbrachten. Auch der Sohn von Lena Wiga hätte dieses Schicksal erleiden sollen. Zusammen mit einem freakigen Ex-Pfarrer namens Emil Bär hatte ich die komplette Marienbande bei einer Art Jahreshauptversammlung in Altötting aufgespürt. Sie hatten dort gerade die weltberühmte Schwarze Madonna gestohlen, die ihnen als Ikone und Kultfigur ihrer Religion galt. Es war Bär und mir gelungen, sowohl die Marienstatue als auch das Kind zu befreien.

Im Anschluss hatte die Polizei die meisten Sektenangehörigen dingfest machen können, aber einige der fanatischen Göttin-Maria-Fans waren entkommen – darunter auch Lena Wiga.

Nun, jetzt wusste ich also, wohin sich die mörderische Brut abgesetzt hatte – ins mallorquinische Gebirge.

Eine Erkenntnis, die allerdings angesichts der auf mich gerichteten Knarre lebensgefährlich war.

Ich musterte Lena. Sahneschnittchen-Gesicht, lange, lockige braune Haare und eine Figur mit Kurven an den richtigen Stellen, die von einem bunten, enganliegenden Sommerkleid vorteilhaft betont wurden. Sie sah immer noch so schnuckelig aus wie bei unserer ersten Begegnung in einem Fürther Café, aber in ihren Augen lag der gleiche kalte und hasserfüllte Blick wie bei unserer letzten Begegnung in der Krypta einer Kirche in der Nähe von Altötting.

»Was sollte dieser gefälschte Brief mit dem Rentner und dem Auftrag? Warum hast du mich unter diesem Vorwand hierhergelockt?«

»Kannst du dir das nicht denken, Philipp?«

»Du willst dich stellen, und ich soll dich nach Deutschland zurückbringen und der Justiz übergeben?«

Sie schüttelte den Kopf.

»Falsch.«

»Du willst, dass ich hier bei dir auf der Insel bleibe, dich heirate und wir glücklich und zufrieden zusammenleben, bis dass der Tod uns scheidet?«

Sie lachte zynisch.

»Falscher geht's nicht.«

»Dann komme ich echt nicht drauf.«

»Ich will, dass du deine verdiente Strafe bekommst, Philipp.«

»Strafe wofür? Dass ich dein Kind davor bewahrt habe, von der eigenen Mutter ermordet zu werden?«

»Ich werde dich dafür bestrafen, dass du mich betrogen und hintergangen hast. Und ich werde dich vor allem dafür bestrafen, dass du beinahe unsere gesamte Glaubensgemeinschaft ausgelöscht hättest. Wir waren dabei, die triumphale Rückkehr der Großen Göttin vorzubereiten, das goldene Zeitalter des Matriarchats wiederzuerwecken, der Menschheit die tabulose Sinnesfreude zurückzugeben. Dass du uns die heilige Schwarze Madonna von Altötting wieder weggenommen und viele meiner Schwestern ins Gefängnis gebracht hast, war ein großer Rückschlag für uns, aber er konnte uns nicht gänzlich vernichten. Wir werden uns mit Marias Hilfe hier auf Mallorca, an diesem anderen heiligen Ort, neu formieren und uns dann, stärker denn je, auf einen Kreuzzug gegen die Diktatur der männlichen Unterdrückungsreligion begeben.«

Sie zielte mit der Waffe direkt auf mein Herz.

»Wir werden die schlimmsten chauvinistischen Patriarchen-Schweine eliminieren – und mit dir, Philipp Marlein, werde ich anfangen!«

Wenn ein abgelegenes Kloster in einem abgelegenen Gebirge auf einer abgelegenen Insel nicht mein Sterbeort werden sollte, musste ich etwas unternehmen – und zwar sofort.

Ich unternahm etwas.

Ich rief mit lauter Stimme: »Ave Maria!«

Das irritierte Lena Wiga. Das hatte sie nicht erwartet.

Was sie noch mehr irritierte und noch weniger erwartet hatte, waren die schwer bewaffneten spanischen Polizisten, die plötzlich aus meinem Badezimmer stürmten und sie überwältigten, ehe sie auch nur ansatzweise realisieren konnte, was geschah.

Als sie entwaffnet im Würgegriff der Mallorca-Bullen auf dem Boden lag, trat ich neben sie.

»Nun, liebe Lena, bedauerlicherweise bin ich nicht ganz so naiv und blöd, wie du offenbar angenommen hast. Zwar hatte ich zunächst tatsächlich geglaubt, irgendein fetter, vor Geld stinkender Mallorca-Überwinterer wolle mich für irgendeinen Scheiß engagieren. Aber bevor ich losgeflogen bin, habe ich mich doch ein bisschen über meinen Zielort informiert.

Kloster Lluc ist für Mallorca sozusagen das, was Altötting für Bayern ist: das religiöse Zentrum, das spirituelle Herz und der wichtigste Wallfahrtsort – an dem eine Schwarze Madonna verehrt wird. Da hat es bei mir geklingelt – es konnte nach all den Ereignissen zuvor kein Zufall sein, dass ich ausgerechnet an einen Schwarze-Madonna-Gnadenort bestellt wurde. Dadurch habe ich sofort an dich gedacht. Nach meiner Ankunft in Palma habe ich die örtliche Polizeibehörde informiert, dass ich im Kloster Lluc wahrscheinlich eine in Deutschland wegen der Ermordung von Säuglingen steckbrieflich gesuchte Verbrecherin treffen würde. Man hat mir geglaubt und mich unterstützt, indem man mir diese Jungs mitschickte. Als Signal für den Zugriff haben wir übrigens *Ave Maria* vereinbart – das versteht man eben einfach überall und in jeder Sprache.«

Sie erwiderte nichts, starrte mich nur mit irrem Blick an – voller Hass darüber, dass nicht sie mich, sondern ich sie getäuscht hatte.

Die finale Täuschung in diesem Fall.

Wer zuletzt täuscht, täuscht am besten.

Ich verließ das Zimmer, damit mein privates Sondereinsatzkommando in Ruhe den Rest erledigen konnte.

Die alte Kriminalerweisheit hatte sich wieder mal bewahrheitet – der Mörder kehrt immer an den Tatort zurück. Das war Lena Wiga – zusammen mit ihren privaten Rachegelüsten – zum Verhängnis geworden. Sie und die anderen geflohenen Marienjüngerinnen (wo die sich aufhielten, würden die spanischen Ermittler sicherlich in den nächsten Stunden aus Lena herauskitzeln) waren tatsächlich zur Schwarzen Madonna zurückgekehrt – nur eben nicht zu der in der bayerischen Gnadenkapelle Altötting, sondern zu der im mallorquinischen Kloster Lluc.

Auch für mich war es eine Rückkehr zur Schwarzen Madonna.

Ich spazierte durch den Innenhof des Klosters, vorbei an den steinernen Türbögen, deren Besonderheit es war, dass über

jedem ein kleines Schild mit der Aufschrift *Ave Maria* angebracht war – was mich zum Zugriffs-Codewort inspiriert hatte –, und betrat schließlich den düsteren, von den Farben Gold
und Grün bestimmten Innenraum der Basilika von Lluc.

Ich steuerte die kleine Marienkapelle hinter dem Altar
an, und dann sah ich sie: die Mare de Déu de Lluc, die Gottesmutter von Lluc, die Schutzheilige Mallorcas, von den
Einheimischen sa Morenita, die Dunkelhäutige genannt. Es
handelte sich um eine auf einem Podest in einem kunstvoll
verzierten Schrein stehende Statue der gekrönten Himmels-
königin Maria aus dunklem Stein mit einem Jesuskind auf
dem Arm, das ein Buch in Händen hält.

Nicht unähnlich der Schwarzen Madonna von Altötting.

Ich erinnerte mich zurück an meinen Besuch in der dor-
tigen Gnadenkapelle, an die Tausenden von Votivtafeln im
Kapellenumgang, mit denen Gläubige ihre Dankbarkeit für
Marias Hilfe ausdrückten.

Ich starrte auf die Schwarze Madonna von Lluc.

Hatte sie mir auch geholfen? Gegen verblendete mörderische Fanatikerinnen, obwohl diese sie kultisch verehrten?

Vielleicht war es so – denn sicherheitshalber hatte ich vor
dem Showdown mit Lena Wiga die Basilika schon einmal an-
gesteuert und, für mich selbst überraschend, bei der Dunkel-
häutigen um ein gutes Gelingen der bevorstehenden Aktion
gebeten. Sie war gut ausgegangen – Lena Wiga wurde über-
wältigt, bevor sie mich erschießen konnte.

»Maria hilft immer«, hatte auf vielen der Altöttinger Votivtafeln gestanden.

Und zum Glück erstreckte sich dabei ihr Einsatzgebiet
offenbar auch auf das gebirgige Hinterland einer sündigen
Party-Insel im Mittelmeer.

Die Vorgeschichte zu dieser Erzählung kann man nachlesen in dem
von Xaver Maria Gwaltinger und Josef Rauch verfassten Kriminalroman
»Schwarze Madonna«, der bayerischen Antwort auf »Sakrileg«.

Ajo Blanco

Weißer Gazpacho
Kalte Mandelsuppe

Zutaten (für 4 Personen):
200 g Mandeln
3 Knoblauchzehen
200 g Weißbrot
200 g Weintrauben
150 ml Olivenöl
100 ml Sherryessig
500 ml Wasser oder Milch
Salz und Pfeffer
Eiswürfel

Zubereitung:
Mandeln und Knoblauch schälen, Weißbrot in Würfel schneiden, Trauben enthäuten, entkernen und halbieren.
Mandeln, Knoblauch, Weißbrot, Olivenöl und Sherryessig in ein Gefäß geben und pürieren. Während des Pürierens Wasser oder Milch hinzugießen.
Wenn die Suppe feincremig ist, mit Salz und Pfeffer abschmecken. Bei Bedarf Eiswürfel dazugeben.
Die Suppe auf vier Teller verteilen und die Tellerränder mit den Traubenhälften dekorieren.

Kloster Lluc

Das Kloster Lluc gilt als spirituelles Zentrum Mallorcas. Die genaue Bezeichnung des Ortes lautet Santuari de Santa Maria de Lluc, also Heiligtum der heiligen Maria von Lluc. Es liegt etwa 40 Kilometer von Palma entfernt in einem Tal des Tramuntanagebirges, umgeben von mehreren hohen Bergen wie dem Puig Roig, dem Puig Tomir und dem Puig de Massanella.

Das Kloster Lluc ist ein beliebter Wallfahrtsort und eine viel besuchte Pilgerstätte (jährlich knapp eine Million Besucher). Ziel der Gläubigen ist eine Madonnenstatue aus dunklem Stein, die der Legende nach 1229 von einem Hirtenjungen namens Lluc (katalanisch für Lukas) in einer Felsspalte entdeckt wurde. Am Fundort der wundertätig wirkenden Figur wurde bald eine Kapelle und später die Església de Lluc errichtet. Die Wallfahrtskirche ist ein Renaissancebau, der 1691 vollendet wurde und 1962 vom Papst den Titel einer Basilica minor erhielt. Sie hat den Grundriss eines lateinischen Kreuzes.

Zum Kloster gehören auch ein Museum, in dem man unter anderem Gemälde, Waffen, Trachten und Musikinstrumente besichtigen kann, und ein Internat für Jungen, dessen Knabenchor täglich Konzerte gibt und internationales Ansehen genießt. Durch seine Lage in einer malerischen wunderschönen Gebirgslandschaft ist das Kloster Lluc auch idealer Ausgangspunkt für ausgedehnte Wander-, Berg- und Radtouren.

Ella Dälken

Püppi ist weg

Ferrocarril de Sóller

Karl spürte die helle Sonne vor seinen Augenlidern, neben ihm schwappte das Poolwasser sanft gegen die Kacheln. Er hörte ein Ächzen, tapsende Pfoten auf Fliesen. Karl öffnete ein Auge und beobachtete, wie Elvis stehen blieb und sich schüttelte. Kurz darauf ließ sich die weiße englische Bulldogge mit einem wohligen Seufzer neben Karls Liege fallen.

Karl schloss die Augen, doch Sekunden später öffnete er sie wieder. Eigentlich sollte er entspannen. Schließlich war die letzte Zeit sehr arbeitsreich gewesen, ein Auftrag war dem nächsten gefolgt. Ein schwedischer Krimiautor wollte zum Unmut seiner treuen Leserschaft seinen Helden in den Ruhestand schicken, und er sollte ihn vom Gegenteil überzeugen. Leider erwies sich der Autor als sehr eigen. Selbst den Verlust des kleinen Zehs ertrug er mit einer gewissen Würde. Erst als Elvis sabbernd seinen schielenden Blick auf eine weitaus empfindlichere Stelle warf, hatte sich der Autor zur Auferstehung seines Helden bereit erklärt. Danach waren in schneller Folge weitere Aufträge gefolgt, ein Giftmord, zweimal Ertrinken, ein Unfall mit Fahrerflucht. Gedankenverloren ließ Karl seine Hand von der Liege gleiten und kraulte Elvis am Ohr. Der Hund grunzte und streckte ihm den Bauch entgegen. Sie beide hatten sich diesen Urlaub mehr als verdient. Mallorca, Port de Sóller. Ein ruhiges Hotel, speziell auf die Bedürfnisse von Hundebesitzern eingerichtet. Großer Pool, Rundumverpflegung. Trotzdem war Karl unruhig. Gewohnheitsmäßig hatte er eine Liege mit Blick auf den Zugang gewählt, in seinem Beruf war stetige Vorsicht geboten. Trotzdem. Er war im Urlaub. Er schloss bewusst die Augen, versuchte ruhig zu atmen. Entspannung. Ruhe.

Eine schrille Stimme ließ ihn hochfahren. Eine dürre Mittdreißigerin stolzierte zur Poolbar. Ausladende Oberweite, die an kurz vor dem Platzen stehende Wassermelonen erinnerte. Auf Stöckelschuhen rauschte sie an ihm vorbei. Karl bemerkte mit Entsetzen die dunklen Äderchen auf ihren Brüsten. Frauen an sich waren schon nicht sein Fall, aber das! Der Frau folgte eine winzige Hündin mit viel zu großen Ohren, hervorstehenden Augen und einem diamantbesetzten Halsband. Elvis hob den Kopf, Sabber lief an seiner Schnauze entlang. Die Hündin drehte sich nach ihm um. Die Frau zog sie ungerührt weiter bis zur Bar und schob ihren mageren Körper inklusive prall gefüllter Wassermelonen auf einen Hocker. »Sangria. Mit frisch gepresstem Orangensaft und gutem Rotwein. Nicht diese Plörre, die sie unten am Hafen verkaufen.« Der Kellner nickte diensteifrig und machte sich unverzüglich ans Werk. Als Karl vor einer Stunde ein Mineralwasser bestellt hatte, war er dagegen mehrere Minuten mit erhobener Augenbraue ignoriert worden. Nun mixte der Mann in Sekundenschnelle die Sangria und schob das Getränk über den Tresen, den scheelen Blick auf die Melonen gerichtet. »Señora.« Karl schloss die Augen. Das musste er nicht sehen. Wirklich nicht. Für eine winzige Sekunde kehrte Ruhe ein. Dann durchbrach ein Schrei die Stille. »Elendes Vieh! Weg von meiner Püppi!«

Elvis stand schwanzwedelnd neben besagter Püppi und schnüffelte aufgeregt an ihrem Hinterteil. Bis eben dieses schlagartig aus seinem Nasenbereich verschwand. »Nehmen Sie Ihren Köter zu sich. Püppi ist läufig.« Die Melonen-Frau drückte die Hündin an ihre Brust. Kurz darauf folgten spitze Schreie, als Elvis versuchte, an ihr hochzuspringen. Püppi ihrerseits streckte Elvis auffordernd das Hinterteil entgegen. Karl stand langsam auf. Ohne ein Wort zu sagen, nahm er Elvis am Halsband und zog ihn mit sich. Mit protestierendem Schnaufen nahm der Hund den ihm zugewiesenen Platz neben der Liege ein. Er hatte einen ähnlich schmachtenden

Blick wie der Kellner, der allerdings nicht Püppis Hinterteil, sondern die Melonen des Frauchens betrachtete. Mit schmeichelnder Stimme erzählte der Kellner von den Möglichkeiten, die sich Touristen in Port de Sóller böten. Die Bucht mit dem nicht enden wollenden Sandstrand, umliegende Berge für Wanderer, angenehme Bars beim Hafen. Die Melonenfrau sah ihn gelangweilt an und ließ sich die nächste Sangria mischen. Wieder brauchte der Kellner nur Sekunden, und während er einen Strohhalm in das Getränk steckte, erklärte er mit stolzer Stimme, dass er selbst spätestens ab der nächsten Saison Hotelbesitzer werde. Die Ruine des Hotels Rocama, die seit fünfzehn Jahren das Bild des Ortes verschandelte, werde in Kürze abgerissen und ein Luxushotel gebaut. Dort werde er als Investor einsteigen. Die Augen von Püppis Frauchen waren inzwischen glasig und sie lauschte ihm interessiert, während sie ein weiteres Getränk orderte. Beim vergeblichen Versuch, seinen Blick von ihrem Ausschnitt zu lösen, mixte der Kellner das Getränk und erzählte lustige Anekdoten aus dem Hotelbarfundus. Sie kicherte immer lauter. Karl beschloss, dass es genug war. Dann eben nicht Pool, sondern die Wanderung zum Leuchtturm.

Fünf Stunden später stieg er völlig verschwitzt die steile Treppe zum Hotel hoch, den Gedanken nur noch auf eine kalte Dusche gerichtet. Mitten im einsamen Pinienwald hatte Elvis sich geweigert, auch nur einen Schritt weiterzugehen. Wandertouristen gingen mit mitleidigem Blick an Elvis vorbei, der sich theatralisch in den Schatten schleppte und zusammenbrach. Mit einigem guten Zureden schaffte er es immerhin bis zum Leuchtturm, doch das letzte Stück zum Hotel musste Karl ihn tragen. Schwer atmend ließ er den Hund nun auf den Boden gleiten. Der schüttelte sich, schaute sich um – und flitzte ohne Vorwarnung los. Erst an der Poolbar blieb er stehen und schnüffelte aufgeregt. Doch der Ort war verlassen. Keine Spur von Püppi nebst Frauchen und selbst der Kellner schien das Weite gesucht zu haben.

Müde nahm Karl Elvis an die Leine und ging auf sein Zimmer. Duschen und danach Abendessen im Hotel. Alles, nur keinen Meter mehr gehen. Doch kaum hatte er seine Zimmertür hinter sich geschlossen, hämmerte jemand dagegen. Es war die Melonenfrau. In ihren Augen lag ein irres Glitzern, die Wimperntusche war verschmiert, als hätte sie geweint. »Wo ist Püppi?« Sie stürmte am überraschten Karl vorbei, blickte sich suchend im Zimmer um. »Püppi! Komm zu Frauchen!« Elvis sah interessiert vom Bett auf und schaute sich ebenfalls um. Doch als er nichts entdeckte, ließ er den Kopf wieder auf Karls Kopfkissen fallen. Püppis Frauchen inspizierte die Dusche, den Balkon, sogar den Schrank.

Karl setzte sich währenddessen auf das Bett zu Elvis. Er war müde. Er hatte Hunger. Und seine Waffe lag verlockend nah direkt unter dem Kopfkissen.

Nachdem sie alles durchsucht hatte, begann die Frau zu zittern. »Püppi ist weg.«

Karl atmete durch. »Hab ich mir gedacht.«

Sie schluchzte, doch ihm entging nicht, wie sie ihn gleichzeitig abschätzend musterte. Sie beugte sich vor, sodass Karl einen nach seinem Geschmack viel zu tiefen Blick in ihren Ausschnitt werfen konnte. »Helfen Sie mir beim Suchen?«

Er stand auf, umfasste ihren Arm mit festem Griff. »Nein.« Dann schob er sie aus dem Zimmer. Kaum fiel die Tür ins Schloss, hörte er ihren wütenden Aufschrei. »Sie herzloses Monster!«

Als er sich umdrehte, sah Elvis ihn mit schielenden Augen an.

Karl starrte zurück. »Nein.«

Elvis' Blick wurde noch schräger.

»Nein! Ich suche Püppi nicht!«

Karl ging ins Bad. Während der nächsten halben Stunde, in der er sich duschte und umzog, spürte er beständig Elvis' Blick auf sich.

»Nein!«

Er schnappte sich den Zimmerschlüssel und ging ins Hotelrestaurant. Dort entschied er sich für ein einfaches Pa amb oli. Genussvoll biss er in das frische Brot mit Oliven und Tomaten. Es schmeckte nach warmer Sommersonne. Der darauffolgende Gang war ähnlich lecker, Cazuela Mallorquin, ein Auflauf mit Zucchini, Fisch, Scampi, Frischkäse und Paprika. Wenn Elvis bei ihm wäre, hätte er ihm Scampi zugesteckt. Elvis liebte Scampi. Doch der Hund saß allein im Zimmer. Mit einem Mal tauchte vor Karls geistigem Auge Elvis' Blick auf. Trotzig schob er sich ein besonders großes Stück Paprika in den Mund. Ein winziges Stück blieb in seinem Hals hängen und er hustete erstickend. Als er mit tränenden Augen wieder aufblickte, kam gerade Püppis Frauchen herein. Suchend schaute sie sich um, kam dann zu ihm, in der Hand einen Brief. Ungefragt ließ sie sich auf den freien Stuhl an seinem Tisch fallen. »Püppi wurde entführt! Sie wollen 25.000 Euro!« Ihre Stimme ging schrill nach hoben. »Sie als Hundebesitzer können sich doch vorstellen, wie es mir geht. Helfen Sie mir?«

Karl schob den Teller von sich, stand wortlos auf und ging hinaus – gefolgt von ihren empörten Ausrufen. An der Rezeption zögerte er. Im Zimmer war Elvis. Und dessen Blick nervte. Also lenkte Karl seinen Weg Richtung Strand. Vorbei an den gut gefüllten Restaurants, vor denen Straßenmusiker spielten. Er folgte der Bucht. Der Mond schob sich durch die Wolken, die Schiffe lagen malerisch in seinem Schein.

Wieder sah Karl Elvis' Blick. Schmachtend. Traurig.

Nein. Er würde es nicht tun. Auf keinen Fall. Er war Auftragsmörder in der dritten Generation. Seine Großmutter hatte die goldene Guillotine für ihr Lebenswerk bekommen. Er hatte einen Ruf zu verteidigen. Was ging ihn eine entlaufene Hundedame an? Niemals!

Eine Stunde später kehrte er zurück zu seinem Zimmer. In seiner Hand hielt er den Erpresserbrief.

25.000 Euro in kleinen Scheinen. Übergabe morgen früh im Orangenexpress nach Palma. Wenn nicht, paaren wir Ihre Hündin mit einem Straßenköter.

Püppis Frauchen war überrascht, aber überaus dankbar für seine Hilfe gewesen. Er würde die Übergabe machen. Und dann war Ruhe.

Als er die Tür öffnete, war es seltsam still. Er brauchte eine Sekunde, um zu begreifen, was fehlte. Das schnaufende Atmen von Elvis. Karl schaute auf den Erpresserbrief.

Wenn nicht, paaren wir Ihre Hündin mit einem Straßenköter.

Der Morgen brachte einen weiteren strahlenden Tag. Es standen nur wenige Touristen an der Haltestelle. Nach kurzem Warten kam die hölzerne Straßenbahn angefahren. Seit 1913 fuhr die Bahn und war seitdem gehegt und gepflegt worden, das Holz glänzte in der Sonne. Karl ließ sich auf einen der Sitze gleiten. Ruckelnd setzte sich die Bahn in Bewegung, fuhr im Schritttempo vorbei an der Bucht, anschließend durch malerische Orangenhaine. Karl würdigte die großartige Landschaft kaum eines Blickes, ständig schaute er auf die Uhr. An der Endstation in Sóller war er einer der Ersten, die ausstiegen. Während die Touristen die Stadt erkundeten, ging er mit großen Schritten weiter zum Bahnhof und stieg in die Schmalspurbahn nach Palma de Mallorca. Mit schnellen Blicken überprüfte er die Waggons. Der erste Waggon war mit einem Band abgesperrt, dennoch saß darin ein Mann, dunkle Haare, arroganter Blick. Der Kellner aus der Poolbar. Rumpelnd fuhr die Bahn an. Karl setzte sich ihm gegenüber. »Wo sind die Hunde?«

Der Mann hob eine Augenbraue. »Wo ist das Geld?«

Karl fixierte sein Gegenüber. Dessen Hals war ungeschützt, die Hände hatte er entspannt gefaltet. Der Mann rechnete nicht mit Gegenwehr. Offenbar war es auch nicht seine erste Hundeentführung. Das Auskundschaften der Besitzerin, der Erpresserbrief, der vorbereitete Übergabeort. Vermutlich x-mal durchgeführt. Das war gut. Routine ließ die Aufmerksamkeit schwinden.

Karl lehnte sich vor und wiederholte: »Wo sind die Hunde?«

Der Kellner streckte auffordernd seine Hand aus. »Wo ist das Geld?«

Karl lächelte. Dann griff er mit einer schnellen Bewegung die Hand des Mannes, riss ihn an sich. Im nächsten Moment hielt er ein Messer an dessen Kehle. »Wo sind die Hunde?«

Doch der Kellner erwies sich zäher als erwartet. Er kniff die Lippen zusammen, schüttelte den Kopf. »Mein Partner ist nebenan. Er kommt, wenn ich ihn rufe.«

Möglich. Oder auch nicht. Karl packte ihn, schob ihn Kopf voraus aus dem offenen Fenster. »Rede. Oder ich werfe dich raus.« Alltägliche Routine. Ein Opfer wollte nicht reden, der Druck wurde erhöht, das Opfer redete. Karl wartete. Pinienbäume zogen vorbei. Ein trostloser Esel stand auf einer steinigen Wiese und rupfte karge Halme. Weit entfernt lag eine einsame Hütte. Der Mann in seinen Händen zappelte. »Zieh mich wieder rein!«

Karl drückte den Mann noch ein Stück weiter hinaus. »Wo sind die Hunde?«

»Ich rede ja, ich rede! Die beiden sind ...«, setzte er an. Aber er kam nicht weiter. Ein heftiger Schlag ging durch seinen Körper, riss ihn aus Karls Händen. Im gleichen Moment wurde es dunkel und die spärliche Notbeleuchtung ging an. Das Zappeln des Mannes erstarb, der Körper sackte zusammen, blieb im Fenster hängen. Verdammt, verdammt, verdammt! Wieso fuhr diese Bahn durch irgendwelche scheißengen Tunnel? Wo blieben da die Sicherheitsvorkehrungen?

Er durchsuchte die Taschen des Hundeentführers und quetschte die Leiche gerade rechtzeitig aus dem Fenster, bevor sie den Tunnel verließen. Als es wieder taghell wurde, betrachtete Karl den Gegenstand, den er aus der Tasche des Entführers geholt hatte. Einen Schlüssel.

Ein Blick auf sein Hemd sagte Karl, dass er nicht gerade gesellschaftsfähig aussah. Er zog es aus, wischte sich die Blutspritzer aus dem Gesicht. An der nächsten Haltestelle stieg er aus. Ging zu Fuß durch die Hitze. Kaufte sich am Rand von Sóller ein T-Shirt. *I survived Mallorca.* Stieg in die Straßenbahn bis nach Port de Sóller. Und versuchte das Gefühl des Versagens zu unterdrücken.

Die Boote trieben noch immer im glitzernden Wasser, Kinder spielten am Strand, Eltern schliefen in bequemen Liegestühlen. Für sie hatte sich nichts verändert. Idylle pur. Nur Karl spürte eisige Kälte. Er hatte es verbockt. Wie sollte er Elvis jetzt finden?

Sein Blick wurde verschwommen, er fuhr sich über die Augen. Atmete durch. Wo würde der Kellner einen Hund verstecken? Es konnte überall sein. Im Hotel. In irgendeiner verlassen Finca in der Umgebung. In einer Höhle.

Sinnlos. Alles sinnlos.

Seine Finger spielten mit dem Schlüssel. Fuhren über die Kante, den Kopf. Fühlten die Erhebung. In den Schlüssel war ein R graviert. Vermutlich hieß der Kellner Ricardo, Raúl oder Rico. Karl dachte daran, wie sich der Kellner mit Püppis Frauchen unterhalten hatte. R.

Ruckartig drehte er sich um, lief die Bucht entlang, schlug den Wanderweg Richtung Leuchtturm ein. Die verlassene Ruine des Hotels Rocama. Karls Hand zitterte, als er den Schlüssel in das Schloss steckte. Er erwartete einen Widerstand, doch butterweich griff die Mechanik, die Tür sprang auf. Im nächsten Moment spürte er, wie Elvis in seine Arme sprang.

Das Wiedersehen mit Püppis Frauchen verlief erwartungsgemäß mit spitzen Schreien und Tränen. Püppi wirkte erschöpft, aber auf irgendeine Art und Weise sehr befriedigt.

Elvis betrachtete sie mit heraushängender Zunge. Dann drehte er sich um, hüpfte auf ein Sofa in der Halle und schlief ein. Später trug Karl ihn hinüber ins Zimmer, Elvis hob nur müde ein Augenlid.

Püppi und ihr Frauchen reisten am nächsten Tag ab. Die Melonenfrau wollte keinen Tag länger in diesem Piratennest, wie sie Port de Sóller bezeichnete, bleiben. Karl war mehr als froh. Kaum waren die beiden verschwunden, zog es ihn mit Elvis zum Pool. Als er sich auf der Liege ausstreckte, spürte er die Ruhe. Endlich Urlaub.

Elvis lag neben ihm. Den Blick auf eine riesige Doggendame gerichtet, die am Morgen angereist war. Er begann zu sabbern.

Pa amb oli

Mallorquinisches Bauernbrot mit Tomaten und Knoblauch

Zutaten (für 1 Person):
1 dicke Scheibe Weißbrot (pan moreno)
1 Tomate (auf Mallorca nimmt man ramelletes)
Meersalz
Olivenöl
evtl. Rosmarin, Pfeffer

Zubereitung:
Fingerdicke Scheiben vom Weißbrot schneiden. Anschließend das Brot toasten oder in einer Pfanne mit heißem Olivenöl anbraten. Das Brot je nach Geschmack mit einer Knoblauchzehe einreiben.
Die Tomate in zwei Hälften schneiden und so lange in die Brotscheibe einreiben, bis diese mit dem Saft getränkt ist. Dabei den Saft und das Fruchtfleisch herausdrücken, die Tomatenhaut wegwerfen. Salz nach Belieben aufstreuen und vorsichtig Öl aufträufeln.
Dazu können Oliven gegessen werden.

Der Orangenexpress – Ferrocarril de Sóller

Von Palma de Mallorca fährt die historische Schmalspurbahn bis nach Sóller. Ab 1912 wurden über die Bahn Orangen aus dem fruchtbaren Tal um Sóller in die Hauptstadt gebracht. Die alten Waggons aus poliertem Holz mit Messingverschlägen fahren in gemächlichem Tempo die 28 Kilometer lange Strecke mit mehr als 400 Höhenmetern, dreizehn schmalen Tunnels, vielen Brücken, einem Viadukt und zahlreichen engen Kurven. In Sóller kann man in die historischen, ebenfalls hölzernen Straßenbahnwagen nach Port de Sóller umsteigen, die direkt in die atemberaubende Bucht des Ortes fahren. Beide Strecken zusammen werden als Orangenexpress bezeichnet.

BRIGITTE LAMBERTS

Gratwanderung

Deià

Der offene Jeep mit den drei Männern, die sich seit der Schulzeit kennen, quält sich die enge, steile Straße durch das romantische Bergdorf Deià hinauf. Wolfgang sitzt am Steuer und schaut konzentriert auf die Straße, Klaus mit der Karte auf dem Schoß sagt ihm, wo es langgeht. Jörg hat auf dem Rücksitz Platz genommen und wedelt sich mit seinem Hut Luft zu. Die Sonne brennt auf sie nieder, obwohl es schon später Nachmittag ist. Die Hemden kleben an ihren Oberkörpern, der Fahrtwind bringt kaum Abkühlung.

»Das kann ja heiter werden. Bei den Temperaturen wird das Wandern zur Qual«, kommt es ungehalten von Jörg, der nicht weiß, wo er seine langen Beine unterbringen soll.

»Mach dir keinen Kopf, wir haben erst Mai, das wird nicht die ganze Zeit so heiß bleiben«, versucht Wolfgang ihn zu beschwichtigen.

»Schaut doch, wie gepflegt und sauber der Ort ist«, ruft Klaus freudig aus.

»Ja, die Gemeinde Deià ist sehr wohlhabend. Viele reiche und auch prominente Menschen haben sich hier im Künstlerdorf nordwestlich des Tramuntanagebirges niedergelassen«, erklärt Jörg. Wolfgang drückt noch einmal kräftig aufs Gas, nimmt mit Schwung die letzte Anhöhe und gelangt auf eine breite Straße. Von dort biegen sie nach wenigen Minuten auf eine gepflasterte Zufahrt ein, die sie durch einen Olivenhain führt. Schon von Weitem sehen sie auf einem Hügel die alte Finca aus Naturstein, die vor Jahren restauriert wurde und nun ein luxuriöses Hotel mit ausgezeichneter mallorquinischer Küche beherbergt. Wolfgang bremst ab, parkt den Jeep in einer Lücke und die drei steigen aus. Der anerkennende Blick der Freunde lässt Jörg schmunzeln. Hat er wieder einmal die richtige Wahl getroffen!

»Wenn es drinnen genauso gepflegt und stilvoll ist, wie es von außen den Anschein hat, dann werden unsere Frauen dir um den Hals fallen, wenn sie in ein paar Tagen nachkommen«, äußert Klaus begeistert.

»Dreht euch mal um«, schlägt Jörg lässig vor. Der Anblick ist atemberaubend. In der Ferne glitzert das Meer grünblau.

Jörg schultert sein Gepäck. »Nun kommt schon. In anderthalb Stunden gibt es Abendessen, pünktlich um acht Uhr. Ich würde noch gerne duschen und wir müssen uns auch noch umziehen«, drängelt er.

»Ja, das mit dem Dresscode ist schon ein Wermutstropfen«, seufzt Wolfgang.

»Nun hab dich nicht so«, erwidert Jörg und eilt mit schnellen Schritten zum Eingang des Hotels, wo bereits ein Page auf sie wartet.

Vor der großen Glastür zum Restaurant treffen sie sich wieder. »Was hat dir denn deine Freundin eingepackt?«, frotzelt Wolfgang, dessen Blick an dem weißen Dinnerjackett von Klaus hängen bleibt.

»Das trägt man im Augenblick.«

»Ja, unter Rechtsmedizinern, wenn ihr aus euren Katakomben hochsteigt und euch unter die Lobbyisten mischt.« Wolfgang kann sich ein Grinsen nicht verkneifen.

Jörg, der belustigt dem verbalen Schlagabtausch lauscht, steht Klaus bei. »Ist der Smoking neu, Herr Hauptkommissar? So etwas Edles findet sich doch sonst nicht in deinem Kleiderschrank.«

Wolfgang legt seinem Freund wohlgelaunt die Hand auf die Schulter. »Wenigstens brauchst du dich klamottentechnisch nicht umzustellen. Als Bestatter ziehst du einfach einen deiner schwarzen Anzüge aus dem Schrank.«

Die drei betreten lachend das Restaurant. Sie werden von einem zuvorkommenden Ober zu einem Esstisch geleitet, der direkt am Fenster steht, mit Blick auf den Olivenhain. Klaus schaut sich um. Alles sehr geschmackvoll eingerichtet: alte mallorquinische Möbel, geweißelte Wände mit modernen Bildern in kräftigen Farben und dunkle Holzbalken unter der Decke. Nachdem sie den empfohlenen Hauswein, einen Ribas, bestellt haben, vertiefen sie sich in die Speisekarte. Drei Hauptgerichte gibt es jeden Abend zur Auswahl, haben sie gerade vom Ober erfahren, neben Vorspeise und Nachtisch. Entgeistert schauen die Freunde auf die Speisekarte: Conill amb bledes, Bacallà a la mallorquina und Espáragos frits, lesen sie.

»Habt ihr einen Schimmer, was das ist?«, fragt Jörg sichtlich irritiert. Wolfgang schüttelt den Kopf und Klaus seufzt: »Da müssen wir wohl fragen.«

»Bloß nicht«, ertönt eine Stimme vom Nachbartisch. Wolfgang wendet sich um und schaut in die lachenden Augen eines etwas übergewichtigen Mannes, Anfang fünfzig. Er ist also etwa in ihrem Alter. Der Mann beugt sich leicht herüber und raunt ihnen zu: »Das kommt gar nicht gut. Hier wird von den Gästen erwartet, dass sie die spanische Speisekarte lesen können. Also«, er flüstert fast, »Conill ist geschmortes Kaninchen, Bacallà Stockfisch und Espáragos frits ist ausgebackener grüner Spargel.« Schon hat er sich wieder zu seiner Frau umgedreht, die über das Verhalten ihres Mannes den Kopf schüttelt.

»Da hast du uns aber nur einen kleinen Teil der besonderen Regeln dieses Hotels verraten«, wendet sich Wolfgang mit gedämpfter Stimme an Jörg. »Was kommt da noch auf uns zu?«

»Keine kurzen Hosen beim Frühstück und nicht in Badehosen durch das Hotel laufen«, quetscht dieser zwischen den Zähnen hervor und grinst breit. Als der Ober nach ihren Wünschen fragt, ist die Entscheidung schnell getroffen: Jörg und Wolfgang bestellen das Kaninchen und Klaus entscheidet sich für den Stockfisch.

Nach dem Essen setzen sie sich mit einer weiteren Flasche Wein auf die Terrasse hinter der Finca mit Blick auf den Pool.

»Das Essen war ausgezeichnet«, urteilt Wolfgang. Noch ehe die anderen dies bestätigen können, steht ihr Tischnachbar mit seiner Frau vor ihnen.

»Ja, die Küche hier ist sagenhaft und verwendet nur frische Zutaten von der Insel. Dürfen wir uns zu Ihnen setzen?« Schon hat er zwei Stühle herangeschoben. »Entschuldigen Sie, ich bin unhöflich, ich habe mich noch gar nicht vorgestellt. Mein Name ist Jens Breuer. Ich bin Architekt und Bauunternehmer und das hier ist meine Gattin Nadine.« Er legt den Arm um die blonde, schlanke Frau, die sich rasch hinsetzt.

Auch wenn die Freunde anfangs etwas irritiert sind, so überrumpelt worden zu sein, wird es ein interessanter und unterhaltsamer Abend, wobei es eher Jens Breuer ist, der von seinen Erfolgen als Bauunternehmer und seinen neuen Projekten erzählt. Nur ab und an mischt sich seine Ehefrau ein, der die Selbstdarstellung ihres Mannes sichtlich peinlich ist.

Plötzlich erscheint ein jüngerer Mann auf der Terrasse und geht zielstrebig auf die kleine Gruppe zu. Die Frau des Bauunternehmers errötet und Breuer springt freudig auf. »Was machst du denn hier? Was für eine Überraschung!« Dann dreht er sich den dreien zu. »Mein Freund und Kompagnon Uwe Richter.« Der schlanke Mann lächelt grüßend in die Runde und wendet sich wieder Breuer zu. »Wollen wir morgen zusammen wandern? Es gibt einiges zu besprechen.« Die Freunde nutzen die Gelegenheit und verabschieden sich. Es ist spät geworden.

Wolfgangs Blase weckt ihn mitten in der Nacht. Auf dem Rückweg ins Bett schiebt er die nur angelehnte Balkontür weiter auf, um die kühle Nachtluft hereinzulassen. In der Nähe hört er Stimmen, gedämpft zwar, aber doch unüberhörbar aggressiv. Satzfetzen dringen zu ihm hoch: »Deine Eskapaden ertrage ich nicht mehr. Von mir aus kannst du pleitegehen, nochmals gebe ich dir kein Geld.« Nach einer kurzen Pause hört er noch: »Wäre ich dir doch nie begegnet.« Dann schlägt eine Tür zu. Das Hotel hat gerade einmal sechs Zimmer, also nicht viele Gäste, und er glaubt, die Stimme von Nadine Breuer erkannt zu haben.

Am nächsten Morgen treffen sie sich in Wanderhosen und T-Shirts am Frühstücksbuffet. Der Ober zieht die Augenbrauen hoch.

»Mensch, hier ist das Personal ja vornehmer als die Gäste«, rutscht es Wolfgang heraus.

»Da fühlst du dich doch wie zu Hause, ist das nicht in Düsseldorf genauso?«, bemerkt Jörg verschmitzt.

»Jetzt mach mal einen Punkt. Du musst nicht immer an deiner Heimatstadt herumnörgeln.«

Wolfgang schaut sich um. Neben Nadine Breuer, die mit einer Sonnenbrille auf der Nase allein am Tisch sitzt und ihm kurz zunickt, sind noch keine weiteren Gäste da. Nach einem reichhaltigen Frühstück mit Rühreiern, viel Obst und der mallorquinischen roten Wurst, der Sobrasada, geben sie an der Rezeption ihre Schlüssel ab. Der Portier gibt ihnen einen Tipp: »Seien Sie vorsichtig, wenn Sie den Wanderweg am Camí dels Pintors nehmen, da gibt es eine gefährliche Teilstrecke zwischen Deià und Llucalcari. Diesen Monat sind schon drei Wanderer verunglückt.«

»Ich kann nicht mehr.« Jörg setzt sich erschöpft auf einen Felsblock.

»Nun komm schon, wir haben es gleich geschafft«, fordert Klaus seinen Freund auf. Alle drei sind blass und schweißüberströmt.

»Da haben wir uns wohl für den ersten Tag etwas zu viel vorgenommen«, stöhnt Wolfgang.

»Es ist nicht mehr weit und uns erwartet eine kühle Dusche und ein wunderbares Essen«, will Klaus die Gruppe motivieren. Auf dem langen Weg durch den Olivenhain, die Finca fest im Blick, fällt ihnen eine kleine Menschentraube vor dem Hoteleingang auf. Es geht hektisch zu, gar nicht passend zu der sonst eher geruhsamen Atmosphäre des Hotelbetriebes, auf die so viel Wert gelegt wird.

»Da stimmt was nicht«, bemerkt Wolfgang und sie beschleunigen ihre Schritte. An der Rezeption telefoniert der Portier aufgeregt. Auf die Frage von Wolfgang, was los sei, bekommt er die Auskunft, dass der Gast Jens Breuer und sein Geschäftspartner noch nicht von ihrer Wanderung zurückgekehrt seien. Sie wollten bereits zum Mittagessen wieder da sein und nun mache sich die Ehefrau von Breuer schreckliche Sorgen. Der Mann vom Hotel stellt nun einen Suchtrupp aus Freiwilligen zusammen, drei Stunden haben sie noch Zeit, bevor es dunkel wird. Trotz der vorhergehenden Strapazen willigen Jörg und Klaus ein, sich an der Suche zu beteiligen. Wolfgang hingegen setzt sich zu der verstörten Ehefrau des Bauunternehmers an die Bar und bestellt sich erst einmal ein kühles Bier. Einfühlsam beginnt er das Gespräch, versucht sie zu beruhigen. »Ihr Mann ist doch nicht allein unterwegs, machen Sie sich da nicht zu große Sorgen.« Nadine Breuer antwortet nicht. Wolfgang versucht weiter ihr Vertrauen zu gewinnen. »Er hat doch bestimmt sein Handy dabei und kann Hilfe rufen, wenn es nötig ist?«

Stockend gibt sie Antwort. »Nein, er hat es vergessen. Ich wollte es ihm noch bringen, aber die beiden waren schon aufgebrochen.«

»Ihre Beziehung scheint etwas angespannt zu sein«, wagt Wolfgang einen Vorstoß.

»Das kann man wohl sagen. Ich liebe meinen Mann über alles, aber es ist nicht immer einfach mit ihm.«

»Meinen Sie seine großspurige Art?«

Sie lacht hysterisch. »Nein, es sind seine ständigen Frauengeschichten, das geht schon seit Jahren so.«

Sie schluchzt. »Er wirft das Geld zum Fenster raus, nicht nur für seine Geliebten. Er steht mal wieder kurz vor der Insolvenz.« Wolfgang reicht ihr eine Papierserviette, die er vom Bartresen nimmt.

»Aber diesmal bekommt er kein Geld mehr von mir«, stößt sie hervor. »Das bringt doch alles nichts. Er wird mich noch ruinieren.« Sie schnäuzt sich die Nase mit der Papierserviette.

»Glauben Sie, er könnte sich etwas antun wollen?«, fragt Wolfgang leise. Frau Breuer schüttelt wortlos den Kopf, gibt dem Barkeeper ein Zeichen, dass er den Drink auf die Zimmerrechnung schreiben soll, verabschiedet sich von Wolfgang und verlässt den Raum.

Wolfgang sitzt immer noch an der Bar, als die anderen von der Suche zurückkehren. Die übrigen Hotelgäste haben längst ihr Abendessen eingenommen.

»Und?«, fragt er.

»Nichts«, kommt es enttäuscht von Jörg, und Klaus schiebt nach: »Morgen schauen wir weiter.« Dann bestellt er eine Runde Bier. »Einer der Kellner, die mitgeholfen haben zu suchen, erzählte, dass es bei den Eheleuten öfter Krach gegeben hat«, berichtet Jörg.

»Ja, ich weiß«, entgegnet Wolfgang.

Jörg schaut irritiert. »Aber dass Nadine Breuer heute früh gesehen wurde, wie sie vor dem Frühstück verschwitzt und in Eile ins Hotel zurückgekommen ist, weißt du noch nicht, oder?«

Wolfgangs Augen blitzen auf. »Interessant«, murmelt er. Plötzlich hören sie laute Stimmen und wenden sich um. Jens Breuer steht schwankend in der Tür. Völlig verdreckt und blutüberströmt bricht er zusammen. Wolfgang springt auf und rennt zur Rezeption, um einen Notarzt zu verständigen. Doch der Rezeptionist hat schon den Telefonhörer in der Hand und fordert den Rettungswagen an. Klaus und Jörg leisten Erste Hilfe. Breuer ist bewusstlos. Klaus kontrolliert die Vitalfunktionen, die nicht besorgniserregend sind, und hat ihn bereits in die stabile Seitenlage gebracht. Vorsichtig knöpft er ihm das Hemd auf und sucht den Körper nach Verletzungen ab.

»Was ist mit ihm?«, fragt Wolfgang, als er von der Rezeption zurückkommt.

»Äußerlich konnte ich keine größeren Verletzungen feststellen, bis auf eine Platzwunde am Kopf, daher das viele Blut. Es scheint ein Kampf stattgefunden zu haben. Er hat diverse Abwehrverletzungen an den Unterarmen. Er muss gefallen sein, sein Oberkörper zeigt Hämatome und unter den Fingernägeln hat er Sand- und Graspartikel. Außerdem sind die Handflächen stark verkratzt, als ob er sich an stacheligem Gewächs festgehalten hätte.«

Schon hören sie die Sirenen des Rettungswagens, der den Verletzten ins Landeskrankenhaus Son Espases nach Palma bringen wird.

Am nächsten Morgen macht sich der Suchtrupp wieder auf den Weg, diesmal mit professionellen Rettungskräften. Breuer ist immer noch nicht ansprechbar, informiert der Angestellte am Empfang. Seine Frau hat aus dem Krankenhaus angerufen. Wolfgang bittet, ihm den gefährlichen Abschnitt zwischen Deià und Llucalcari auf der Karte zu zeigen.

»Wenn die professionellen Rettungskräfte uns bei der Suche nicht dabeihaben wollen, dann gehen wir eben allein los«, schlägt er vor.

»Und wo bitte sollen wir suchen? Wir kennen uns hier doch gar nicht aus«, wendet Jörg ein. »Außerdem ist das bestimmt gefährlich!«

»Du bist doch sonst nicht so ängstlich«, erwidert Wolfgang und fährt schnell fort, »der Suchtrupp geht bestimmt den Steg von Deià Richtung Llucalcari ab, und wir konzentrieren uns auf das Gebiet unterhalb des gefährlichen Teilstücks.«

Die Sonne scheint erbarmungslos auf sie nieder, das Gelände entlang der felsigen Küste ist unwegsam. Sie müssen über

Klippen und Felsvorsprünge klettern, es ist beschwerlich und zeitraubend.

»Mach langsam!«, ruft Wolfgang Jörg zu. Die Anstrengung macht sich bemerkbar. Klaus bleibt immer wieder stehen und wischt sich den Schweiß von der Stirn, und Jörg ist nicht mehr trittfest.

»Scheiße«, schreit Wolfgang. Mit einem Satz sind die beiden Freunde bei Jörg, der von einem Felsen abgerutscht ist und sich gerade noch an einem Vorsprung festhalten kann. Beherzt greifen sie zu und ziehen ihn an den Oberarmen nach oben. Erschöpft setzen sie sich auf die Klippen.

»Das ist ja gerade noch einmal gut gegangen«, seufzt Wolfgang erleichtert.

»Na, tief wäre ich ja nicht gefallen«, antwortet Jörg verlegen.

»Das hätte gereicht für ein paar schöne und schmerzhafte Schürfwunden und Prellungen«, entgegnet Klaus vorwurfsvoll. »Deine Frau hätte dir bestimmt einen erotischen Abend mit speziellen Praktiken unterstellt«, versucht Wolfgang die Situation aufzulockern. Jörg grinst. »Sehr witzig«, kommt es gequält von ihm.

»Los, kommt weiter. Wir müssten die gefährliche Stelle eigentlich bald erreichen. Aber schaut, wo ihr hintretet«, ermahnt Wolfgang. Kaum sind sie den nächsten Felsvorsprung hinaufgeklettert, ruft Jörg aus: »Schaut, auf der Felsplatte, liegt da nicht jemand?«

Sie blicken angestrengt in die Richtung, in die Jörg zeigt. Langsam gehen sie weiter, um sicher ans Ziel zu kommen. Immer wieder löst sich Geröll, und beinahe hätte Klaus das Gleichgewicht verloren. Er fuchtelt mit den Armen in der Luft und balanciert sich so im letzten Moment aus.

Endlich haben sie die Felsplatte erreicht. Der Mann liegt auf dem Rücken, es ist Uwe Richter. Klaus beugt sich über ihn. »Genickbruch«, lautet sein fachmännisches Urteil.

Vorsichtig versucht er die zur Faust geballte rechte Hand des Toten zu öffnen, in der sich ein zerknüllter Zettel befindet, der ein wenig hervorlugt. Mit Mühe kann Klaus die Finger des Toten etwas bewegen, da die Leichenstarre schon im Begriff ist, sich zu lösen. Doch nur einen Teil des Zettels bekommt er zu fassen. Sie schauen neugierig auf die zarte Handschrift. Die Zeilen stammen von Nadine Breuer, die dem Freund ihres Mannes erklärt, dass ihre Affäre mit ihm nichts zu bedeuten habe. Sie würde ihren Mann nicht verlassen.

Wolfgang schaut die Felswand hinauf. Ein kalter Schauer läuft ihm über den Rücken, dann wendet er sich den anderen zu. »Ein Kampf auf Leben und Tod zwischen einstigen Freunden. Aber war es Mord, Notwehr oder nur ein banaler Unfall?«

Klaus beugt sich erneut über den Toten und öffnet dessen Hemd.

»Schaut hier!« Er weist auf einen breiten roten Striemen, der sich über den ganzen Brustkorb erstreckt. »Es sieht so aus, als ob er einen kräftigen Schlag vor den Oberkörper bekommen hat. Der hat ihn dann vermutlich in die Tiefe stürzen lassen. Das war kein Unfall.«

Einige Tage später ist vom Portier zu erfahren, die polizeilichen Ermittlungen seien eingestellt worden. Die rechtsmedizinischen Ergebnisse hätten Breuers Aussage nicht widerlegen können. Breuer habe ausgesagt, dass Uwe Richter, sein Freund und Geschäftspartner, ihn angegriffen habe. Es sei zu einem dramatischen Kampf gekommen, bei dem sich Breuer nur habe retten können, indem er in Notwehr einen herumliegenden Ast gegriffen und diesen gegen Richters Brust geschleudert habe. Dies wiederum habe zum Absturz von Richter geführt.

Conill amb bledes

Geschmortes Kaninchen mit Mangold

Zutaten (für 4 Personen):
1 Kaninchen, ca. 1 bis 1,2 kg
Mehl zum Bestäuben
800 g Mangold
2 Tomaten
1 Zwiebel
4 Knoblauchzehen
1 Orange
4 EL Olivenöl
3 frische Lorbeerblätter
1 Prise Zimt
1 Prise Anis
200 ml Geflügelfond
100 ml Sherry
30 g Butter
Salz, schwarzer Pfeffer, Fett für die Form

Zubereitung:
Kaninchen waschen, trocken tupfen, zerteilen und in eine eingefettete Form legen. Backofen vorheizen (180 Grad, Umluft 150 Grad).
Tomaten entkernen und in Scheiben schneiden. Mangold in fingerbreite Streifen schneiden. Die Zwiebel grob und den Knoblauch fein schneiden und hacken. Die Orange ausdrücken. Das Olivenöl in der Pfanne erhitzen und die Kaninchenteile anbraten, dabei wiederholt wenden. Die Lorbeerblätter, Knoblauch, Zimt und Anis mitschmoren. Nun alles in eine ofenfeste Form geben.
In der Pfanne Mangold und Tomaten im Orangensaft andünsten, mit Salz und Pfeffer abschmecken und zum Fleisch geben. Mit Geflügelfond und Sherry ablöschen, von der

Pfanne lösen und über das Kaninchen gießen. Butterflocken auf das Fleisch geben, es abdecken und im Ofen etwa eine Stunde schmoren lassen.

Sollten Innereien vorhanden sein, diese mit einem Esslöffel Olivenöl erhitzen, auf allen Seiten schnell bräunen, salzen, pfeffern und über dem Kaninchenfleisch verteilen.

Als Beilage passen gebackene Kartoffelecken und ein nicht zu trockener Weißwein.

Bacallà a la mallorquina

Mallorquinischer Stockfisch

Zutaten (für 4 Personen):
800 g Stockfisch
Mehl zum Bestäuben
125 ml Milch
5 EL Olivenöl
800 g Kartoffeln
2 rote Paprikaschoten
2 mittelgroße Zwiebeln
4 Knoblauchzehen
1 EL Tomatenmark
3 geschälte Tomaten
5 Zweige glatte Petersilie
Salz, schwarzer Pfeffer

Zubereitung:
Den Stockfisch für 24 Stunden in eine Schüssel mit Wasser legen und alle sechs Stunden das Wasser wechseln. Beim letzten Wechsel die Milch dazugeben.

Nach dem Wässern den Ofen auf 180 Grad (Umluft 150 Grad) vorheizen, eine feuerfeste Form mit einem Esslöffel Olivenöl auspinseln. Den Fisch aus dem Wasser-Milch-Gemisch nehmen, trocken tupfen und in große Portionsstücke schneiden, leicht mit Mehl bestäuben. Kartoffeln schälen und in dicke Scheiben schneiden, Paprikaschoten entkernen und in schmale Streifen schneiden. Zwiebeln und Knoblauch schälen und fein hacken.

In einem Topf zwei Esslöffel Olivenöl erhitzen, Paprika, Zwiebeln und Knoblauch darin anschwitzen. Tomatenmark dazugeben und unter Rühren etwas mitschmoren lassen. Die Tomaten ebenfalls dazugeben und zerdrücken, salzen, pfeffern und auf etwa die Hälfte einkochen lassen. In einer Pfanne zwei Esslöffel Olivenöl erhitzen und die Kartoffelscheiben darin fünf Minuten goldbraun braten, salzen, pfeffern und in die Form geben. In demselben Fett die Fischstücke anbraten, salzen, pfeffern und auf den Kartoffeln verteilen. Drei Petersilienzweige klein hacken und darüberstreuen. Die Tomatensauce darübergeben und mit etwas Olivenöl beträufeln. Im Ofen etwa zehn Minuten schmoren. Von der restlichen Petersilie Blättchen abzupfen und über den Stockfisch streuen. Als Beilage eignen sich Weißbrot und ein trockener Weißwein.

Deià

Die Kleinstadt mit dem Beinamen »Künstlerdorf« liegt nahe der Nordwestküste auf einem Hügel am Rande des Tramuntanagebirges. Vielleicht wäre es heute noch ein verschlafenes Bergdorf, wenn nicht der britische Schriftsteller Robert Ranke-Graves sich Anfang der 1930er-Jahre dort niedergelassen hätte. Ihm folgten Dichter, Schriftsteller und Künstler aus der ganzen Welt und später dann die Schönen und Reichen. Drei Meinungen gibt es zu Deià, wird gelästert: Für die einen ist es immer noch einer der schönsten Orte auf der Insel, für die anderen das Dorf mit den vielen verrückten Ausländern, und manch einer kommt nur zum Essen hierher. Denn Deià ist bekannt für seine ausgesprochen guten Restaurants.

Auch wenn der pittoreske Ort schon längst kein Geheimtipp mehr ist, ein Besuch lohnt sich. Die engen Gassen und Wege, die weißen und ockerfarbenen kleinen Häuser, der Duft der üppigen Vegetation und der atemberaubende Blick von oben bis hin zum Meer und auf die schroffen Felsen der Gebirgskette – das ist Deià.

ANNE GRIESSER

Jesus ist an allem schuld

Tramuntana

1. Fernanda seufzt

Aus dem Nachbarhaus dringt wieder leises Schluchzen. Monoton und herzzerreißend. Nicht zu ignorieren. Dabei haben die Häuser in Valldemossa so dicke Wände! Aber ihre Freundin Luitgard, die sie der Einfachheit halber Lui nennt, ist eben Deutsche und pflegt auch nach achtundfünfzig Ehejahren mit einem waschechten Mallorquiner noch die seltsame Marotte, im Sommer die Fenster zu öffnen.

Resigniert lässt Fernanda den Lauch stehen, legt einen Deckel über die gewürfelten Tomaten und wischt sich die Hände am Küchentuch ab. Die Sopa, die sie für Lui und Gustavo zubereitet, muss eben warten. Nur nachher nicht vergessen, dass sie das Gemüse schon vorbereitet hat! Ihr Gedächtnis verschlechtert sich seit einiger Zeit rapide.

Vorsichtig schlurft sie zur Tür. Seit der Knieoperation passt sie bei jedem Schritt höllisch auf. Mit 81 Jahren verheilt so etwas nicht mehr richtig.

»Lui?!«, ruft sie vor dem Haus mit ihrer krächzenden Stimme, aber sie erhält keine Antwort.

Es ist ein Jammer.

Seit achtundfünfzig Jahren sind sie Nachbarinnen. Seit die Deutsche ihren Gustavo geheiratet hat. Und abgesehen von den ersten zehn oder zwanzig Jahren, in denen sie sich eher misstrauisch beäugt haben, abgesehen von dieser kurzen Eingewöhnungszeit also, sind sie die besten Freundinnen.

Es ist eine Tragödie.

Ein schneller Blick hinters Haus bestätigt Fernanda, dass der Esel weg ist. Und wenn Jesus nicht da ist, dann ist auch Gustavo unterwegs.

»Lui!«, ruft sie noch einmal, lauter und resoluter. Doch die Freundin antwortet auch diesmal nicht. Mit einem Knall fliegt das Fenster zu und wird von innen geschlossen.

Erschrocken presst Fernanda die Hand auf den Mund. Madre mia! So schlimm ist es also? In all den Jahren ihrer Freundschaft ist es höchstens drei- oder viermal vorgekommen, dass Lui sich ihrem Trost verweigert hat. Diesmal hat sie ihr nicht einmal anvertraut, woher ihr grenzenloser Kummer rührt. Aber das muss sie auch gar nicht. Fernanda weiß es sowieso. Sie hat schließlich Augen im Kopf.

Es ist der Esel. Jesus ist an allem schuld.

»Lui?«, versucht sie es ein letztes Mal. Und tatsächlich öffnet sich das Fenster wieder einen Spaltbreit. »Lass mich in Frieden«, schluchzt die Stimme der Freundin. Und schiebt ein klägliches »bitte« hinterher.

Fernanda nickt betrübt. Aber sie weiß, dass es so nicht weitergehen kann. Seit Wochen ist Lui nur noch ein Schatten. Ständig am Heulen. Abgenommen hat sie auch.

Und das alles nur wegen diesem Esel!

Selten, ach was, nie hat Fernanda ein glücklicheres Paar gesehen als Lui und Gustavo. Diese Harmonie, die Ruhe und die Kraft, die sie sich schenken. Jahrelang hat Fernanda mit dem Neid gekämpft. Denn ihre eigene Ehe mit Jaime war ganz anders geartet. Da flogen auch mal die Fetzen, wenn Jaime sich zu ausgiebig nach Jungfleisch umsah. Das tat er oft, ihr Gatte, er war kein Kostverächter. Vielleicht hat ihn das so früh ins Grab gebracht. Jaime ist schon seit 21 Jahren tot und Fernanda vermisst ihn nicht.

Bei Lui und Gustavo ist das ganz anders. Die beiden können nicht ohneeinander. Die sind wie eine Seele in zwei Körpern. Ach, was für ein schönes Bild.

Und nun das.

Nach achtundfünfzig Ehejahren geht Gustavo fremd. Aber nicht etwa mit so einem jungen Ding von sechzig Jahren, das wäre ja irgendwie normal, nein, Gustavo betrügt seine Frau mit einem Esel!

Nun ja. Nicht wörtlich genommen natürlich. Aber er betrügt Lui im übertragenen Sinn, und das ist schlimm genug. Jeden Morgen bricht er mit seinem Esel in die Berge auf. Zockelt auf dem Reitweg dieses Erzherzogs, der vor über hundert Jahren hier lebte, durch die Tramuntana und kehrt erst am späten Abend bei Einbruch der Dunkelheit zurück. Jeden Tag. Seit Wochen.

Eine Katastrophe ist das.

Für Lui ist plötzlich kein Platz mehr in Gustavos Leben. Und deshalb weint sie, die Arme.

Fernanda kann das verstehen. Wer lässt sich schon gern von einem Esel verdrängen?

Sie seufzt. So geht es wirklich nicht weiter. Sie muss Lui helfen. Wofür hat man schließlich Freundinnen? Im Grunde ist es ganz einfach: Der Esel muss weg. Und darum wird sie jetzt die Haferkekse backen, die Jesus so gerne frisst. Oder – hat sie schon gestern welche gebacken? Sie kann sich nicht mehr erinnern. Aber noch scheint es Jesus gut zu gehen, also muss sie die Dosis ihrer geheimen Zutat erhöhen.

Die Sopa, zu der sie Lui und Gustavo am Abend einladen will, kann noch ein wenig warten.

2. Luitgard schluchzt

Zum Glück hat sich ihre Nachbarin abwimmeln lassen. Sie ist ja ein herzensgutes Ding, diese Nanda, nicht umsonst sind sie seit vielen Jahren Freundinnen, aber es gibt eben Situationen im Leben einer Frau, die muss man mit sich selbst abmachen. Oder mit sich selbst und Gott.

Luitgard wischt sich eine Träne aus dem Auge. Dieser lästige Drang zum Weinen! So kennt sie sich gar nicht. Ihr Leben lang hat sie immer nur gelacht und den bösen Momenten des Daseins die Stirn geboten, bis diese sich enttäuscht über so viel Widerstand vom Acker gemacht haben.

Und nun?

Achtundfünfzig Jahre lang hat sie allen Widrigkeiten des Lebens getrotzt, der Kinderlosigkeit, den harten Zeiten, in denen es ihnen finanziell miserabel ging, ihrem fortschreitenden Rheumatismus. Weil Gustavo an ihrer Seite war. Gustavo, ihr Mann, Freund, Gefährte, ihr alles. Immer war er da. Ohne ihn fühlt sie sich unvollständig, halbiert wie ein Gemälde, das man in der Mitte auseinandergerissen hat.

Aber jetzt ist alles anders. Denn Gustavo hat sie verlassen.

Am Morgen hat er seinen Esel geholt und ist aufgebrochen in die Berge, wie er es seit einigen Wochen täglich tut. Er hat dem Tier den Hals geklopft, sanft die Nüstern gestreichelt, die warme, feuchte Stelle auf der Nase geküsst.

Früher hat er das bei ihr getan.

Luitgard holt tief Luft und versucht an etwas anderes zu denken. Aber es gelingt ihr natürlich nicht.

Gustavo läuft vor ihr davon, traut sich nicht, ihr die Wahrheit zu gestehen. Findet Trost bei einem Esel, den er hätschelt, statt mit ihr zu reden. Sie hat es in seinen Augen gesehen, die einen trüben Glanz angenommen haben und einen Ausdruck des Bedauerns, des Abschiednehmens. Aus denen plötzlich ein Schuldbewusstsein spricht, wie sie es noch nie bei ihm gesehen hat.

»Lui?!«

Da ist schon wieder Fernanda am Fenster. Merkt sie denn nicht, dass Luitgard ihre Ruhe haben will?

Sie beschließt, leise zu sein. So zu tun, als ob sie schliefe.

Ach, dabei hat sie seit Tagen kaum geschlafen. Seit sie den Brief gefunden hat. Den Brief von dieser Frau. Sie hat ihn hundertmal gelesen. Bis sie ihn auswendig kannte. Hat den Inhalt hin und her gedreht, nach einem möglichen Missverständnis gesucht, nach einem Anker, an dem sie sich festkrallen kann, nach einem Wort, das alles zum Guten wendet. Aber sie weiß, dass jeder Irrtum ausgeschlossen ist. Der Brief meint genau das, was drin steht. Und Gustavos Verhalten in den letzten Wochen bestätigt es ihr. Sein Blick und seine ausgedehnten Touren in die Tramuntana verraten alles.

»Lui?!«

Nanda lässt nicht so leicht locker.

Ein neuer Weinkrampf bahnt sich seinen Weg. Himmel, wie soll sie ohne Gustavo leben? Wie?

Das Schluchzen verrät sie schließlich. »Lui, ich kann dich hören. Keine Angst, ich will dich nicht stören, Liebes. Ich hab nur etwas für dich.«

Mit verquollenem Gesicht öffnet Luitgard das Fenster. Ihre Freundin meint es ja nur gut.

»Hier.« Mit Nachdruck überreicht Fernanda Luitgard eine Blechbüchse. »Ich habe für euren Esel Haferkekse gebacken. Und euch beide möchte ich heute Abend zum Sopa-Essen einladen. Werdet ihr kommen?«

Luitgard zuckt unbestimmt die Schultern. Sie weiß nicht, ob sie Kraft dazu findet. »Danke«, sagt sie dennoch und bringt so etwas wie ein Lächeln zustande.

Als Fernanda weg ist, öffnet sie die Keksdose, aus der es verführerisch duftet. Die Gute! Bei ihr geht Freundschaft durch den Magen. Gestern hat sie schon einmal eine ganze Dose für Jesus gebracht. Nanda glaubt, ein gutes Mahl löste jedes Problem. Aber diesmal wird eine Sopa nichts ändern. Gar nichts.

Luitgard spürt, wie ihr Magen knurrt. Auch der größte Kummer kann den Hunger nicht ganz vertreiben. Wird sie es jemals übers Herz bringen, Nanda die Wahrheit zu sagen? Dass Jesus ihre Kekse verabscheut? Der Esel mag seinen Hafer am liebsten *al natural*. Luitgard hingegen hat großen Gefallen an den Plätzchen gefunden. Herb, würzig, nicht so süß. Ihr Magen knurrt erneut und sie greift beherzt zu.

3. Gustavo hustet

Sofort bleibt Jesus stehen und wartet, bis der Anfall vorübergeht. Es ist ein Wunder, wie feinfühlig dieses Tier ist! Gustavo klopft ihm dankbar den Hals und ist ganz gerührt über so viel Achtsamkeit. »Mein Freund«, sagt er und meint es auch so. Der Esel ist sein Vertrauter, der wahrhaftigste Gefährte, den er derzeit hat.

Gustavo verlagert sein Gewicht. Fast tut es ihm leid, dass er so beleibt ist. Er muss für Jesus eine große Last darstellen, doch der Esel zockelt gemütlich weiter und lässt sich keine Mühsal anmerken. Ohne ihn würde Gustavo mit seinen 82 Jahren den Weg in die Berge gar nicht mehr schaffen.

Die Sonne strahlt von einem wolkenlosen Himmel und verhöhnt Gustavo, dessen Gemütslage eher zu Regen, Blitz und Hagel gepasst hätte. Der Weg, den Erzherzog Ludwig Salvator vor über hundert Jahren angelegt hat, zählt zu den schönsten der Insel. Schmal ist er an manchen Stellen, aber Jesus ist trittsicher. Die Luft duftet nach Kiefernnadeln, wildem Salbei und einem Hauch Meeresbrise. Wie er dieses typisch mallorquinische Potpourri liebt! Und Lui – sie liebt es noch viel mehr, konnte sich zeit ihres Lebens nicht satt daran riechen.

Gustavos Herz zieht sich schmerzhaft zusammen, als er an Lui denkt. Lui, die er verlassen wird. Seit Wochen weint sie, weil sie natürlich merkt, dass etwas nicht stimmt. Er muss es ihr bald sagen. Wenn er nur den Mut dazu fände!

Bald haben sie die Baumgrenze erreicht. Die Sonne wärmt Gustavos alte Knochen und Jesus stößt ein paar übermütige I-ah-Laute aus.

Früher ist Gustavo oft mit Lui hier gewandert. Er seufzt und zwingt seine Gedanken in ungefährlichere Bahnen. An Lui will er jetzt nicht denken, genauso wenig wie an den Brief.

Rechter Hand geht es nun zum Gipfel des Teix, aber der ist nicht Gustavos Ziel. Dazu müsste er eine kleine Kletterpassage und eine Leiter bezwingen, für Jesus unüberwindbare Hindernisse. Und der Ausblick, der sich ihnen bald bieten wird, steht dem auf dem Berggipfel in nichts nach. Die schönste Stelle auf dem Reitweg ist ein atemberaubender

Höhenzug, ein Weg auf dem Grat, abschüssig auf der einen Seite, ein mehrere hundert Meter tiefer Abgrund auf der anderen. Da muss man schwindelfrei sein, aber das ist Gustavo – und Jesus ist es erst recht.

»Brrr«, befiehlt Gustavo, als sie die Stelle erreicht haben, und lässt Jesus anhalten. Aber der Esel wäre sowieso stehengeblieben, denn sie machen hier immer Rast.

»Mein Freund«, sagt Gustavo noch einmal und der Esel spitzt die Ohren. »Heute Abend werde ich es ihr gestehen.«

Das nimmt er sich jeden Tag vor. Seit Wochen. Er wird ihr schweigend den Brief in die Hand drücken, den Brief von Dr. Maribel Oliver, in dem sie ihm mitteilt, dass sein Lungenkrebs schon viel zu weit fortgeschritten ist, als dass es noch eine Hoffnung gäbe. Und dass er höchstens noch ein paar Wochen Zeit hat.

Es wird Lui das Herz brechen. Denn Lui kann ohne ihn nicht leben. Ebenso wenig, wie er ohne sie leben könnte. Sie sind wie zwei Hälften eines Gemäldes, das jemand in der Mitte durchgeschnitten hat.

Gustavo ist immer davon ausgegangen, dass sie einmal gemeinsam sterben. Er weiß nicht, woher diese Gewissheit rührt – und nun hat sie sich als falsch erwiesen. Er ist krank, todkrank. Er wird vor Lui gehen müssen. Sie allein zurücklassen. Wie kann er ihr das antun?

Voller Schmerz öffnet er die Keksdose, die Luis Freundin Fernanda ihm gestern Abend in die Hand gedrückt hat. Der Esel hasst diese Kekse, aber Lui bringt es nicht übers Herz, Nanda die Wahrheit zu sagen. Gustavo hingegen mag sie. Und während er Jesus eine Handvoll Hafer *al natural* reicht, schiebt er sich ein paar der trockenen Kekse in den Mund.

»Mein Freund«, sagte er zum dritten Mal und schwankt. Die Welt dreht sich plötzlich vor seinen Augen und das Herz beginnt zu rasen. Ein merkwürdiges Gefühl ist das! Ungewohnt. Aber nicht schlecht. Nein, gar nicht schlecht.

4. Fernanda erschrickt

Aus dem Nachbarhaus dringt ein unschönes Röcheln. Das leise Schluchzen ist schon vor Stunden verklungen, aber das Keuchen klingt noch viel schlimmer.

Obwohl sie laut ruft, öffnet Lui weder Tür noch Fenster, und es dauert eine Weile, bis Fernanda mit ihrem kaputten Knie eingestiegen ist. Lui sitzt gebeugt auf ihrem Lieblingssessel und rührt sich nicht. Bleich ist sie. Gelber Schaum ist vor ihrem Mund.

Auf dem Tisch steht die leere Keksdose. Aber Fernanda hat längst vergessen, dass sie Haferkekse für Jesus gebacken hat.

Dr. Maribel Oliver kann nur noch Tod durch plötzlichen Herzstillstand feststellen. Nicht ungewöhnlich in Luitgards Alter. Außerdem mag die Sorge um ihren todkranken Mann sie zusätzlich geschwächt haben.

Gustavos Leichnam wird noch am gleichen Nachmittag von einer Gruppe Wanderer am Fuße einer steilen Bergwand aufgefunden. Er ist völlig zerschmettert, aber sein Gesicht sieht glücklich aus, als habe er den letzten Flug genossen.

Fernanda weint bittere Tränen. »Oh Jesus!«, zetert sie. »Was für ein grausames Schicksal! Beide am selben Tag!«

Auf dem Herd köchelt die Sopa, die sie nun allein wird essen müssen. Eine schreckliche Vorstellung.

Bei Einbruch der Dunkelheit kehrt Jesus zurück. Leise schnaubend steht er vor Fernandas Tür. »Ach du lieber Gott«, sagt sie und tätschelt seinen Hals. »Jetzt bist du ganz allein. Genau wie ich.«

Er stößt ein sanftes I-ah aus und betrachtet sie mit seinen treuen, braunen Augen.

Fernanda kann nicht anders. Sie küsst die warme, feuchte Stelle auf seiner Nase. Wie gut sich das anfühlt.

»Na komm schon«, sagt sie und führt ihn hinters Haus in ihren kleinen Garten.

»Die Sopa reicht für uns beide.«

Sopa mallorquin

Mallorquinische Gemüse-Brot-Suppe

Zutaten:
1 Kopf Weißkohl
1 Bund Lauchzwiebeln
1 Stange Lauch, 1 rote Paprikaschote
3 Tomaten, 4 Knoblauchzehen
1 l Gemüsebrühe
1 Scheibe Weizenbrot (nicht zu frisch)
6 EL Olivenöl, Salz, Pfeffer
1 Bund Petersilie, glatt

Zubereitung:
Den Kohl vom Strunk befreien und in kleine Stücke teilen. Lauch und Lauchzwiebeln putzen und in Ringe schneiden. Paprika entkernen, waschen und ebenfalls zerkleinern. Die Tomaten mit heißem Wasser überbrühen, häuten und würfeln. Den Knoblauch in dünne Scheiben teilen, das Brot würfeln. Petersilie waschen und klein schneiden.

In einem großen Topf das Olivenöl erhitzen und darin den Lauch, die Lauchzwiebeln, den Paprika und den Knoblauch anbraten. Kohl und Tomaten hinzufügen und mit der Gemüsebrühe ablöschen. Mit Salz und Pfeffer würzen. Alles bei mittlerer Hitze etwa 45 Minuten zugedeckt garen lassen. Etwa zehn Minuten vor Ende der Garzeit das Brot und die Petersilie zufügen. Das Brot sollte einen Großteil der verbliebenen Flüssigkeit aufsaugen. Noch einmal mit Salz und Olivenöl abschmecken, servieren.

Der Name Sopa (Suppe) ist ein wenig irreführend, da die Sopa mallorquin ein sättigender Eintopf ist, der eine Hauptmahlzeit darstellt.

Das Rezept der präparierten Haferkekse möchten wir Ihnen aus verständlichen Gründen vorenthalten.

Erzherzog Ludwig Salvator (1847–1915)

und seine Spuren auf Mallorca

Einer der ersten wahren Mallorca-Liebhaber, Aussteiger und Naturschützer war der österreichisch-toskanische Erzherzog Ludwig Salvator, der sich 1867 auf der Insel niederließ. Er verliebte sich nicht nur in die Schönheit der Landschaft, sondern auch in die Lebensart der Menschen, die sich sehr vom steifen Dasein bei Hofe unterschied.

Ausgiebig studierte er die Natur und Kultur der Insel und verfasste ein bis heute geschätztes neunbändiges Werk über Flora, Fauna und Geschichte der Balearen. Auf seinem ehemaligen Altersruhesitz Son Marroig (nahe Deià) wurde ein kleines Museum mit Erinnerungsstücken eingerichtet.

Da der Erzherzog die Natur liebte, aber im Alter recht beleibt war, kaufte er große Grundstücke in der Tramuntana und ließ einen wunderschönen Reitweg von Valldemossa hinauf zum Puig des Teix (1.062 Meter) errichten. Eine der spektakulärsten Stellen des alten Pfades ist ein schmaler Grat, dessen eine Seite mehrere hundert Meter nach Deià hin abfällt. Es ist von großem Vorteil, hier schwindelfrei zu sein. Doch da der Weg an dieser Stelle recht breit ist, kann man ihn bei gutem Wetter problemlos begehen – sofern man keine präparierten Haferkekse gegessen hat.

Anette Schwohl

Wir haben uns einmal geliebt

Valldemossa

Unser Urlaub auf Mallorca wird unserer Liebe wieder Leben einhauchen, da bin ich mir ganz sicher.

Nach dreißig Jahren Ehe hat sich etwas eingeschlichen, nun, ich möchte es einmal Abnutzung nennen. Obwohl, das Wort trifft es nicht so recht. Es liegt wohl an der Entwicklung, die wir durchgemacht haben.

Zu Beginn unserer Ehe habe ich zu Christian aufgeblickt. Er war so klug. Zu allem wusste er etwas zu sagen. Ein Mann, mit dem ich angeben konnte. Auf jeder Party brillierte er mit geistreichem Gesprächsstoff. Es brauchte nur jemand ein Stichwort in die Runde zu werfen, und schon sprudelte es aus ihm heraus.

Enge Freunde haben wir nicht. Christian lehnt Freundschaften ab; mit Menschen, die sein Niveau nicht erreichen können, will er sich nicht umgeben. Aber damit kann ich leben.

Während unseres Urlaubs will er sich dem Sport widmen.

Im Westen von Valldemossa haben wir ein Ferienhaus gemietet, das, neben anderen Annehmlichkeiten, über zwei Schlafzimmer, zwei Badezimmer und eine große Küche verfügt. Da auf Christians Aktivprogramm auch Klettern steht, liegt unser Domizil ideal – inmitten des Tramuntanagebirges.

Das Klettern ist meine Sache nicht. Somit habe ich die Aufgabe, die Seile zu führen und ihn zu sichern. Natürlich sind wir mit einer kompletten Kletterausrüstung angereist. Wenn Christian etwas macht, dann richtig.

Gestern sind wir angekommen. Jetzt ist es halb neun Uhr morgens und wir fahren mit unserem Mietauto zur Kletterwand. Eine 4b – mittlerer Schwierigkeitsgrad.

Als wir am Felsen eintreffen, steht schon eine Gruppe Kletterer herum und diskutiert den Aufstieg in wildem Sprachwirrwarr. Christian mischt gleich fachmännisch mit, Englisch natürlich, mehr Fremdsprachen beherrscht er nicht.

Er legt seinen Klettergurt an und klinkt das Sicherungsseil ein. Dann noch die Karabiner und den Beutel für das Magnesia an den Gurt, und los geht es. Ich halte das Seil.

Wenn ich seinen Körper betrachte, gerate ich immer noch ins Schwärmen. Er ist trainiert und sehnig. Nur die Haut wirkt allmählich ledern und folgt an einigen Stellen der Schwerkraft, da hilft auch alles Cremen und Massieren nichts.

Dass er im nächsten Jahr pensioniert wird, sieht man ihm aber nicht an. Er achtet auf sich, geht mindestens zweimal in der Woche ins Fitnessstudio – wohin ich ihn einmal die Woche begleite – und fährt im Übrigen jeden Tag mit dem Rad zur Arbeit ins Landratsamt und wieder nach Hause, da kommen gut achtzehn Kilometer zusammen. Er sorgt für das Geld, ich für den Haushalt.

Seine Kletterzüge wirken behände. Ich betrachte das Spiel seiner Muskeln. Mit sicheren Tritten und Griffen bewältigt er die ersten Meter. Wie eine Spinne klebt er am Felsen. Er greift in den Chalkbag, um an den kantigen Muschelkalkfelsen einen besseren Halt zu haben. Ich gebe immer mehr von dem Sicherungsseil nach.

Ein deutscher Kletterer spricht mich an.

»Ihr Mann sollte seine Griffspuren abbürsten.«

Ich verstehe nicht, was er meint, und gucke entsprechend.

»Das Chalk verschmutzt die Griffstellen und macht sie auf Dauer für andere unbrauchbar.«

Ich rufe Christian zu, dass er seine Griffflecken reinigen solle.

»Ach, halt die Klappe«, kommt es von oben zurück. »Sieh lieber zu, dass du mich vernünftig sicherst.«

Ich schlucke, und der Kletterer neben mir wendet sich wortlos ab.

Ich betrachte die Landschaft. Auf der einen Seite der Felsen, auf der anderen ein weiter Blick von den baumbewachsenen Ausläufern des Gebirges aufs azurblaue Meer. Die strahlende Maisonne wärmt meinen Körper.

Christian rüttelt am Seil, um mir zu verstehen zu geben, mit der Träumerei aufzuhören und mich auf ihn zu konzentrieren.

Nach zwei Stunden ist er wieder unten, zwar schweißgebadet, aber guten Mutes.

»Morgen nehme ich einen Sechser-Steig.« Als er Gurt und Seil wieder los ist, geht er sofort zu den anderen Kletterern und überlässt mir das Zusammenlegen und Verstauen der Ausrüstung. Gestenreich führt er Fachgespräche und kommt erst wieder zurück, als alles im Kofferraum des Autos untergebracht ist.

Wir fahren die Serpentinen hinunter nach Port de Valldemossa, wo Christian sich erst einmal stärken will. Denn so diszipliniert und verbissen er ist, eine große Schwäche hat er: Er isst und trinkt mit Leidenschaft. Vielleicht ist aus genau diesem Grund sein Bewegungsdrang so ausgeprägt.

Die hiesige Spezialität sind süße Kartoffelbrötchen. Die Cocas de Patatas hatte Christian schon gestern Abend bei unserem Erkundungsspaziergang durch Valldemossa probiert und war darüber ins Schwärmen geraten. Auch ich bestelle mir nun so ein Brötchen. Die süße zarte Krume mit weicher Oberfläche sorgt für ein wahres Geschmackserlebnis. Kaum hat Christian eins verdrückt, bestellt er gleich ein zweites hinterher. Dazu trinkt er Weißwein. Der Puderzucker von den Cocas klebt an seiner Nasenspitze.

Kleine Wellen klatschen auf den Kieselstrand. Kaum Touristen hier unten. Traumhaft.

In der Marina gehen wir die breite Steintreppe hinunter direkt ins Meer. Ich bin in Sorge, weil Christian sich nach der körperlichen Anstrengung den Bauch vollgeschlagen und Wein getrunken hat. Er hüpft in das kalte Nass, aber es scheint ihm gut zu gehen.

Ich bleibe noch auf der Treppe stehen, bis zu den Knien im Wasser.

»Komm schon, Dickerchen.« Er planscht ausgelassen. »Dein Fett schützt dich vor der Kälte.«

Ich bin mollig, das schon. Aber ich bin nicht fett! An mir schwabbelt nichts, alles ist fest. Er weiß, dass er vieles mit mir machen kann, nur fett nennen darf er mich nicht! Er ist so respektlos geworden; mein Bedürfnis, unserer Liebe neuen Schwung zu geben, schwindet augenblicklich.

Ohne im Wasser gewesen zu sein, stapfe ich zurück zur Promenade, warte in der Strandbar auf ihn und bestelle mir noch einen Coca de Patata, dazu einen Café con leche.

Den Nachmittag verbringen wir am Strand. Ich miete mir einen Sonnenschirm und Christian genießt die Entspannung in der prallen Sonne.

Am frühen Abend fahren wir zurück nach Valldemossa. Nach dem Duschen schlendern wir durch die schattigen Gassen auf der Suche nach einem Restaurant. Überall auf den gepflasterten Straßen stehen Töpfe mit Blumen und Kräutern.

Wir lugen ins *QuitaPenas* und mir gefällt es sofort. Die Zeit, die wir überbrücken müssen, bis ein Tisch frei wird, setzen wir uns auf die Steintreppe vor dem Restaurant. Ich erfreue mich an dem herrlichen Blick durch die Gassen hinunter ins Tal. Der aromatische Duft der Insel steigt mir in die Nase; Rosmarin, Majoran, Thymian, all das verschmilzt zu einer herrlichen Komposition.

Nach ein paar Minuten werden wir hereingebeten.

Die einfache Küche mit den verschiedenen eingelegten Gemüsen, dem frischen Schinken, dem gehobelten Käse auf geröstetem Brot und dem würzigen trockenen Wein sind so ganz nach meinem Geschmack.

Zu Hause fällt Christian sofort ins Bett. Wieder nichts mit Reden. Er geht aller Vertrautheit aus dem Weg.

Frustriert öffne ich mir eine Flasche Wein, hole ein Stück Käse und ein Messer aus der Küche, setze mich damit vor den Kamin – der natürlich bei diesen Temperaturen nicht in Betrieb ist – und sinniere.

Ich gieße mir ein weiteres Glas ein. Aus dem Flur hole ich den Rucksack, um Christians Kletterutensilien zu kontrollieren. Nicht auszudenken, wenn etwas fehlte oder ich noch suchen müsste, wenn er morgen los will.

Ich checke das Seil und entdecke ein Stück Kaugummi, das in den Fasern festklebt. Ich versuche es mit dem Käsemesser abzuschaben.

Ich spüle das letzte Stück Käse mit Wein hinunter. Den Kaugummi habe ich abgekratzt, aber dabei haben sich einige Fasern aus dem Seil gelöst. Schnell lege ich das Messer beiseite und stelle den Rucksack mit dem Seil zurück in den Flur. Nach dem dritten Glas werde ich endlich müde.

Am nächsten Morgen plagt mich ein leichter Brummschädel. Wir fahren wieder zum gleichen Felsen. Christian erkennt einige Kletterer vom Tag zuvor wieder und gesellt sich sogleich dazu. Als ich seine Ausrüstung auspacke, höre ich Christian sagen, dass er nach dem Vierer-Steig gestern heute den Sechs-b in Angriff nehmen will.

»Passen Sie auf, der ist nicht ohne. Wollen Sie nicht lieber erst mal einen Fünfer versuchen?«

»Ach, pillepalle. Der gestern war mir viel zu leicht. Ich will mich fordern.«

Er klettert los und ich denke an die losen Fasern. Was ist, wenn das Seil reißt? Ein heißes Gefühl durchströmt meinen Körper. Will ich vielleicht einen Unfall oder gar Christians Tod in Kauf nehmen? Aus jeder meiner Poren dringt Schweiß.

Nach fast zwei Stunden steht er unversehrt wieder vor mir.

Am Tag darauf hat Christian Biken auf seinem Fitnesspro-gramm – natürlich durchs Gebirge. Ich entscheide mich für ein paar gemütliche Stunden in Valldemossa. Statt der prak-tischen Outdoor-Kleidung ziehe ich mir ein luftiges Kleid an. Ich streife durch die kleinen Gassen, bummele durch die Läd-chen und kaufe Ansichtskarten für unsere Verwandten. Im *Grand Café Cappuccino* auf der Plaça Ramón Llull hänge ich meinen Erinnerungen nach. Wie Christian und ich uns kennengelernt haben, wie charmant er mir den Hof gemacht und meine Eltern bezirzt hat. Er war groß und stattlich und hatte volles, dunkles Haar.

Unsere Seelen passten gut zueinander, wir ergänzten uns. Er war der erste Mann, der meine Bedürfnisse verstand.

Nach einem Cortado ziehe ich weiter durch Valldemossa, lasse mich tal- und himmelwärts durch die Straßen treiben, esse einen Coca de Patata und komme mit Einwohnern ins Gespräch, die allmählich aus ihren Häusern treten. Ich wer-de zur Kartause geschickt, in der George Sand und Frédéric Chopin einige Zeit ihre Liebe lebten. Jetzt ist es ein Museum und huldigt der Liebesgeschichte der beiden.

In dem ehemaligen Kloster gibt es zu jeder vollen Stunde ein kleines Klavierkonzert mit Melodien von Chopin. Das beruhigt meine aufgewühlte Seele. Zu welchen Gefühlen ist ein Mann fähig, der solche Noten schreibt? Die glückliche George Sand!

Entschlossen gehe ich zurück in unser Ferienhaus, wo ich Christian schon unter der Dusche singen höre. Später werde ich das Gespräch mit ihm suchen – ich will es wagen.

Da wir am folgenden Tag mit einem fünftägigen Fasten-wandern beginnen wollen, schlägt Christian vor, noch ein-mal richtig gut essen zu gehen. Er hat sich mit einigen Bikern im Troya verabredet.

Das Restaurant liegt auf einer Anhöhe, sodass wir auf den Ort hinunter und durch zwei Felseinschnitte hindurch bis nach Palma schauen können. Inmitten des Städtchens die

Kirche des Klosters, die Häuser abfallend an den Berg gewürfelt. Die Fassaden reflektieren die Abendsonne in rotbraunen Tönen. Dagegen das üppige Grün der Bäume und Pflanzen. Das Wort Idyll kommt mir in den Sinn.

Die anderen Biker bringen ebenfalls ihre Frauen mit und es wird sofort gefachsimpelt.

Ich bestelle mir eine Paella mit Meeresfrüchten. Weil ihnen mit Messer und Gabel nicht beizukommen ist, esse ich die Schalentiere mit den Händen. Christian ermahnt mich immer wieder – wie nebenbei.

»Wisch dir endlich das Fett aus dem Gesicht.«

»Musst du beim Essen so herumkleckern?«

»Nun schau dich mal an, wie du aussiehst!«

Demonstrativ leckte ich mir jeden Finger einzeln ab. Er soll mich endlich ernst nehmen.

Das Gespräch am Tisch verebbt allmählich. Alle kauen still vor sich hin und blicken auf ihre Teller. Von Christian kommt keine Reaktion.

Bald nach dem Essen löst die Runde sich auf und ich spreche auf unserem Heimweg natürlich nicht über unsere Liebe.

Um acht Uhr morgens kommt unsere Fastenwanderleiterin mit einem gefüllten Gemüsekorb. Wir kochen gemeinsam unsere Brühe und besprechen den Ernährungsplan und die Routen, die wir wandern werden. Nach einer vierstündigen Tour kehren wir ziemlich erschöpft wieder nach Valldemossa zurück. Unser Coach bietet abschließend noch ein paar Yogaübungen im Freien an, um die Muskeln zu dehnen. Das ist nichts für Christian und er geht schon vor zu unserem Haus.

Auf meinem Heimweg überfällt mich ein Heißhunger auf die Kartoffelküchlein. Ich biege ab in die nächste Pasteleria und kaufe mir einen dieser köstlichen Klöße.

Zu Hause steht Christian schon geduscht am Herd und rührt in der Brühe. Ich hole zwei tiefe Teller aus dem Schrank und stelle sie vor uns auf den Küchenblock. Er sieht mich an.

»Das ist jetzt nicht dein Ernst! Hast du dir etwa diese Hefeklöße reingeschoben, während ich versuche zu fasten?«

»Nein«, lüge ich.

»Und was soll dann der Puderzucker auf deiner Nasenspitze?«

Ich kann mir ein Lächeln nicht verkneifen.

»Ich hab die Nase so voll von dir!«

Er stürzt um den Küchenblock, packt mich bei den Armen und schiebt mich grob zum Sofa hinüber.

»Du bleibst hier sitzen.«

»Ja, mein Meister.« Es ist wie früher.

»Wehe, du rührst dich von der Stelle!«

Er wühlt in einer Kommodenschublade, kommt mit Paketklebeband zurück und bindet damit meine Hände zusammen.

Mein Herz macht einen Hüpfer. Endlich habe ich seine Aufmerksamkeit. Endlich wird er meine Sehnsucht befriedigen. Ich bin wieder glücklich! Es ist so einfach!

Er schnappt sich sein Portemonnaie und rennt aus dem Haus. Voller Erregung warte ich auf ihn. Was er sich wohl für mich ausdenkt? Nach ein paar Minuten kommt er zurück mit einer Palette Cocas de Patatas, die er vor mir auf dem Couchtisch platziert.

»Ich ertrage deine Spielchen einfach nicht mehr. Du gehst mir so was von auf die Nerven!«

Er schiebt mir einen der Klöße in den Mund. Ich kaue und schlucke.

»Du willst essen, dann friss!« Er schiebt nach.

»Du fette Kuh!« Er greift zum nächsten Kloß.

Plötzlich sehe ich klar. Er hat mich getäuscht. Er bricht die Regeln. Etwas in mir zersplittert. Ich kann nicht mehr brav sein. Heiße Lava schießt wie aus einem Vulkan in meinem Körper hoch.

Ich ziehe meine Beine an und treffe ihn an seiner empfindlichsten Stelle. Augenblicklich geht er stöhnend in die Knie.

Mit den Zähnen reiße ich das Paketband auseinander und hole das Kletterseil, während er sich noch windet, die Hände am Gemächt. Ich fessele ihn an Händen und Füßen.

»So! Ich zeig dir jetzt mal, wie das geht.« Ich stopfe ihm den ersten Kloß rein und halte seinen Mund zu.

»Das passiert, wenn man mich nicht ernst nimmt, du nichtsnutziger Landrat.«

Mit jedem Kloß, den ich ihm in den Mund stopfe, schreie ich ihn an.

»Ich bin nicht fett!«

»Ich bin nicht fett!«

»Ich bin nicht fett!«

Nach einiger Zeit verweigert er das Schlucken und spuckt alles aus. Ich weiß mir keinen Rat, schiebe ihm noch einen Kloß in seinen Schlund und umwickele seinen Mund mit Frischhaltefolie, die ich in der Küchenschublade finde. Er zappelt, er würgt, er wirft seinen Kopf hin und her. Offenbar muss er sich übergeben, kann es ja aber nicht, und der Schleim quillt aus seiner Nase. So ein Tod ist nicht schön anzusehen. Da muss man schon hart im Nehmen sein.

Als er endlich leblos zur Seite sackt, schreibe ich einen Zettel.

»Lieber Christian,

meine Tante hat angerufen, dass es ihr sehr schlecht geht. Ich muss mich sofort auf den Weg machen. Du warst nicht hier. Ruf mich an, wenn du wieder im Haus bist.

Kuss, Sabine.«

Ich wickele die Klarsichtfolie ab, entknote das Seil und hänge es sorgfältig aufgebunden wieder an den Rucksack.

Es wird nach einem sehr merkwürdigen Selbstmord aussehen.

Coca de Patata

Mallorquinisches Kartoffelbrötchen
Eine Kartoffelspezialität aus Valldemossa

Die Cocas de Patatas sind eine Art Kartoffelgebäck, für die Valldemossa bis über seine Grenzen hinaus bekannt ist. Das beschauliche Dorf liegt auf ungefähr 420 Metern Höhe. In jedem der vielen Cafés wird das Gebäck angeboten. Mit Puderzucker bestreut erinnern sie an den deutschen Berliner, schmecken aber anders. Viele mögen sie in Verbindung mit einer heißen Schokolade oder pur zu einem Café con leche.

Zutaten:
225 g Kartoffeln
15 g Frischhefe
150 ml Milch
225 g Weizenmehl
120 g Puderzucker
30 g Schmalz
1 Ei

Zubereitung:
Kartoffeln mit Schale kochen, schälen und mit einer Gabel zerdrücken. Hefe in Milch (lauwarm!) auflösen.
Kartoffeln mit dem Mehl, dem Puderzucker und dem Schmalz vermischen. Eine Vertiefung in die Mitte drücken, dort die Milch mit der Hefe hineinschütten. Mit einem Ei alles gut verkneten. Der Teig sollte nicht zu feucht und nicht zu trocken sein.
Den Teig in eine geölte Schüssel geben und durch mehrmaliges Drehen mit einem Ölfilm überziehen. Mit Klarsichtfolie abdecken und an einem warmen Ort gehen lassen.
Wenn sich das Volumen verdoppelt hat, aus dem Teig acht Kugeln formen. Auf einem gefetteten Backblech mit geölter

Folie abdecken und nochmals gehen lassen, bis sich auch die Kugeln aufs Doppelte vergrößert haben.

Backofen auf 200 Grad vorheizen. Die Kugeln backen, bis sie goldbraun sind (etwa 15 Minuten). Etwas abkühlen lassen und noch leicht warm servieren.

Die Kartause von Valldemossa

Valldemossa und seine Kartause mit dem barocken Türmchen sind durch ein berühmtes Liebespaar bekannt geworden: George Sand und Frédéric Chopin. Ursprünglich wurde es als Palast erbaut, dann den Kartäusermönchen geschenkt, und nach der Säkularisierung verkaufte man die Zellen ab 1835 an Privatleute. So kamen auch Sand und Chopin zu ihren Zellen 2 und 4, nachdem der Vermieter sie aus ihrer vorherigen Unterkunft hinausgeworfen hatte. Er hatte Angst vor Ansteckung, denn Chopin litt unter Tuberkulose. Den Winter 1838/39 verbrachten sie dann im Kartäuserkloster.

Ich bin eine glühende Verehrerin von George Sand, die eine beeindruckende und emanzipierte Frau war, damals schon in Männerkleidung herumlief und dicke Zigarren rauchte. Heute achtet man hier das Paar. Zu ihrer Zeit allerdings waren sie wegen ihres »unsittlichen Verhältnisses« nicht wohlgelitten.

Im Museum gibt es etliche Räume, die die gemeinsame Zeit des Paares im Kloster zeigen. Sie waren nur zwei Monate hier, trotzdem habe ich als Besucherin das Gefühl, sie hätten ihr halbes Leben an diesem Ort verbracht. Akribisch wurde alles gesammelt, was ihr Leben und Lieben jenes Winters zeigt. Autografen von Chopin, von ihm geschriebene Briefe, seine Auszeichnungen und Diplome, seine Totenmaske und ein Bronzekopf, der mich gleich im Foyer empfängt. Der Bildhauer hat Chopin zwei ausgeprägte Stirnhöcker über den hochgezogenen Brauen verpasst, die ihn wirken lassen, als ob er Seelenqualen leide oder aber voller Ironie auf diese Welt blicke.

Von George Sand ist die Erstausgabe ihres Buchs »Ein Winter auf Mallorca« ausgestellt, das für jeden Mallorcabesucher Pflicht sein sollte – zumindest, wenn er kulturbeflissen ist –, ein Empfehlungsschreiben, in dem ihr unbegrenzte Kre-

ditwürdigkeit zugestanden wird, und auch etliche Aquarelle ihres Sohnes, denn Sand hatte ihre Tochter und ihren Sohn mit auf Mallorca. Auf einem Klavier liegt immer eine frische rote Rose.

Die Beschreibung dieses Ortes und dieser Zeit überlässt man am besten Chopin selbst. In einem Brief schreibt er: »Meine Zelle, die wie ein Sarg aussieht, hat eine gewaltige staubige Wölbung und ein kleines Fenster, von dem man die Orangenbäume, Palmen und Zypressen des Gartens sieht ... Neben dem Bett ein alter Tisch, eine Art viereckiges Pult, auf dem man sehr schlecht schreiben kann, und auf ihm ein bleierner Leuchter mit – welch ein Luxus für hier! – einer Kerze ... Stille – auch wenn man schreit ... immer noch Stille! Mit einem Wort: Ich schreibe Dir aus einem sehr merkwürdigen Ort.«

Still wird es an diesem Ort heutzutage nur noch jeweils zur vollen Stunde, denn dann spielt ein Klaviersolist für ein paar Minuten Chopins Melodien. Im Auditorium lauscht man andächtig. Nach einer Viertelstunde ist alles vorüber und der Lärm der Touristen übernimmt wieder die Herrschaft bis zur nächsten vollen Stunde. Dann tritt der Pianist erneut an den Flügel und seine Hände gleiten und hüpfen leicht über die Tasten.

KAI RIEDEMANN

Der Tag, an dem auch Annika starb

Galilea und Puig de Galatzó

Warum bin ich hier? Ich hätte wie jedes Jahr in die Provence fahren sollen. Stattdessen sitze ich jetzt auf einem rauen Felsblock, massiere meine schmerzenden Füße und blicke hinab ins Tal. Die Sonne hat das spärlich wachsende Gras verbrannt. Graues, zerklüftetes Gestein türmt sich zu meiner Rechten auf. In der Ferne schimmert es blau. Himmel oder Meer? Wenn auf den Wegweiser Verlass ist, brauchen wir noch 25 Minuten bis zum Puig de Galatzó.

Ich mag keine Berge. Ich mag keine Rucksäcke. Ich mag keine Wanderschuhe. Und der Fall geht mich offiziell sowieso nichts mehr an. Aber da ist diese Frau mit den leeren Augen, die mich nicht loslässt. Annika.

Auch sie blickt ins Tal. Ich bin mir allerdings nicht sicher, ob sie wirklich etwas wahrnimmt von dieser so kargen, wildromantischen Umgebung.

»Hier haben sie damals Rast gemacht, nicht wahr?«, fragt sie, ohne eine Antwort zu erwarten. »Hier haben sie gesessen. Genau hier.«

Annika öffnet ihren Rucksack und holt die Schüssel mit der Paella con pollo y gambas heraus. Dabei blickt sie weiter in die Ferne.

»Sie haben hier Paella gegessen, nicht wahr?«, sagt sie. Ihr Haar ist stumpf geworden im letzten Jahr, das dunkle Blond durchzogen von Grau. Mir fällt ihre starre Haltung auf. Das Gesicht wirkt strenger und schmaler. Das Blau ihrer Augen scheint verblasst. Alles an ihr ist grau. Die Haut, die Jacke, die Wanderschuhe. Als wäre seit damals sämtliche Farbe daraus gewichen.

Mit einer Plastikgabel stochert Annika in ihrer Paella herum. Mir bietet sie nichts an. Vielleicht hat sie sogar vergessen, dass ich da bin.

»Hier haben Zeugen die beiden zum letzten Mal gesehen«, bestätige ich. »So steht es jedenfalls im Protokoll der spanischen Kollegen.«

Annika spießt eine Garnele auf und betrachtet sie lange. Sie isst nichts, sondern verschließt die Plastikschüssel wieder mit dem Deckel und verstaut sie sorgfältig in ihrem Rucksack. Stattdessen holt sie ein abgegriffenes Schreibheft hervor. Zeitungssausschnitte. Akkurat eingeklebt, auf jeder Seite mit Datum und persönlichen Anmerkungen versehen. Die Chronik eines Verbrechens, das ich bis heute nicht verstehe.

Drama um Familie M. auf Mallorca
Mord oder Selbstmord? Die Polizei rätselt.

Zwölf Tage sind bereits seit ihrem Verschwinden vergangen – und von Matthias (45) und Lena M. (11) aus Hamburg fehlt noch immer jede Spur. Mutter Annika (42) befürchtet, dass Ehemann und Tochter einem Verbrechen zum Opfer gefallen sind.

Die Polizei auf Mallorca steht vor einem Rätsel. Bislang konnten die Ermittler nichts entdecken, was als Spur zu den Vermissten führen könnte. M. habe keinen Abschiedsbrief hinterlassen. Im Ferienhaus der Familie hätten die spanischen Fahnder ebenfalls keine Indizien entdeckt.

»Ein erweiterter Suizid ist trotzdem nicht ausgeschlossen«, sagt Polizeisprecher Manuel Kramer. Das heißt: Der Täter nimmt ihm nahestehende Menschen mit in den Tod – ohne deren Einverständnis.

Gründe sind oft wirtschaftliche Probleme, schwere Krankheiten oder eine Trennung. Doch auch ein mögliches Verbrechen zieht die Polizei weiterhin in Betracht.

»Wir haben keinerlei Hinweis auf das, was geschehen sein könnte«, sagt Kramer. Annika M. befindet sich seit den dra-

matischen Ereignissen in psychologischer Behandlung. Die Frau steht sichtlich unter Schock.

»Danke, dass Sie gekommen sind«, sagt sie. »Die Polizei hier unternimmt nichts mehr.«

Soll ich klarstellen, dass auch ich nichts mehr machen kann? Die gemeinsame Sonderkommission ist längst offiziell aufgelöst. Ich bin privat auf Mallorca und weiß noch nicht mal, warum eigentlich. Vielleicht ist es sogar ein wenig Neugier. Seit unserer ersten und einzigen Begegnung vor fast einem Jahr geht mir Annika nicht mehr aus dem Kopf. Noch nie habe ich bei meinen Fällen eine derart gebrochene Frau erlebt. Da waren Menschen, die still trauerten, andere, die vor Verzweiflung schrien. Ich habe Tränen gesehen, Gleichgültigkeit, Angst, Wut, hysterisches Lachen. Aber so eine Starre?

Die spanischen Kollegen erzählten mir, dass Annika seit damals in Galilea am Fuß des Puig de Galatzó lebt. Wenn man das leben nennen kann.

Ich stehe auf und gehe ein paar Schritte über den ausgetrockneten rotbraunen Boden. Mein linker Fuß stößt schmerzhaft gegen einen der zahllosen Steinbrocken, mit denen die Landschaft übersät ist. Die in den blauen Himmel ragenden Felsen wirken fast ein wenig unheimlich.

Annika starrt weiter in die Ferne. Wie versteinert sitzt sie da, den Kopf zwischen die Schultern gezogen, die Hände zu Fäusten geballt, den Rucksack neben sich. Der warme Wind spielt mit dem Schreibheft am Boden und blättert die Seiten um.

Damals war sie zurückgeblieben in Galilea, weil sie sich auf dem Kirchplatz des Dorfes den Fuß verstaucht hatte. Matthias und Lena waren weitergefahren bis nach Puigpunyent, um von dort zum Puig de Galatzó zu wandern. Sie kehrten nie zurück.

Aus den Gesprächen mit Polizisten vor Ort weiß ich, dass Annika seitdem die Gegend nicht mehr verlassen hat. Ihr Tagesablauf ist geradezu gespenstisch gleichförmig.

Ich sehe sie vor mir, wie sie jeden Morgen durch die steilen, verwinkelten Gassen des Dorfes geht, vorbei an Pinien, Palmen und kleinen Gärten. Sie lehnt an den Mauern der Häuser, die direkt aus dem Hügel zu wachsen scheinen. Sie wandert über die mächtigen Terrassen. Mittags sitzt sie auf der Steinbank vor der Kirche, dessen Turm mit dem spitzen roten Dach alles überragt. Nachmittags macht sie sich auf den Weg zum Puig de Galatzó, eine Schüssel mit Paella con pollo y gambas im Rucksack. Genau wie damals Mann und Tochter. Und genau wie die beiden macht sie Rast und blickt hinab ins Tal. Tag für Tag.

Trotz der Hitze auf dem schattenlosen Weg spüre ich plötzlich eine Gänsehaut.

Familiendrama befürchtet
Wo sind Matthias und Lena M.?
Die Fakten zu dem mysteriösen Fall

Das Schicksal der Familie M. hält die Polizei auf Mallorca weiter in Atem. Vater Matthias (45) und Tochter Lena (11) waren vor sechs Wochen in der Nähe des Dorfes Galilea spurlos verschwunden. Mit Hochdruck suchten die Einsatzkräfte unter Einsatz von Hubschraubern und Spürhunden die gesamte Umgebung ab. Anwohner sollen die Vermissten am frühen Sonntagnachmittag auf dem Wanderweg zum Puig de Galatzó gesehen haben. Die Polizei hatte eine Sonderkommission gebildet, an der auch deutsche Ermittler beteiligt waren. Diese nahmen unter anderem das private und berufliche Umfeld der Familie unter die Lupe. Bislang gingen einige Hinweise ein, die aber keine konkrete Spur ergaben.

Bei der Suche nach einem Motiv wurden nach Polizeiangaben auch mögliche Trennungsabsichten der Ehefrau Annika M. in Betracht gezogen. »Es ist leider so, dass manche Männer sich damit nicht abfinden können, wenn es eine Trennung gegen ihren Willen geben soll«, erklärt der Kriminalpsychologe Rolf Hagenah.

Ich hätte ihr jetzt gerne einen Arm um die Schulter gelegt, aber das geht natürlich nicht. Also setze ich mich einfach nur neben sie. Die Schritte einer Wandergruppe stören die Stille. Steinchen knirschen unter dicken Sohlen, die Spitzen der Wanderstöcke bohren sich in den Boden. Ein Mann in kurzen grauen Hosen und neongrüner Wetterjacke grüßt stumm. Eine Frau kichert. Eine andere flucht, als sie über eine Wurzel stolpert. Es klingt fränkisch.

»Ich bin schuld an ihrem Tod, nicht wahr?«, fragt Annika, als die Wanderer wieder in der Ferne verschwunden sind.

»Unsinn. Wir wissen zwar nicht, was damals wirklich passiert ist, aber von Schuld kann keine Rede sein.« Meine Stimme klingt heiser und nicht so überzeugend, wie ich das gerne hätte. Unser Kriminalpsychologe hat damals schließlich das sogenannte Medea-Syndrom ins Spiel gebracht: In der griechischen Sage tötet Medea ihre eigenen Kinder, um sich an deren Vater zu rächen, der sie verlassen hat. Im vorliegenden Fall, so erklärte er mir, könnte es ähnlich sein. Der Mann bringt sich und seine Tochter als besondere Bestrafung für die Ehefrau um. Er lässt sie bewusst im Unklaren, damit sie verzweifelt. Das Schicksal der Vermissten bleibt ungewiss, sie kann keinen Abschied nehmen. Falls der Experte wirklich recht haben sollte, ist dieser Plan aufgegangen.

»Ich bin schuld«, wiederholt Annika. »Ich ganz allein.« Sie blickt mir zum ersten Mal richtig in die Augen, die schmalen Lippen verziehen sich zu einem Lächeln.

»Weil Sie sich von ihm trennen wollten?«, frage ich. Wir haben zwar keine eindeutigen Indizien für eine Affäre oder neue Beziehung gefunden, aber eine Unsicherheit bleibt. Jetzt lacht sie sogar. Dabei wird ihre Nase noch spitzer, ihre Haut noch grauer.

»Nein, weil ich mich nicht von ihm trennen wollte.«

Wieder fegt ein warmer Windhauch über die Felsen und blättert die Seiten des abgegriffenen Schreibheftes um. Eingeklebte Zettel fallen mir auf. Es sind keine Zeitungsausschnitte. Ein Brief. Die Handschrift eckig und männlich, als Unterschrift Bernd und ein Herz. Eine Hotelrechnung. Ausgestellt auf Mallorca für ein Datum, das ich nur allzu gut aus den Polizeiprotokollen kenne. Am Rand der Seite immer wieder dasselbe hingekritzelte Wort: Nein! Nein! Nein! Nein! Nein! Nein! Nein! Nein!

»Ich bin schuld«, sagt Annika. »Er glaubt immer noch, dass er es für uns getan hat.«

Sie steht auf und schultert ihren Rucksack. Der Wind, der sogar hier oben nach Meer riecht, klappt das Schreibheft wieder zu.

Paella con pollo y gambas

Spanische Reispfanne mit Hühnchen und Garnelen

Zutaten:
1 1/2 Tassen gewaschener Paella-Reis
300 g Hühnerbrust
200 g Garnelen
1 rote Paprika
1 Hand voll grüne Bohnen
1 Tomate
1 Zwiebel
2 Knoblauchzehen
einige Safranfäden
Petersilie
Olivenöl zum Anbraten
600 ml Gemüsebrühe
Salz und Pfeffer

Zubereitung:
Hühnerbrust in kleine Stücke schneiden. Paprika, Tomaten, Zwiebeln, Bohnen klein schneiden, Knoblauch, Petersilie, Salz, Pfeffer und Safran zerstoßen und vermischen.

In einer Paellapfanne Hühnerfleisch im heißen Olivenöl kurz anbraten, dann Zwiebeln, Paprika, Tomaten und Bohnen hinzugeben und fünf Minuten lang braten. Reis über die Pfanne verteilen, die Gewürzmischung hinzufügen, mit der Brühe übergießen, 15-20 Minuten weiterköcheln. Dann die Garnelen auf der Paella verteilen und weitere drei Minuten köcheln. Vom Herd nehmen, einige Minuten abgedeckt ruhen lassen und servieren.

Galilea und Puig de Galatzó

Galilea ist ein idyllisches Bergdorf im Westen der Insel Mallorca und geprägt durch schmale, verwinkelte Gassen. Die verschiedenen Höhenlagen, auf denen sich die im typisch mallorquinischen Stil gehaltenen Häuser befinden, sorgen für eine einzigartige Atmosphäre. Über kurvenreiche Serpentinen erreicht man das rund 500 Meter hoch gelegene Dorf, das direkt am Bergsockel des Puig de Galatzó liegt.

Der 1.027 Meter hohe Puig de Galatzó gilt als einer der besten Aussichtspunkte der Insel und ist vor allem als Ziel von Bergwanderungen beliebt.

PAUL DECRINIS

Der Auftrag

Sa Dragonera

»Die habe ich extra für dich zubereitet, Raúl.« Tomás stellte die kalte Suppe auf den Tisch. »Willkommen im Club!«

Raúl schnappte sich einen Löffel und kostete. »Nicht schlecht.«

Die Frische der Melonenkaltschale auf der Zunge bewies, dass Tomás seinen ursprünglichen Beruf nie verlernt hatte. Er führte das Spießchen mit der gebratenen Garnele zum Mund, hielt den Krebs zwischen den Zähnen fest, ließ den salzigen Geschmack wirken, ehe er die Krabbe vom Stäbchen zog, sie kaute und schluckte. »Ich lege Wert auf Exquisites, mein Freund.«

»Das ist der Unterschied zwischen uns und den Ballermännern«, gab Raúl von sich. »Dort habe ich früher so manchem Deutschen Waschpulver als Koks verkauft.«

»So kommt man nicht sehr weit.«

»Ich will ab April richtig Kohle machen.« Raúl grinste. »Strecken wir doch den Stoff.«

»Ich habe Scampi benutzt, keine Garnelen.« Tomás zeigte auf den Suppenteller und wartete ein paar Augenblicke. »Kumpel, bei uns wird nichts gestreckt. Wir verkaufen reinstes Kokain, kein Flex. Unser Ecstasy enthält keinerlei Strychnin und beim Joint verwenden wir null Gramm Blei. Haben wir uns da verstanden?«

»Ich wollte da sichergehen«, gab Raúl von sich.

»Die Hauptspeise gibt's nach dem Meeting in Palma«, sagte Tomás nach dem letzten Löffel. »Ich habe einen wichtigen Auftrag vom Paten. Wir müssen auf die Dracheninsel fahren. Ich werde dich dort dem obersten Chef vorstellen.«

»Spannend.« Raúl erhob sich. Aus der Hosentasche zog er Zigarettenpapier hervor, aus der Brusttasche zupfte er ein Plastiksäckchen. »Ich will mich vor dem Treffen etwas auflockern.«

Tomás erkannte das Gras sofort.

»Hast du Lust auf einen Joint?«, fragte Raúl.

»Sa Dragonera ruft.« Tomás zündete sich seinerseits eine Zigarette an.

Raúl drehte in aller Ruhe seine Haschzigarette und steckte sie in den Mund. Wenig später nahm er einen tiefen Zug und stieß den süßlich riechenden Hanfrauch aus. »Einen Joint in Ehren kann niemand verwehren.«

»Zum Glück steuere ich das Motorboot.« Tomás blickte auf die Uhr. »Nach der Rauchpause müssen wir wirklich los.«

»Tomás, ich werde immer dein Freund sein, egal wie viel wir von April bis November in Palma verticken. Auch wenn die *Guardia Civil* uns hochnimmt. Wird aber nicht passieren.« Raúl nahm noch einen Zug. »Wusstest du eigentlich, dass ich zwei Jahre bei der Navy war? Das hatte ich im Lebenslauf verschwiegen. Ihr habt unwissentlich einen Marinesoldaten rekrutiert. Das letzte Schiff habe ich leider versenkt. Was soll's?«

Tomás blickte durch das Fenster auf die Dracheninsel, hinter der sich die Sonne zu verstecken begann. Wie schnell das Hasch wirkte, bewiesen bei Raúl die Gedankensprünge. Unter solchen Umständen drohte der Auftrag des Chefs, sich in ein heiteres Unterfangen zu verwandeln.

»So gut kennen sich die Leute.« Raúl grinste. »Mir hat die Marine eins beigebracht. Tomás, lass dich nicht kaufen. Pass auf dich auf. Lass dich nicht von falschen Dingen leiten. Ich denke, ich kann ein echter Freund sein und das bin ich auch.«

Tomás löschte die Zigarette. »Wir müssen los.«

»Klar doch!« Raúl zog noch zweimal am Joint, ehe er ihn ebenfalls ausdrückte. »Du bist ein Held und ich ein Seelenleser. Ich werde dir überallhin folgen, egal wohin du gehst.«

Tomás schwieg, als sie das Appartement verließen und den kurzen Weg zum Hafen von St. Elm zurücklegten. Raúls bekiffte Pseudoerkenntnisse interessierten ihn Nüsse, jedoch fielen ihm die blühenden Mandelbäume ins Auge.

»Warst du schon mal im Krieg, Tomás?«, fragte Raúl am Pier vor dem Motorboot.

»Nein.«

»Ich erinnere mich nur dunkel. War vor der Küste in Libyen. Tomás, ich denke, ich habe tausend Flüchtlinge absaufen lassen. Hauptsache, ich hab's überlebt.« Raúl griff Tomás an den Oberarm. »Ich höre ihr Geschrei beim Ertrinken. Röchel, röchel. Alle ertrunken – sorry.«

Tomás machte einen Schritt zurück. »Raúl, bitte.«

»Mich hat der Islamische Staat herausgefischt. Vielleicht wäre es besser, ich wäre abgesoffen. Das Wasser dort war zu warm, im Februar wäre ich hier im Meer erfroren.«

»Halt die Klappe und hilf mir beim Ableinen.« Tomás deutete zum Poller auf der Heckseite. Raúl trottete zur Vorrichtung und fingerte am Seil.

»Verstrickungen sind so wie bei Menschen. Muss man lösen. Soll ich den Knoten durchschlagen wie Alexander?«

»Geht doch auch ohne Gewalt«, sagte Tomás und löste die Schlinge auf der Bugseite. »Wie man es bei der US-Navy so macht.«

Zwei weitere Leinen später hatte es Raúl endlich geschafft, die Achterleine zu lösen.

Tomás folgte Raúl ins Boot, nahm auf der Fahrerseite Platz und warf den Motor an. Langsam glitt der Kahn aus der Anlegestelle aufs offene Meer. Tomás legte den Hebel nach vorne und beschleunigte. Der Wellenritt brachte sie rasch ihrem Ziel Sa Dragonera näher. Das Wackeln auf den Wellen stoppte Raúls Ergüsse keineswegs; das Motorengeräusch und die gurrenden Möwen vermochten nicht, den Redeschwall zu übertönen.

»Ich muss mich auf meinen Auftrag konzentrieren!« Tomás verlangsamte das Tempo des Motorboots. Er richtete das Ruder aus und fuhr parallel zur Steilküste der Drachen-insel. Wenig später steuerte er das Boot in die Bucht Cala Li-adó und legte kurz darauf im Naturhafen an.

»Raúl, der oberste Chef erwartet dich am Faro de na Pòpia«, sagte Tomás beim Betreten der Rangerstation. »Ich muss noch den Bunker abchecken. Warte hier auf mich. Bin gleich da.«

»Klar doch.«

Tomás eilte zum Olivenhain. Er lief auf eine Baumgrup-pe zu. Dann schlug er einen Haken, spähte vorsichtig nach hinten und ging auf einen Baum zu. Vereinzelt lagen Steine umher. Er hob den größten an und atmete durch. Unversehrt befanden sich die Plastiksäckchen voll mit Ecstasypillen im Erdloch. Gemischt mit dem Haschisch, das Raúl intus hatte, würden die Tabletten für eine passende Stimmung sorgen.

Tomás ließ das Rauschgift in der Hosentasche verschwin-den und eilte lächelnd zur Rangerstation zurück.

»Hilfst du mir bitte, ein Buch zu schreiben?«, begrüßte ihn Raúl. »Das wird ein Bestseller. Der dreht sich um Gewalt und Knechtschaft, dem Willen zur Freiheit und dem Versa-gen, von Drogen und der Reise zu alten Erinnerungen. Mit dem machen wir dann so richtig Kohle. Wie bei Sakrileg oder Harry Potter. Ach ja: Da gibt's einen, der die Erleuchtung nicht finden wird, weil er die Welt nicht sieht.«

»Ich habe bestes Acid für dich. Wird dir Inspiration ge-ben.« Tomás zog das Säckchen aus der Hosentasche. »Da kriegst du noch viel tiefere Erkenntnisse. Buddha würde vor Neid erblassen.«

»Wow!« Raúls dumpfe Augen leuchteten für einen Mo-ment auf.

»Dieses Mal geschenkt!« Tomás öffnete die Tüte und hielt sie Raúl hin.

»Gerne.« Raúl griff in den Beutel, nahm sich eine Pille he-raus und ließ sie in seinem Mund verschwinden.

»Gehen wir. Der Chef hat nicht ewig Zeit.«

Möwen gurrten, als sie sich auf den Weg machten. Tomás lotste Raúl an Heerscharen von Eidechsen vorbei. Eine Brise trieb den Rosmarinduft von den Sträuchern entlang der Strecke in ihre Nasen. Der asphaltierte Weg ging in einen Schotterweg über, der sanft zum ältesten Leuchtturm der Insel, dem Faro de na Pòpia führte.

»Wahnsinn!«, sagte Raúl. »Die Farbenpracht. Wow. Du bist echt mein bester Freund. Die Schwingungen in der Natur. Traumhaft, die Klänge zu sehen.«

Tomás lächelte. Das LSD zeigte Wirkung.

»Alles wackelt!« Raúl wankte weiter. »Die Eidechsen. So riesig und bunt.«

»Da oben lagert unsere allerbeste Ware«, sagte Tomás, als sie das Plateau erreichten. Er schnitt eine Grimasse und fauchte.

Raúl lief ein paar Schritte weg. Tomás bückte sich, ließ zwei Eidechsen auf die Hand krabbeln und erhob sich. »Da schau«, rief er und warf die Tiere Richtung Raúl. »Die Drachen. Siehst du, wie sie Feuer speien?«

»Hilfe!«, schrie Raúl und rannte weiter auf den Leuchtturm zu. Er griff in die Hosentasche und zog das Handy hervor.

Der Depp nutzt den Notruf! Tomás stürmte auf Raúl zu, fasste nach dem Smartphone, allerdings vergebens.

Raúl wich aus. »Sa Dragonera«, brüllte er ins Telefon. »Viele Drachen überall. Satan führt sie. Tomás ist der Teufel! Kommen Sie.«

»Süchtige Leute sind Gift für das Geschäft!« Tomás versetzte Raúl einen Schlag ins Gesicht. Der wankte, das Mobiltelefon fiel ihm aus der Hand. Raúl verschwand hinter der Klippenkante. Ein lang gezogener Schrei, ein dumpfer Knall.

Tomás hatte den Auftrag des Paten ausgeführt und Raúl dem obersten Chef vorgestellt.

»Señor?«, hörte Tomás die Stimme aus dem Telefon. »Alles in Ordnung?«

Nichts war in Ordnung.

»Wir schicken Hilfe!«, sagte die Stimme aus dem Handy.

Tomás galoppierte die Zeit davon. Lang brauchte die *Guardia Civil* mit ihrem Schnellboot nicht von Andratx bis zur Dracheninsel. Mit Anstrengung erkannte er die Umrisse des Pfades in der späten Dämmerung. Er rannte, stolperte, hielt sich mit Mühe auf den Beinen. Nach wenigen Serpentinen tauchte die Rangerstation auf. Die Lunge schmerzte. Er zwang sich weiterzulaufen. Erreichte den Pier, löste das Tau und sprang ins Boot. Warf den Motor an, stellte rasch den Gashebel auf Vollgas.

Raus aus dem verdammten Hafen. Auf das offene Meer.

Eine scharfe Wendung.

Ein Ratschen. Ein Ruck.

Verflucht!

Es wirbelte ihn durch die Luft, er schlug auf dem Wasser auf. Wie konnte Tomás nur diese Untiefe übersehen? Nadelstiche am ganzen Körper zwangen ihn, rascher zu atmen. Er schnappte nach Luft. Schneller. Es half nichts, er versank. Schnaufte, spuckte. Die Eiseskälte lähmte Arme und Beine. In der Nähe hörte er das Motorboot der *Guardia Civil*.

»Hilfe!« Der Schrei blieb Tomás im Halse stecken.

Ignorierten sie ihn? Sie fuhren einfach weiter.

Wasser schwappte über seinen Kopf. Er fühlte sich wie die Krabbe in der Kaltschale, die dem Krebstier die letzte Wärme entzog. Er schnappte nach Luft. Salziger Geschmack füllte den Mund aus. Schwärze umhüllte Tomás. Dann versank er in den Fluten zwischen St. Elm und Sa Dragonera.

Sopa fria de melón con langostinos fritos

Melonenkaltschale mit gebratenen Gambas

Zutaten:
10 Stück geschälte Riesengarnelen
1 kleine Zuckermelone
1 Schalotte
1 EL Butter
100 ml Gemüsefond
50 ml trockener Weißwein
1 TL frisch gepresster Orangensaft
Salz
weißer Pfeffer

Zubereitung:
Zunächst die Melone in zwei gleich große Hälften schneiden. Danach Kerne entfernen. Die erste Hälfte wird in Spalten geschnitten, geschält und püriert. Mit einem Kugelausstecher aus der zweiten Hälfte Kugeln drehen.
Die Zwiebel wird in einer Pfanne mithilfe heißer Butter glasig gedünstet und mit Brühe und Wein abgelöscht. Die Garnelen zufügen und bei kleiner Hitze zwei bis vier Minuten lang garen. Zugedeckt abkühlen lassen.
Das Melonenpüree hinzugeben und verrühren.
Mit Salz und Pfeffer den Geschmack verfeinern.
Zwei Stunden in den Kühlschrank stellen.
Das Gericht auf zwei Teller geben, die Hälfte der Garnelen sowie der Melonenkugeln als Dekoration darauf verteilen.

Sa Dragonera

Mallorcas kleine Schwester liegt im Nordwesten in der Nähe des kleinen Fischerdorfs St. Elm. Es handelt sich um einen der vielen Schätze der Balearen abseits von Ballermann und S'Arenal. Das unbewohnte Eiland hat von der Ferne aus gesehen die Form eines schlafenden Drachen und ist wegen der reichhaltigen Flora und Fauna bei Biologen sehr beliebt. Kleine Eidechsen, unter anderem eine nur dort lebende Art, tummeln sich in Scharen auf der Dracheninsel. Zudem besitzen der Eleonorenfalke und der Balearensturmtaucher dort ihre größten Brutkolonien.

Jahrhundertelang war die Dracheninsel eine beliebte Anlaufstelle von Seeräubern. Im 18. Jahrhundert konnte man der Piraten Herr werden. Die Insel blieb über die nächsten 200 Jahre unberührt, wenn man vom Lustschloss des spanischen Königs absieht. In den 1970er-Jahren plante ein Bankkonsortium dort einen Hotelkomplex. Es sollten Feriendörfer, Jachthäfen, Landeplätze für Hubschrauber und ein Kasino entstehen. Das Vorhaben stieß auf starken Widerstand von Umweltschützern und Mallorquinern. Nach dem Scheitern des Projekts erklärte der Inselrat Sa Dragonera zum Naturschutzgebiet.

Sa Dragonera kann täglich mit Fähren von Andratx und St. Elm angefahren werden. Falls man die Dracheninsel besichtigen will, sollte man ausreichend Proviant nicht vergessen, da es dort keinerlei Infrastruktur gibt.

Heiße Zitronen

Naturpark S'Albufera

Mit einem heftigen Ruck riss ich die Kneipentür auf. Gleich links am runden Tisch in der Ecke saßen meine vier Mädels. Alle zuckten zusammen.

»Mensch!«, beschwerte sich Körschtin.

»Huch«, erschreckte sich Martina.

»Tag, Lisa«, grüßte Susi.

»Du bist spät dran«, mahnte Daniela mit einem vorwurfsvollen Blick auf ihre Armbanduhr. »Wir wollten doch unseren diesjährigen Doppelkopf-Ausflug planen. Also, ich hab mir Folgendes überlegt, nämlich ...«

»Daniela!«, kam es genervt und im Chor von den anderen.

Ich unterbrach Danielas einsetzenden Redeschwall mit einer Handbewegung, ließ mich in den Stuhl fallen und blickte nacheinander allen fest in die Augen. »Mädels, wir haben ein Problem.«

»Ich hab schon seit vier Tagen eines«, witzelte Susi lüstern.

»Was für ein Problem, Lisa?«, blieb Martina bei der Sache.

Ich holte tief Luft. »Das ist gerade ausgelost worden. Unsere Jungs spielen im Pokal wieder gegen ...«

»Nein!«

»Doch. TuS Westfalia Aplerbeck.«

Wir ließen gemeinsam die Köpfe hängen.

»Mist«, murmelte Körschtin. »Unsere Jungs werden wie jedes Jahr haushoch verlieren und dran zu knabbern haben.«

»Und wir haben drunter zu leiden«, maulte Martina.

»Furchtbar«, stöhnte Susi. »Das heißt für mich: drei Wochen kein Sex!«

»Du hast es gut«, entgegnete Körschtin. »Für mich heißt das: Sex!«

Ich schlug auf den Tisch. »So geht das nicht. Wir müssen was tun!«

»Ja. Unseren Ausflug planen!«

Ich nickte. »Genau, Daniela. Genau.«

*

»Madre mia!« Um Himmels willen, das waren fünf Mädels. Sexy Chicas. Haben mit dem Trinkgeld nicht gegeizt. Da spricht man dann nicht schlecht über die Gäste. Auch wenn einem die Polizei Fragen stellen sollte. Irgendwann. Später.

Übrigens: Ich heiße Xabier Alonso. Exakt, wie der Fußballspieler von Bayern München. Kennen Sie? Genau. Ich bin so ein ähnlicher Typ, nur ohne dieses breite Kinn. Und ohne Seitenscheitel. Und ich spiele keinen Fußball. Ich bin Kellner im Hotel *Don Carlos Playa*, einem kleinen Hotel direkt am Ballermann 6.

Ich sag immer: direkt da, wo es wehtut!

Oh, diese Chicas! Verrückte Sache. Mit Fußball hatte das Ganze auch irgendwie zu tun. Und mit Zitronen. So nannten sich die hübschen Mädels nämlich. Die Goldenen Zitronen. Soweit ich das verstanden habe, war das ein Doppelkopfclub aus Cloppenburg. Schwer auszusprechen für einen Spanier, der nur ein paar Jahre in Alemania gelebt hat.

Und was Doppelkopf jetzt genau ist, also, das weiß ich nicht. Ich hatte mit zwei scharfen Holländerinnen mal so was wie Doppelkopf, aber ich weiß nicht, ob das gemeint ist.

Jedenfalls wohnte in unserem Hotel auch noch eine Fußballmannschaft aus Deutschland. Das war bestimmt Zufall. Hab ich gedacht. Am Anfang.

*

»Wir werden euch nicht schonen – wir sind die fünf Zitronen!«

Scheppernd schallte unser Schlachtruf die Theke entlang durch die Hotelbar. Alle Köpfe flogen in unsere Richtung. Frauen schüttelten ärgerlich den Kopf, Männer in bunten T-Shirts hoben interessiert die Augenbrauen. Oh ja, wenn wir wollen, können wir Tote aufwecken.

»Aplerbeck kommt auch gerade«, wisperte Susi und nickte rüber zum anderen Ende der Theke, wo sich die fröhlichen Fußballer gerade niederließen.

»Sie gucken rüber«, flüsterte Martina.

»Natürlich«, kommentierte Daniela und zuppelte das knappe Oberteil zurecht.

Ich strich mir meine grüne Strähne aus dem Gesicht. »Mädels, wir dürfen nicht vergessen, warum wir hier sind.«

»Vergesse ich nie«, lachte Susi. »Ich nehme den großen Blonden.«

»Das ist der Frauenbeauftragte«, erklärte Körschtin. »Der kann gar keinen Fußball spielen, den nehmen die nur mit, damit er auf den Touren die Frauen aufreißt.«

»Mir egal, der gehört mir.«

Körschtin nippte am Cocktail. »Lisa hat recht. Wir halten uns streng an den Plan. Denkt dran: Wir sind hier Krankenschwestern aus Wuppertal-Elberfeld.«

»Richtig«, sagte ich und ruckelte mit der Kamera, die mir um den Hals hing. »Mit Schwebebahn.«

Martina schüttelte sorgenvoll mit dem Kopf.

Dann ging ich noch einmal den Plan durch: »Martina? Der Torwart. Daniela? Der Mittelstürmer. Susi? Der Vorstopper.«

»Der Frauenbeauftragte wäre mir lieber!«

»Es bleibt wie geplant. Und Vorstopper? Was hast du gegen einen Vorstopper? Ich sag nur: kein Mensch, kein Tier, die Nummer vier. Das ist genau der Richtige für dich!«

»Okay.«

»Und Körschtin nimmt den süßen, kleinen italienischen Mittelfeldspieler«, schloss ich die Besprechung.

Wir nickten uns alle noch einmal zu. »Alles für unsere Jungs!«

*

Caramba! Ich hab hinterm Tresen gestanden und alles ganz genau mitbekommen. Ja, was? Ich bin ein Mann. Ich bin Spanier! Und diese Zitronen aus Deutschland! Dios!

Zuerst aßen sie etwas. Ich hatte ihnen Escaldums zubereitet. Die deutschen Chicas liebten meine Hühnerfleischpfanne. Ich verwende natürlich nur frisches Gemüse – Erbsen, Artischocken, Champignons, Rüben. Das Wichtigste sind aber die Mandeln, die dem Ganzen den besonderen Geschmack verleihen. Sie haben alle aufgegessen – bravo!

Dann kam der Tequila auf den Tisch.

Zwei oder drei Runden hatten die Chicas zügig weggekippt. Wie nichts. Leckten mit spitzer Zunge ihre Handrücken an, bestreuten sie mit Salz und nahmen die Zitronenschreiben zwischen Daumen und Zeigefinger. Dann ergriffen sie mit der anderen Hand das kleine, eiskalte Gläschen, hielten kurz inne und schauten in die Runde.

Dann schrie die Schwarzhaarige, die erzählen konnte wie ein Wasserfall. »Ausatmen. Lecken. Trinken. Beißen!«

Bei der vierten Runde standen die Mädels nicht mehr allein am Tresen. Die Fußballer aus Deutschland hatten Witterung aufgenommen und die Mädels eingekreist.

»Leck mich fett, Alter!«, hörte ich einen grölen.

»Zur Mitte, zur Titte«, fing ein anderer an, ehe er einen Klaps auf den Hinterkopf bekam und still war.

Jedenfalls: Auch diese Truppe atmete geschlossen aus, leckte mit breiten Zungen und stürzte den mexikanischen Agavenschnaps mit einem Ruck hinunter. Hastig bissen sie in die Zitronen, dass die Zahnkeramik fröhlich krachte.

Hostia! Die Bande wusste, wie man Tequila säuft.

»Klassesse«, murmelte ein besonders Großgewachsener nur noch halbwegs verständlich, von dem ich meinen würde, dass er der Torhüter der Mannschaft war.

Dem einen und anderen war obenrum schon die Vorfreude auf untenrum anzusehen. Ich hab da einen Blick für! Was mir allerdings ebenfalls auffiel, war, dass die Mädels inzwischen dazu übergegangen waren, ihre Gläschen nicht mehr zu leeren, sondern den hochprozentigen Inhalt unauffällig unter den Stehtisch zu kippen. War mir aber egal. War gut fürs Geschäft. Aber ehrlich, ich habe mir zu diesem Zeitpunkt noch nichts gedacht.

Klar, jetzt im Nachhinein.

*

»Ihr seid auf jeden Fall keine Strafstöße, sondern todsichere Elfmeter!«, lachte der hagere, große Kerl und klatschte Martina mit seinen schaufelgroßen Torwarthänden auf den knackigen Zitronenhintern. »Mit dir könnte ich mir gut eine dritte Halbzeit vorstellen.«

Martina gurrte. »Uhuhu, ich liebe Verlängerungen.«

»Ich hol nochmal eine Runde«, sagte Daniela und ergänzte. »Wir haben ja erst ... nicht viel mehr als ... drei Runden zusammen getrunken, wir sind aber *fünf* Goldene Zitronen.«

Die Vorfreude bei den Altherren von Westfalia Aplerbeck stieg stetig an. Hier sollte der Abend noch nicht enden. Der begnadete, vor vielen Jahren mit seinen Eltern aus Bologna zugezogene Mittelfeldstratege hatte bei Körschtin schon zweimal herzhaft zugegriffen. Mensch, Mensch, wenn die Kerle auch beim Fußballspielen so zielstrebig zur Sache gingen, dann war es allerdings kein Wunder, dass unsere braven Jungs aus Stapelfeld in jedem Pokalspiel eine fürchterliche Klatsche bekamen.

Martina beugte sich zu mir rüber und hatte gerade den gleichen Gedanken. »Eigentlich schade um die Jungs.«

Ich hätte ihr fast zugestimmt, musste aber einem vorlauten Außenstürmer auf die Finger klopfen, der an mir rumgrabschte. Und ich sag mal so, der wollte mir nicht die Kamera klauen.

Daniela kam von der Theke zurück, verteilte die Pinnekes und stand natürlich ebenfalls längst unter verschärfter Manndeckung.

»Ich bin Willi Mumme, der Mittelstürmer«, erklärte der Älteste aus der Sportlertruppe. »Aszendent Scharfschütze, wenn du weißt, was ich damit meine.«

»Ich habe so eine Ahnung«, gab Daniela mit schüchternem Augenaufschlag eine Antwort, die für eine Schwarzhaarige gar nicht wasserstoffblonder hätte sein können.

»Bei mir ist jeder Schuss ein Treffer.«

»Hihi.«

Ex und hopp.

Susi genoss eine exklusive Doppelbewachung. Zur Linken das Tier mit der Nummer vier, war zur Rechten immer noch Raum für den smarten Frauenbeauftragten. Fast hätte ich sie ob ihrer Pflichten ermahnt, aber Susi hatte alles im Griff. Und wenn ich sage, alles im Griff, dann meine ich das ab und zu sogar wörtlich. Und beidhändig.

Ich selbst hielt mich weitestgehend zurück. Gefallen hätte mir eh nur der feurige Xabier hinter der Theke mit seinen langen, schwarzen, lockigen Haaren und den dunklen, geheimnisvollen Augen. Aber es galt, Prioritäten zu setzen! Ich blickte mich noch einmal um. Susi im Sandwich: okay, Körschtin hatte Willi Mumme unter Kontrolle, Martina den langen Torwart auf sicher und der italienische Adonis grapschte schon wieder bei Körschtin – alles gut!

Ich räusperte mich lautstark. »So, Mädels. Die Clubdisziplin ist aufgehoben. Jetzt darf jede von euch machen, was sie will.«

Wir kniffen uns alle ein Auge. Und wussten es besser.

»Ich könnt' wohl noch«, summte Körschtin.

»Ich auch«, behauptete Willi Mumme.

Und ich hörte, wie Susi hauchte. »Gehen wir noch zu mir?«

Wer sollte da Nein sagen? Was für eine Steilvorlage!

*

»Qué mierda!« Plötzlich ging alles ganz schnell. Die kleinen Gläschen waren kaum vom Tresen abgeräumt, da hatte sich die muntere Gruppe schon aufgelöst. Die scharfen Chicas hatten alle Kerle in den Armen und schwankten mit ihrer Beute Richtung Treppenhaus. Außer diese eine, die mit der Kamera und der grünen Strähne. Einmal musste sie sich heftig wehren, hat dann irgendetwas von einem Frauenproblem erzählt, woraufhin alle von ihr abgelassen haben. Hab ich nicht richtig verstanden.

Dann habe ich ja erst mal nichts mehr von den Mädels gehört. Bis ... Por dios!

*

Kichernd und gibbelnd wankte unsere Truppe in die erste Etage. Ich verlor ein wenig die Übersicht, aber schließlich war der Flur leer. Ausgezeichnet! Für knappe zehn Minuten huschte ich in mein Einzelzimmer und checkte die Kamera. Alles war vorbereitet und die Minuten flogen dahin. Schließlich schlüpfte ich wieder in den Flur und nestelte den ersten Zimmerschlüssel aus der Hosentasche. Ich trat an Danielas Tür und schloss sie leise auf. Vehement stieß ich die Tür auf, riss die Kamera hoch und rief. »Vögelchen!«

Ich wollte doch, dass die beiden Turteltäubchen hübsch brav in die Kamera guckten, wenn ich das erste frivole Beweisfoto schoss.

Daniela guckte auch tatsächlich direkt in die Kamera. Mit ausdruckslosem Blick.

Willi Mumme guckte auch. Aber an die Decke. Mit leerem Blick. Er lag neben dem Bett auf dem Boden.

Ich ließ die Kamera sinken. »Was ...?«

Daniela schluchzte. »Der hat nach Luft geschnappt und ist einfach vom Bett gefallen.«

Ich stürzte zu Mummes Körper. Da, wo normalerweise ein Pulsschlag hämmerte, war nichts. »Der ist tot!«

»Ja. Scheiße. So was Blödes. Was machen wir denn jetzt?«

Ich dachte kurz nach. Notarzt? Polizei? Es kam nur eine Lösung in Frage. »Duschvorhang!«

»Was?«

»Wir wickeln ihn in den Duschvorhang und entsorgen ihn.«

»Ich muss mich übergeben«, murmelte Daniela und schwankte.

»Dafür haben wir jetzt keine Zeit! Mach hin, ich komm gleich wieder!«

Ich ließ Oldie Willi Mumme und Goldie im Zimmer zurück und kramte den nächsten Schlüssel ans Tageslicht. »Das fängt unglücklich an. Aber gut, weiter!«

Kräftig stieß ich die nächste Zimmertür auf. Kamera hoch und ... Ich bekam einen fürchterlichen Schreck. Mir klappte der Mund auf. Ja, sicher, das kam der Sache inhaltlich schon näher, aber ...

Martina lag auf dem Bett. Auf dem Rücken. An Armen und Beinen mit schmalen, schwarzen Lederbändern gefesselt. Im Mund steckte ein roter Knebelball. So ein Ding, das auch in Pulp Fiktion zum Einsatz gekommen ist. Martina starrte mich stumm und mit großen Augen entsetzt an.

»Okay«, sagte ich und ließ die Kamera sinken.

Der Torwart war auch anwesend. Irgendwie. Er hing an der Decke. Festgemacht am Stromkabel für die Lampe. In einer Seilkonstruktion. So was hatte ich noch nie gesehen. Und überhaupt: Hängen tat hier insbesondere zweierlei. Ein beachtenswertes Stück Männlichkeit und eine bläuliche Zunge.

Der Torwart war tot wie Mumme!

Ich sprang zu Martina und riss ihr den roten Knebel aus dem Mund. Bevor sie entsetzt aufschreien konnte, drückte ich ihr schnell eine Hand auf den Mund. »Ruhig! Das darf keiner mitbekommen! Was um Himmels willen ist hier passiert?«

»Alles ist schiefgegangen.«

Ich blickte über uns nach oben in des Torwarts toten Blick. »Das kann man wohl sagen. Wieso bist du gefesselt?«

»Ich hab mich ein bisschen vorbereitet«, flüsterte Martina mit bibbernden Lippen. »Das sollte doch irgendwie echt aussehen. Ich wollte sowieso immer mal was mit Fesseln machen. Und da dachte ich ... Dieser Trottel! Steigt ins Gehänge, verliert das Gleichgewicht und stranguliert sich. Das kann doch nicht wahr sein! Jetzt hängt der da. Dieses Bild: Das krieg ich doch nie mehr aus dem Kopf!«

Ich löste eilig die Handfesseln und sagte: »Duschvorhang!«

»Was?«

»Den Torwart abhängen und einwickeln. Schnell. Ich komm gleich wieder.«

Ich verließ das Zimmer und spürte einen unangenehmen Schmerz an der Schläfe. Hoffentlich war auf Susi Verlass.

Auf Susi war Verlass!

Sie war gerade dabei, den tierischen Vorstopper in den Duschvorhang zu wickeln.

»Hallo, Lisa«, grüßte sie mich. »Pack mal mit an. Mir ist da ein ganz dummer Fehler unterlaufen.«

Ich sprang hinzu und ruckelte die Plane gerade. »Ein ganz dummer Fehler?«

Sie blickte mich kopfschüttelnd an. »Wusstest du, dass es Viagra in verschieden starken Dosierungen gibt?«

»Äh.«

»Ich bin auf Nummer sicher gegangen. Ich meine, ich wollte ja schon, dass es ziemlich echt aussieht, wenn die beiden ...«

»Welche beiden?«

Susi nickte zum Bett. Da lag der smarte Frauenbeauftragte. Den hatte ich glatt übersehen.

»Also, wenn die beiden mich …, also, das sollte schon ein sehr, sehr aussagekräftiges Erpresserfoto werden. Eins, das ich vielleicht später noch mal hätte rumzeigen können.«

»Rumzeigen? Susi, du hattest den Auftrag …«

»Ich weiß. Ich sag dir was, Lisa.« Sie legte mir die Hand aufs Knie und ihre Augen glänzten. »Es war super. Wie die beiden sich ergänzt haben. Einfach toll. Muss ich sagen. Ich hab ja schon viel mitgemacht, aber …«

»Susi!«

»Ja, ja. Ich hab mir gleich gedacht, dass ich gerne noch eine zweite Runde, quasi in eigener Sache, haben wollte. Ja, und dann machen die zeitgleich beide schlapp. War wohl zu viel. Vielleicht wegen der Tabletten? Dabei hab ich mich noch zurückgehalten, ehrlich. Und jetzt?«

»Tja.«

»Kannst du deinen Duschvorhang rüberbringen? Die beiden Toten müssen wir zügig entsorgen. Dass die jetzt tot sind, das ist mir schon ein bisschen unangenehm. Schadet ja langfristig auch irgendwie meinem Ruf.«

Ich fand, dass man das so oder so sehen konnte, wollte jetzt aber nicht diskutieren. »Du hältst die Stellung, ich bin gleich wieder da.«

Draußen auf dem Flur musste ich mich erst mal schütteln. Das durfte doch nicht wahr sein! Ich hatte mein Zimmer fast erreicht, als ich einen lauten, grellen Schrei hörte. Aus Körschtins Zimmer. Ich spurtete los, wollte den Schlüssel gerade ins Schloss stecken, als meine Doppelkopffreundin die Tür aufriss.

»Wo bleibst du denn?«, fuhr sie mich an.

»Zwischenfälle«, murmelte ich und wollte mich an ihr vorbei nach drinnen drücken.

»Tja, einen Zwischenfall habe ich auch.«

Ich verdrehte die Augen. Und spürte, dass ich schon gar nicht mehr richtig überrascht war, als ich den dünnen, kleinen Italiener auf dem Boden liegen sah. Mit einer Wunde am Hinterkopf und einer sich zügig ausbreitenden Blutlache.

»Duschvorhang!«, befahl ich. »Wie ist das passiert?«

»Der wurde immer zudringlicher. Ich denk, dass du jeden Moment kommst, um das verfluchte Foto zu machen, aber nein. Ob du es glaubst oder nicht: Dem Kerl wuchsen zwei zusätzliche Arme. Acht Hände. Ein Oktopus! Da hab ich ihn weggeschubst. Kräftig. Und da fliegt der luftgetrocknete Kerl glatt zwei Meter weit und landet mit dem Hinterkopf auf der Heizung.«

Ich beugte mich über die Heizrippen mit Blutfleck. »Das ist aber auch ein altes Teil.«

»Eben. Da kann ich ja jetzt nichts dafür, dass der bei dem Schubser totbleibt.«

Ich hob die Fußballerbeinchen an. Körschtin schob den Duschvorhang unter. Mein Gehirn arbeitete auf Hochtouren.

»Wir haben jetzt insgesamt fünf dieser Duschpakete.«

»Was?«

»Fünf Zwischenfälle. Wie kriegen wir die jetzt entsorgt?«

»Durchs Treppenhaus ist kein Problem, aber dann?«, fragte Körschtin und schob die Oktopusarme an den leblosen Körper.

Der Kerl schien ganz bequem zu liegen. Mit flottem Griff schlug Körschtin ihn ein. Dafür liebe ich sie. Sie hat so was handwerklich Geschicktes!

In dem Moment hatte ich auch eine Idee. »Körschtin, ich brauch unsere Urlaubskasse!«

*

»Madre mia!« Zuerst hatte ich mich gefreut, als die Chica mit der grünen Haarsträhne unverhofft wieder bei mir am Tresen stand. Hatte sie sich doch entschieden, einen Ferienlover mit aufs Zimmer zu nehmen? Etwa mich? Da ließe sich schon was machen! Aber dann … einen Kastenwagen?

»Ja. Den großen, weißen, mit dem ihr die Wäsche rumfahrt.«

»Der gehört dem Hotel.«

Sie schwang sich auf einen Barhocker, stützte sich mit den Ellenbogen auf den Tresen und beugte sich zu mir. Caramba! Was für Zitronen! Ob Goldfarben oder nicht, war mir jetzt egal. Aber Vorsicht! Hier ging es nicht nur um Obst, hier ging es um Business. Ich erkannte ein Geschäft, wenn ich es vor mir sah, und kniff die Augen zusammen. »Was springt für mich dabei heraus?«

Die Chica pustete ihre grüne Strähne aus dem Gesicht und presste mit den Oberarmen ihre Brüste zusammen. »Ich hätte diese beiden im Angebot. Für später. Und erstmal das hier.«

Sie zog einen dicken Briefumschlag aus der Hosentasche. Schnell warf ich einen Blick auf die Scheinchen darin und gab ihr hastig den Autoschlüssel.

»Um drei Uhr früh mache ich übrigens Feierabend.«

Die Deutsche glitt vom Barhocker und lächelte freudlos. Ihr Blick hatte etwas Verwegenes.

*

Eine Stunde später waren die Duschsäcke unbemerkt über die Flure geschleppt und in den Kastenwagen des Hotels geladen.

»Und wo werden wir die jetzt los?«, fragte Daniela.

»Im Naturpark S'Albufera«, antwortete ich entschieden.

»Hoffentlich bemerkt uns niemand«, wisperte Martina.

Während der Fahrt war es totenstill im Auto. Selbst Daniela störte die andächtige Ruhe nicht.

Ganz im Norden von Mallorca, an der Bucht von Alcúdia, befindet sich das größte Feuchtbiotop der Balearen, der Naturpark S'Albufera. Es handelt sich um einen trockengelegten Süßwassersumpf. Also größtenteils trockengelegt, meinte Wikipedia. Einige Sumpfgebiete waren für Touristen gesperrt. Wohl, weil dort Tausende von Zugvögeln rasteten. Tja. Und jetzt rasteten dort auch fünf ehemalige Fußballer von Westfalia Aplerbeck.

Auf dem Rückweg deutete Susi auf unsere ebenfalls eilig gepackten Koffer, die hinten im Kastenwagen lagen. »Wir reisen sofort ab?«

»Sofort. Wir waren unter falschem Namen gebucht.«

»Reisegruppe Schwebebahn.«

»Und werden uns auf keinen Fall bei irgendeinem Fußballspiel oder in Aplerbeck sehen lassen!«

»Ich muss sowieso zum Friseur«, erklärte Körschtin, wie immer mit treffsicherem Blick für das Praktische.

»Es gibt keine Zeugen«, erklärte Daniela.

Dann räusperte sich Martina. »Außer Xabier?«

*

Caramba! Die sympathischen Geldscheinchen brannten heiß und sündig in der Hose. Hinten. Vorne brannte etwas anderes. Chica, wir werden uns prächtig amüsieren! Ich war richtig, aber richtig zufrieden. Von weiteren Kunden blieb ich seit einiger Zeit verschont, der Feierabend nahte. Zeit, mich der goldenen Zitrone mit der grünen Haarsträhne zu widmen. In aller Ausführlichkeit.

Gedankenversunken jonglierte ich hinterm Tresen mit drei Zitronen, die ich für die Drinks benötigte. Und erinnerte mich an diesen Blick. Dios! Dieser letzte, vielversprechende Blick, den mir die Deutsche zugeworfen hatte. Vielversprechend und verheißungsvoll. Ich strich meine Haare zurück. Was für Augen, was für ein Blick!

Verwegen …

Ich schniefte nachdenklich. Und war mir plötzlich nicht mehr so ganz sicher. Wegen des Blickes. Verwegen? Oder verschlagen? Lag nicht doch ein kleines bisschen Drohung im Blick? In diesem schwarzen Blick. In diesem ...

Aber warum sollte ich mir Sorgen machen müssen?

Ich schluckte. Ich hab ihr die Fahrzeugschlüssel gegeben. Für den Kastenwagen. Wozu brauchten die einen Kastenwagen? Mitten in der Nacht.

Um etwas zu transportieren. Aber was?

Die Fußballer!

*

Ich bog mit dem Wäschewagen in die Hoteleinfahrt. Genau in dem Moment, als ...

»Da läuft er!«, riefen Daniela und Körschtin gleichzeitig.

Susi deutete vom Rücksitz zwischen uns hindurch auf die Einfahrt. »Er haut ab!«

»Er ahnt was«, jammerte Martina.

Ich seufzte. »Okay. Ich bin dran. Das ist dann jetzt meiner.«

Als Xabier hektisch die Fahrbahn überquerte, gab ich kräftig Gas. »Alles für unsere Jungs!«

Escaldums

Herzhafte Hühnerfleischpfanne

Zutaten:
3 bis 4 EL Öl
1 Hähnchen oder Truthahn (in Stücke zerteilt)
1 Zwiebel
1 Tomate
1/2 Dose Erbsen
1/2 Dose Artischocken
1/2 Dose Champignons
3 bis 4 gelbe Rüben
500 bis 700 g Kartoffeln (in Stücke geschnitten)
15 bis 20 Mandeln
3 bis 4 Knoblauchzehen
1 Bund Petersilie
Salz, Paprika
1 Glas herber Weißwein
1/2 Liter Wasser oder Brühe

Zubereitung:
Das gewürzte Fleisch mit dem Öl in einer Pfanne anbräunen, danach herausnehmen und zur Seite stellen. Zwiebel und Tomate zerkleinern und ebenfalls anbraten. Die Brühe mit dem Fleisch dazugeben und 20 Minuten garen.
Die Kartoffelstücke separat braten, bis sie knusprig sind. Dann zusammen mit dem Gemüse in die Hauptpfanne geben. Knoblauchzehen, Mandeln und Petersilie in wenig Öl fein zerkleinern und zusammen mit dem Weißwein in die Pfanne umfüllen. Bei kleiner Hitze alles eine halbe Stunde weitergaren.

Naturpark S'Albufera

Der Naturpark S'Albufera ist das größte Feuchtbiotop der Balearen. Es handelt sich um einen trockengelegten Süßwassersumpf. Der 1.646 Hektar große Naturpark liegt an der Nordostküste Mallorcas bei Port de Alcúdia. Das sumpfige Terrain umfasst eine Fläche von etwa 2.850 Hektar und einen Durchmesser von 32 Kilometern.

In S'Albufera gibt es mehr als 400 verschiedene Pflanzenarten. Die Tierwelt von S'Albufera de Mallorca ist ebenso vielfältig. Es gibt über 200 Vogelarten, die in dem Naturschutzgebiet nisten oder zumindest eine Zeit dort rasten. Wer S'Albufera erkunden möchte, sollte sich zunächst im Besucherzentrum informieren. Die Infoblätter, die dort bereitliegen, gelten gleichzeitig als Erlaubnis, das Naturschutzgebiet betreten zu dürfen.

Atemlos

Cabrera

»Wie kann man nur so tollpatschig sein!« Laura fauchte die Serviererin an und versuchte die Sauce von ihrer Kleidung zu wischen. »Geh mal zum Augenarzt, du Blindschnepfe.«

Die Kellnerin stand mit rotem Kopf vor Laura, knetete ihre Hände und warf dem Mann, der ihr gegenüberstand, einen verzweifelten Blick zu. Das Namensschild am Kragen des blütenweißen Hemdes wies ihn als Oberkellner Franco aus.

Mit einer Handbewegung bedeutete er der Serviererin, die Essensreste zu entfernen und die Porzellanscherben aufzuheben. »Rápido, Francesca.«

Er wandte sich Laura zu. »Es tut mir leid. Selbstverständlich werden wir für die Reinigung sorgen.«

»Das ist ja auch das Mindeste, was Sie tun können!«, echauffierte sich Laura.

Franco versuchte seinen Ärger über den ruppigen Ton der Frau zu verbergen. Das ganze Servicepersonal des Hotels kannte die junge Frau, die sie zur Kratzbürstenkönigin der Woche gekürt hatten.

Francesca war das ausgewählte Ziel von Laura, die seit dem ersten Tag keine Gelegenheit verstreichen ließ, die junge Spanierin zu schikanieren und zu beleidigen.

»Ich gehe aufs Zimmer und hoffe, der Zimmerservice braucht nicht so lange wie fürs Schuheputzen.« Laura drehte sich auf dem Absatz um und ging mit großen Schritten aus dem Speisesaal.

Claudia ging ihrer älteren Schwester nach, verfolgt von den neugierigen Blicken der anderen Gäste.

»Jetzt renn nicht so. Du weißt doch, dass Aufregung nicht gut für dich ist!«, ermahnte Claudia ihre Schwester.

»Lass mich mit deinen Ratschlägen in Ruhe!«, wetterte Laura.

Sie fluchte leise vor sich hin, während sie aus ihrer Bluse schlüpfte. »Ob die Flecken jemals wieder rausgehen?« Sie blickte Claudia an, die eine achteckige Schachtel öffnete und sich ein Stück Ensaimada in den Mund schob.

»Wie kannst du schon wieder essen?« Laura schüttelte angewidert den Kopf. »Auch noch dieses fette Zeug!«

Claudia kaute unverdrossen weiter. Sie kannte die Anspielungen ihrer Schwester auf ihre Polster an den Hüften schon zur Genüge.

»Ich rede mit dir!«

Claudia nahm sich ein weiteres Stück des mallorquinischen Backwerks. Sie betrachtete den Puderzucker auf der Oberseite des schneckenförmigen Gebäcks, atmete tief durch, versuchte zum gefühlt hunderttausendsten Mal Verständnis für Laura aufzubringen und biss in die Leckerei.

Am nächsten Morgen fuhren die Schwestern nach Colònia de Sant Jordi im Südosten Mallorcas. Diesen Ausflug hatte Claudia sich gewünscht, wäre gerne ohne Laura gefahren, aber ihre Schwester nahm lieber in Kauf, sich bei der Tour zu langweilen, als sie allein losziehen zu lassen.

»Nationalpark!«, Laura betonte das Wort überdeutlich. »Was soll bei dieser Hitze auf einer Insel wachsen außer Kakteen? Welche Tiere sollen dort überhaupt leben?«

»Wart doch mal ab. Allein schon die Bootsfahrt zur Insel. Und dann diese wundervolle Badebucht!«, versuchte Claudia ihre Schwester zu beschwichtigen.

Sie bestiegen das Schnellboot und fuhren langsam aus dem Hafenbecken. Laura hatte einen Sitz in der Mitte ausgewählt. Auf dem offenen Meer legte der Kapitän an Geschwindigkeit zu, bis das Boot so schnell wurde, dass es sich immer wieder mit dem Bug aus dem Wasser hob, um dann mit Wucht ins

Meer zurückzufallen. Dabei schoss Wasser herein und spritzte die Insassen nass.

Laura schrie auf, als ihr die Nässe ins Gesicht klatschte. »Meine Frisur! Das Make-up!« Sie griff nach einem Handtuch, um sich vor der nächsten Dusche zu schützen. Ein Blick zu Claudia, die vor Spaß gluckste und sich die nassen Haare aus dem Gesicht strich, ließ Lauras Wut steigen.

Die Mannschaft löste währenddessen die durchsichtigen Plastikplanen an den Bootsseiten und vertäute sie, damit die Fahrgäste vor dem Wasser weitgehend geschützt waren. »Gute Idee. Warum nicht gleich so?«, keifte Laura. Ein junger Spanier sah Laura an und gab nicht zu erkennen, ob er sie verstanden hatte.

»Das ist doch nur Wasser!«, versuchte Claudia die Worte ihrer Schwester zu entkräften.

Ihre Schwester verzog das Gesicht. Claudia zuckte mit den Schultern. »Ich gehe nach vorne, da macht es viel mehr Spaß!«

Laura schüttelte den Kopf und beobachtete ihre plumpe Schwester, die sich im Gang zwischen den Sitzen an den Lehnen abstützte und Richtung Bug hangelte.

Nach einer Dreiviertelstunde erreichten sie den kleinen Hafen von Cabrera. Am Pier wurden die Gäste vom Aufsichtspersonal des Nationalparks erwartet. Ungeduldig ließ Laura die Belehrungen über sich ergehen. »Rauchen verboten. Müll ist mitzunehmen. Keine Pflanzen pflücken. Auf den Wegen bleiben.«

»Komm, wir gehen zum Castello.« Lauras Blick folgte dem ausgestreckten Arm ihrer Schwester, der auf den steinernen Turm an der Spitze eines Hügels wies.

Bereits jetzt staute sich die Hitze und Lauras Asthma machte sich bemerkbar. »Ohne mich.«

Laura entdeckte wenige Meter vom Anleger entfernt ein Café und deute auf das Gebäude. »Ich warte dort auf dich.«

Am Castello angekommen, teilte Claudia sich mit den anderen Besuchern den atemberaubenden Ausblick über Cabrera. Raue Felsen und mit wenig Grün bewachsene Flächen, die in das blaue Meer zu stürzen schienen.

Dann kehrte sie zu ihrer Schwester zurück und bestellte sich im Café Tapas mit Baguette.

»Um die vielen Kalorien zu verbrennen, musst du aber schon mehr als nur ein paar Stufen hochklettern«, hetzte Laura.

Claudia ignorierte die Bemerkung, genoss die köstlichen Tapas und betrachtete die tief eingeschnittene malerische Bucht, die den natürlichen Hafen bildete. Sie hatte gelesen, dass Piraten von hier aus zu Angriffen auf Ortschaften im Südosten von Mallorca gestartet waren.

Claudia lächelte bei dem Gedanken, dass plötzlich Männer in Piratenkluft erscheinen würden. Laura sollte dann besser ihren Mund halten, sonst würde einer der Piraten seinen Degen schwingen und ...

»Was bringt dich denn so zum Lächeln?«, riss Laura sie aus ihren Gedanken.

»Ach, nichts Wichtiges. Lass uns zur Bucht aufbrechen.«

»Hätte ich das vorher gewusst.« Laura erhob sich langsam. »Warum dieses Boot nicht wieder hier ablegen kann!«

»Weil es eben von der Bucht hinter dem Hügel ablegt.« Claudia unterdrückte ihren aufsteigenden Ärger.

Der Fußweg stieg zunächst steil an, war steinig und staubig, und die wenigen kargen Pflanzen am Wegesrand zeugten davon, dass man auf der Insel ohne Versorgung nicht überleben konnte. Oben angekommen legten sie eine Pause ein und ließen den Blick über das Tal mit seiner Bucht schweifen, die für ihr klares Wasser bekannt war. Dort würde das Boot sie in vier Stunden abholen und zurück nach Colònia de Sant Jordi bringen.

Trotz des schlechten Starts am Morgen verbrachten die Schwestern einen ruhigen und friedlichen Nachmittag am Strand und im Wasser.

Laura schimpfte nicht einmal, als das Boot auf der Rückfahrt in einer Grotte anlegte, sondern nutzte die Gelegenheit, in dem blau schimmernden Wasser schwimmen zu gehen.

Claudia wunderte sich. Seltsam. Was war nur mit ihrer Schwester los?

Die junge Serviererin erstarrte, als sie Laura in den Speisesaal kommen sah, und schaute der Frau hinterher, die sich an ihren gewohnten Platz setzte.

Francesca blieb stehen, blickte unsicher nach links und rechts. Die Gänge zwischen den Tischen waren durch herumlaufende Gäste oder Servierwagen versperrt. Sie musste an Lauras Tisch vorbei. Francesca holte tief Luft, setzte den rechten Fuß vor und ...

Ihr Kollege, der ein Tablett mit Desserts trug, stolperte über ihren Fuß. Die Gläser, gefüllt mit bunten Cremes, flogen in hohem Bogen durch die Luft, um hinter dem Stuhl zu landen, auf dem die Kratzbürstenkönigin saß.

Gebannt beobachtete Francesca, wie sich eine Schokoladencreme über den Rücken von Laura ergoss. Laura sprang von ihrem Stuhl auf und schrie die Serviererin an. Francesca hörte nichts, verstand nichts, fühlte nur, dass jemand ihren Arm fasste und sie wegführte.

Später saßen die Schwestern in der Bar. Ein junger Mann hatte Claudia in ein Gespräch verwickelt.

Lauras ohnehin blasse Gesichtsfarbe war nach dem Vorfall im Speisesaal noch durchscheinender geworden. Sie war so wütend, dass es ihr fast die Luft abdrückte.

»Ich geh mal zur Toilette«, informierte sie ihre Schwester und verließ die Bar.

Claudia warf Laura einen beiläufigen Blick zu und widmete sich dann wieder ganz ihrem Gesprächspartner.

Laura betrat die Toilettenkabine und schloss die Tür. Die Atemnot wurde schlimmer. Sie keuchte und ihr Atem entwich pfeifend ihren Lungen. Sie öffnete zittrig ihre Handtasche, um nach ihrem Asthmaspray zu suchen. Nervös, wie sie war, ließ sie die Griffe der Handtasche los. Teile des Inhalts ergossen sich auf den Boden.

Wie in Zeitlupe vernahm Laura, dass der Inhalator scheppernd aus ihrem Blickfeld in den Vorraum davonrollte.

Laura wankte und stützte sich mit den Händen an den Kabinenwänden ab, versuchte mit aller Kraft, Sauerstoff in ihre Lunge zu saugen.

Hektisch zog sie die Toilettentür auf. Sie sah den Inhalator unter dem Waschbecken liegen und sank zu Boden.

Franco und Francesca hatten Feierabend.

»Entschuldige, aber ich muss noch mal …«, Francesca huschte durch die Tür der Gästetoilette nahe der Bar.

Die Tür öffnete sich. Jemand bückte sich zu Laura herunter und schob sein Gesicht vor ihre Augen.

Sie kannte die Frau, die vor ihr kniete.

Aber warum tat sie nichts? Griff nicht zum Inhalator und half ihr, die Arznei einzunehmen? Sie musste doch wissen, was zu tun war! Laura sammelte ihre letzten Kraftreserven und streckte ihre Hand aus, um die Frau auf das Plastikröhrchen unter dem Waschbecken aufmerksam zu machen. Die folgte der Bewegung, verharrte regungslos und warf Laura schließlich einen mitleidigen Blick zu.

Worauf wartest du? In Lauras Ohr hallte ihr lautloser Hilferuf so schrill wie ihr übliches Gezeter.

Der herbeigerufene Notarzt stellte nur noch Lauras Tod fest.

Claudia konnte der Polizei weder sagen, wann Laura zur Toilette gegangen war, noch, wann sie ihre Schwester vermisst und nach ihr gesehen hatte.

Zurück im Hotelzimmer, griff Claudia nach der Schachtel Ensaimada und leerte den Karton.

Bis der Rechtsmediziner sein Untersuchungsergebnis vorlegte und die Polizei ihre Ermittlungen eingestellt hatte, musste sie auf Mallorca ausharren.

Schließlich stand fest, dass Laura an einem Asthmaanfall gestorben war. Weiterhin lag eine Verkettung unglücklicher Umstände vor: Laura hatte keinen Inhalator dabei. Keiner suchte in dem maßgeblichen Zeitraum die Toilette auf. Und Laura selbst hatte es nicht mehr geschafft, auf sich aufmerksam zu machen.

Kein Fremdverschulden.

Claudia war, seitdem sie ihre Schwester aufgefunden hatte, wie paralysiert. Erst als Lauras Tod als Unfall deklariert wurde, atmete sie auf.

Sie fing an, ihre und Lauras Sachen zusammenzusuchen. Vier Sprayflaschen fielen ihr in die Hände.

Sie lachte hysterisch auf. Vier!

Franco saß im Garten und beobachtete seine Tochter Francesca, die sich auf einer Liege von der arbeitsreichen Woche ausruhte.

Auch die nächsten Wochen würden anstrengend werden, und je weiter die Urlaubssaison fortschritt, desto mehr benötigten sie ihre Kräfte und reichlich Geduld. Es war nicht leicht, immer freundlich zu bleiben.

Franco öffnete seine rechte Faust und betrachtete nachdenklich den Inhalator in seiner Hand, den er in der Kitteltasche seiner Tochter gefunden hatte.

Wieder fiel sein Blick auf das Mädchen.

Ihr Brustkorb hob und senkte sich in gleichmäßigen Zügen. Sie schlief tief und fest.

Träume süß, mein Kind.

Ensaimada de Mallorca

Etwa 16 Stück

Ensaimada ist ein sehr beliebtes mallorquinisches Schmalz-
gebäck in Schneckenform und wird auf Mallorca gerne zum
Frühstück gegessen.

Die Zubereitung des sehr weichen, klebrigen Teigs, durch
den die Ensa'mada erst ihre fluffige Konsistenz bekommt, er-
fordert viel Geduld und Geschick.

Zutaten:
250 g Mehl
1/4 TL Salz
50 g Zucker
20 g frische Hefe
125 ml Wasser oder Milch lauwarm
1 bis 2 Eier (je nach Größe)
2 EL Öl (Oliven- oder Sonnenblumenöl)
100 g Schweineschmalz oder Butter
Puderzucker
Fett für das Backblech, Öl für die Folie, Wasser zum Bestrei-
chen

Zubereitung:
Hefe in der erwärmten Milch (bzw. Wasser) auflösen und mit
einem Esslöffel Zucker glatt rühren. 10 Minuten stehen las-
sen.
Mehl sieben, mit dem Salz und dem restlichen Zucker mi-
schen. Eier mit Öl verschlagen und zu den übrigen Zutaten
geben. Die Hefemilch dazugeben. Etwa 10 Minuten zu einem
glatten und elastischen Teig kneten.
Schüssel mit Klarsichtfolie (leicht geölt) abdecken, an ei-
nem warmen Ort etwa eine Stunde gehen lassen. Teig erneut
durchkneten und in 16 gleich große Teile schneiden. Aus je-

dem der Teigstücke einen dünnen Strang von ca. 40 Zentimeter Länge formen. (Wer die Ensaimada mit Engelshaar* füllen will: Die Stränge erst flach ausrollen, an einem Ende mit
einem dünnen Streifen der Konfitüre versehen, Teig rollen.)
Das Schweinefett (oder die Butter) schmelzen, in einen tiefen
Teller geben, die Teigstränge einzeln eintauchen und jeden
auf dem gefetteten Blech zur Schnecke legen; Enden unten
einschlagen. Darauf achten, einen kleinen Freiraum zwischen
den Spiralen und ausreichend Platz zwischen den Schnecken
zu lassen. Wieder mit der (gefetteten) Folie abdecken und 45
Minuten gehen lassen.
Ofen auf 180 Grad vorheizen. Die Schnecken mit Schweineschmalz (oder Wasser) bestreichen. Dann mit Puderzucker
bestäuben und etwa 10 Minuten backen, bis sie eine goldgel-
be Farbe angenommen haben.
Nachdem die Schnecken etwas abgekühlt sind, nochmals mit
Puderzucker bestäuben. Am besten warm servieren.

* Cabello de Angel (»Engelshaar«)

Konfitüre zum Füllen der Ensaimada
Ein Kilo Fruchtfleisch (kernlos, geraspelt) eines Kürbisses mit
600 Gramm Zucker aufkochen. Zudecken, über Nacht kühl
stellen. Am nächsten Tag die Konfitüre unter Rühren bei re-
duzierter Hitze etwa 20 bis 30 Minuten nochmals aufkochen,
die abgeriebene Schale einer unbehandelten Orange hinzufügen. Die Konfitüre ist fertig, wenn die Flüssigkeit verdampft
ist und die Masse eine dickliche Konsistenz angenommen
hat. In heiß ausgespülte Gläser füllen, verschließen und bis
zum Erkalten auf den Deckel stellen.

Cabrera

Cabrera liegt südlich von Mallorca und ist ab Colònia de Sant Jordi mit einem der Ausflugsboote in einer halben Stunde erreichbar.

Die etwa 15 Quadratkilometer große Insel ist nahezu unbewohnt und geprägt von karstiger, mediterraner Strauchlandschaft und rauen Felsen. Seit 1991 ist Cabrera Teil des Nationalparks Cabrera-Archipel. Die Fläche des Nationalparks besteht zu rund 90 Prozent aus Meer.

Hunderte verschiedener Pflanzenarten sind auf der Insel zu finden, überwiegend wilde Ölbäume, Phönizischer Wacholder, Rosmarin, strauchartige Wolfsmilch und Zitronenklee. Man kann Eidechsen auf der Insel entdecken, aber auch Wildkaninchen und Fledermäuse. Im Wasser sind Delfine, Seeschildkröten und Wale, seltene Fische und Korallen zu Hause.

Den Römern hat die Insel ihren Namen Ziegeninsel zu verdanken. Sie siedelten die Tiere auf der Insel als Reiseproviant an. Heute gibt es keine mehr, um das sensible Ökosystem zu schützen.

Im 19. Jahrhundert brachte man 9.000 französische Kriegsgefangene nach Cabrera. Die Männer wurden ihrem Schicksal überlassen; es überlebten nur 3.600 Gefangene. Ein Denkmal zeugt von dieser Zeit.

Die Touristenboote legen im großen, windgeschützten Naturhafen beim Ort Es Port an. Dort befindet sich ein Besucherzentrum des Nationalparks und eine kleine Bar, in der die Besucher der Insel Kleinigkeiten zu essen und zu trinken bekommen können.

Vom Hafen aus kann man zum Castillo wandern (Dauer: knapp eine halbe Stunde). Errichtet wurde die Burg, die auf einem Felsvorsprung über dem Hafeneingang thront, Ende des 14. Jahrhunderts.

Ein Wanderweg führt zum elf Kilometer entfernten Leuchtturm von Ensiola. Von dort hat man einen herrlichen Blick über fast die gesamte Inselgruppe.

Über einen Fußweg gelangt man zu einer Bucht, in der man schwimmen kann. Die Bucht ist auch ein beliebter Anlegepunkt für Segelschiffe (für private Besuche mit einem Boot gelten strenge Regelungen). Von der Bucht legen auch die Touristenboote ab, um die Besucher zurück nach Mallorca zu bringen.

Wenn das Wetter es zulässt, steuern die Boote auf der Rückfahrt die nur vom Meer aus zugängliche etwa 160 Meter lange und 50 Meter breite Höhle Cova Blava (Blaue Grotte) an. Ein Bad im blau schimmernden Wasser – die Farbe entsteht durch Reflexionen auf dem sandigen Grund – rundet den Ausflug ab.

Meerfenchel

Santanyí

Jörg startet den Mietwagen. Er und sein Schulfreund Klaus wollen nach s'Alqueria Blanca, einem kleinen Ort in der Nähe von Santanyí im Süden der Insel.

»Einfach nur klasse, da bin ich zur gleichen Zeit wie du in Palma. Von deinem Ärztekongress wusste ich ja, aber dass mich ein Kollege bittet, für ihn einzuspringen und einen Sarg zur Beisetzung nach Mallorca zu überführen, das hätte ich mir nicht träumen lassen.« Jörg strahlt vor Freude über das ganze Gesicht.

»Ja, völlig verrückt, und dann fällt mir noch ein, dass Wolfgang erzählt hat, ihm hätte unsere Reise nach Deià vor einem Jahr so gut gefallen, er werde dieses Jahr mit seiner Frau eine Finca auf Mallorca mieten.«

»Was für ein schöner Zufall. Gut, dass du ihn sofort angerufen hast.«

Die beiden fahren auf der Autopista de Llevante aus Palma de Mallorca hinaus. Klaus dreht sich noch einmal kurz um und wirft einen letzten Blick auf die Kathedrale, die sich beeindruckend über der Altstadt erhebt.

»Wolfgang meinte, wir brauchen nur immer geradeaus zu fahren, die Autobahn bringt uns bis Llucmajor, dann geht es weiter auf einer gut ausgebauten Straße über Campos nach Santanyí. Hier müssen wir nur die richtige Abzweigung Richtung Portopetro finden. Er steht in fünfzig Minuten an der Straße, damit wir nicht an der Finca vorbeirauschen. Er kennt ja deine dynamische Fahrweise.« Klaus grinst.

Bis Santanyí läuft alles wie am Schnürchen. Nur in dem beschaulichen Städtchen mit seinen rechtwinklig angelegten kleinen Straßen verlieren sie für einen Augenblick die Orientierung. Schließlich taucht erneut das Schild Portopetro auf.

»Fahr nicht wieder daran vorbei«, ermahnt Klaus seinen Freund. Kurz hinter dem Dorf s'Alqueria Blanca sehen sie Wolfgang wie verabredet an der Straße stehen.

»Ich freu mich so«, sind seine ersten Worte, dann weist er Jörg ein, der bis zum Ende des Schotterwegs fährt. Ingrid, Wolfgangs Frau, kommt aus der Finca geeilt und begrüßt die Freunde ihres Mannes mit einer festen Umarmung.

»Kommt, ich zeige euch eure Zimmer, dann könnt ihr schon einmal das Gepäck abstellen. Wolfgang hat mit dem Besitzer gesprochen, ihr könnt so lange bleiben wie wir.«

Nach einem kühlen Begrüßungsgetränk schlägt Wolfgang vor, an den Strand nach Cala Santanyí zu fahren. »Eine der schönsten Buchten von Mallorca und«, er zwinkert seinen Freunden zu, »ein super Strandrestaurant mit guter Küche zu reellen Preisen. Und Ingrid kann Sonne tanken. Was meint ihr?«

Ingrid hat ihr großes Badetuch ausgebreitet, schaut noch einmal zu den drei Freunden, die auf der Terrasse der Strandbar sitzen, und gibt sich der Sonne hin.

»Sie ist immer noch eine Sonnenanbeterin«, kommt es von Klaus in einem leicht vorwurfsvollen Ton.

»Ja, aber mittlerweile nur noch mit Sonnenschutzfaktor 50«, antwortet Wolfgang schmunzelnd.

»Dann ist ja gut.«

Die drei Freunde haben schon ein kühles Bier vor sich stehen und studieren die Karte.

»Was empfiehlst du uns?«, fragt Jörg seinen Freund Wolfgang.

»Als Vorspeise würde ich eine große Portion Pimientos de Padrón für uns bestellen. Die in Öl angebratenen kleinen Paprikaschoten mit Meersalz sind ausgesprochen schmackhaft. Außerdem empfehle ich alles, was sie hier auf den Holzkohlegrill werfen. Das war bisher immer sehr gut.«

Kaum haben sich die Freunde die öligen Hände an den Servietten abgewischt, wird Klaus ein Teller mit gegrillten Sardinen serviert. Jörg bekommt gegrillten Tintenfisch und Wolfgang Miesmuscheln in einer feurigen Tomaten-Paprika-Sauce. Die Freunde greifen beherzt zu. Als Wolfgang sieht, wie Klaus zwar geschickt, aber so gar nicht landestypisch die recht großen Sardinen mit dem Messer filetiert, muss er lachen.

»Das machst du ja sehr stilvoll, aber darf ich dir zeigen, wie die Mallorquiner Sardinen essen?« Schon hat er sich einen Fisch von Klaus' Teller geklaut. Der schaut ihn irritiert an. Doch dann muss auch er grinsen, als er sieht, wie Wolfgang dem Fisch zu Leibe rückt. Er fasst ihn am Kopf und am Schwanz an und zieht behutsam mit den Zähnen das Fleisch und die Haut von den Gräten. Zurück bleibt eine intakte Fischgräte samt Kopf und Schwanz. Jörg hat ebenfalls fasziniert zugesehen und ist nun gespannt, wo Wolfgang den abgegessenen Fisch hinlegt, zurück auf Klaus' Teller oder auf seine eigene Serviette.

Plötzlich sind Hilferufe zu hören. Ein Schwimmer, ziemlich weit vom Strand entfernt, fuchtelt wie wild mit seinen Armen. Ingrid ist wie viele andere Strandbesucher aufgesprungen und blickt suchend über das Wasser. Dann entdeckt sie den Schwimmer. Er scheint an etwas zu zerren, geht unter Wasser, taucht wieder auf und ruft erneut um Hilfe. Zwei junge Männer, die zuvor Volleyball am Strand gespielt haben, rennen ins Meer und schwimmen dem Mann entgegen. Wolfgang hat die Fischgräte achtlos auf seinen Teller gelegt. Die Freunde laufen zum Wasser, um zu schauen, ob sie helfen können. Es ist schwer zu erkennen, was dort draußen am Ende der Bucht vor sich geht.

Ungeduldig treten die Freunde von einem Bein aufs andere. Endlich kommen die Schwimmer näher.

»Irgendetwas schleppen die drei Männer hinter sich her«, bemerkt Jörg. Klaus zieht sich eilig die Schuhe aus und geht einige Schritte ins seichte Wasser. Die Retter haben einen menschlichen Körper im Schlepptau und erreichen gerade den Strand. Der Schwimmer, der um Hilfe gerufen hat, lässt sich schwer atmend in den Sand fallen. Klaus packt mit schnellen Handgriffen zu und zieht den leblosen Körper zusammen mit den Rettern an den Strand. Einer der jungen Männer will sofort mit der Wiederbelebung beginnen, doch Klaus hält ihn zurück.

»Das bringt nichts mehr.« Er schaut sich die Leiche etwas genauer an, während der andere junge Mann schon sein Handy geholt hat und telefoniert.

Nach wenigen Minuten kommen zwei Polizisten in der schwarzen Uniform der *Policia Local* über den Strand. Sie nehmen den Toten in Augenschein, einer zückt sein Funktelefon und fordert Verstärkung an. Dann bitten die Polizisten die um den Toten herumstehenden Menschen, Platz zu machen und in einiger Entfernung zu warten. Die Leiche decken sie mit einer Folie ab, die einer der Polizisten schnell aus dem Kofferraum des Einsatzfahrzeuges gegriffen hat. Die Freunde informieren die Polizisten, dass sie auf der Terrasse des Restaurants zu finden sind. Sie nehmen an ihrem Tisch Platz und Ingrid, die ihr Badetuch geschultert hat, setzt sich zu ihnen.

»Wie schrecklich. Ob der wohl ertrunken ist?«, fragt Ingrid und schiebt die noch fast vollen Teller zur Seite. Das Essen ist mittlerweile kalt geworden und den Freunden ist der Appetit vergangen.

»Das wird erst nach der Obduktion zweifelsfrei feststehen, aber ich glaube es nicht«, antwortet Klaus.

»Wieso?«, fragt Wolfgang interessiert nach.

»Er hat eine nicht sehr große, aber tiefe Wunde am Hals, gerade einmal fünf Zentimeter, und die lag verdächtig nahe an der Hauptschlagader. Wenn du mich fragst, ist der Mann mit einem sehr scharfen Gegenstand attackiert worden und wahrscheinlich verblutet.«

»Wie kommt er dann ins Wasser?«, will Ingrid wissen.

»Entweder ist er hineingestürzt oder er wurde gestoßen. Ich habe auf die Schnelle jedenfalls keine weiteren Verletzungen erkennen können.«

»Wie lange, glaubst du, ist er im Wasser getrieben?«, fragt Wolfgang.

Nicht sehr lange. Ganz bestimmt nicht länger als zehn, zwölf Stunden.«

Wolfgang schaut auf seine Armbanduhr.

»Wir haben jetzt sechzehn Uhr. Das würde bedeuten, ab vier Uhr in der Früh kann es zu dem Vorfall gekommen sein.«

»Ja, das kommt hin. Wenn der Schwimmer nicht mit der Leiche zusammengestoßen wäre, würde die noch immer da draußen treiben«, gibt Klaus zu bedenken.

Kaum hat er den Satz beendet, kommt ein blau uniformierter Polizist an ihren Tisch. Er stellt sich als Juan Carlos vor von der *Policia Nacional*, die bei Todesfällen die Ermittlungen übernimmt. Er befragt die Freunde danach, was ihnen aufgefallen ist. Doch viele Informationen können sie nicht geben. Als Klaus seine Eindrücke von dem Toten schildert, horcht der Polizist auf, ohne näher auf Klaus' Bemerkungen einzugehen. Die Frage von Jörg, ob es sich bei dem Toten um einen Einheimischen handele, bejaht er und verabschiedet sich, nicht ohne Wolfgang seine Visitenkarte in die Hand zu drücken. »Falls Ihnen noch etwas einfällt.«

»Was machen wir jetzt?«, fragt Jörg.

»Ich würde eine Bootsfahrt vorschlagen«, kommt es spontan von Wolfgang. »Neben den zwei kleinen Fischerhäuschen dort drüben«, er zeigt zur gegenüberliegenden Seite der Bucht, »gibt es eine Tauchschule, vielleicht leihen die uns ein Boot.«

Es hat Wolfgang eine Stange Geld gekostet, aber nun brausen Ingrid und die Freunde in einem geräumigen Schlauchboot mit Außenmotor über das Meer. Klaus gibt dem Bootsführer, einem jungen Mallorquiner, Anweisungen, wohin er steuern soll.

»Bitte an der Küste entlang Richtung Osten.«

»Ist das hier Meerfenchel?«, schreit Wolfgang zum Bootsführer hinüber, um den lauten Motor zu übertönen. Dabei zeigt er zu den Felsen, die von Büschen aus blaugrün gefärbten Blättern bewachsen sind.

»Ja, hier auf der Insel haben wir davon eine ganze Menge«, ist dessen Antwort.

Obwohl die Freunde sich aufmerksam umschauen, können sie nichts Ungewöhnliches feststellen. Nur dass überall dieser Meerfenchel wächst.

Zurück an der Tauchschule fragt Wolfgang den Bootsführer: »Haben Sie den Toten gesehen?«

Der nickt. »Ja, ich bin schnell von hier aus zum Strand gelaufen, um zu sehen, was passiert ist.«

»Wissen Sie, wer es ist?«

»Dem alten Mann gehörte hier die ganze Landzunge.«

»Er wollte nicht verkaufen, oder?«, spielt Wolfgang auf die Tatsache an, dass mittlerweile viele Mallorquiner sich gegen die weitere Bebauung ihrer Insel wehren.

»Das weiß hier jeder.« Der junge Mann zuckt mit den Schultern. »Ihm ist schon seit Jahren sehr viel Geld geboten worden, aber er wollte die Landzunge so erhalten, wie sie ist, nahezu unberührt.«

»Das wird sich jetzt wohl ändern«, bemerkt Klaus.

»Anzunehmen«, ist die Antwort des Bootsführers.

Am Abend sitzen die vier auf der großen Terrasse vor der Finca und trinken einen Anis-Schlehen-Likör, den Patxaran, nachdem sie mit großem Genuss die gegrillten Doraden gegessen haben, die Ingrid so wunderbar zubereitet hat.

»Und?«, fragt Jörg, »hat uns der kleine Ausflug zu Wasser etwas gebracht?«

Wolfgang antwortet sofort. »Ja, eine ganze Menge. Die Strömung ist dort an den Felsen nicht besonders stark. Klaus, glaubst du, der Mann könnte von seinem eigenen Felsen gestürzt sein? Ich habe da oben Angler gesehen.«

»Das könnte gut möglich sein, es kann Stunden dauern, bis die leichte Strömung ihn in die Bucht spült.«

»Mir ist nämlich etwas aufgefallen«, fährt Wolfgang fort. »Der ganze Felsen ist oberhalb des Wassers mit Meerfenchel bewachsen, eine mallorquinische Spezialität. Von Mai bis Juli ist Erntezeit. Eine Fabrik, die für die Verarbeitung des Fenchels hier auf Mallorca eine Lizenz besitzt, beauftragt jedes Jahr einige ausgesuchte Rentner. Die verdienen durch das Ernten innerhalb kürzester Zeit eine Menge Geld. In der Fabrik wird dann der Fenchel in Essig eingelegt, auf diese Weise konserviert und dann an Restaurants verkauft und exportiert. Ein lukratives Geschäft.«

»Ich verstehe den Zusammenhang nicht«, unterbricht Jörg seinen Freund.

»Im Augenblick ist ganz Mallorca in heller Aufregung. Wo immer die Rentner hinkommen, wurde schon geerntet. Da muss eine Bande ihr Unwesen treiben, denn es ist nicht erlaubt, mehr als ein Kilo Meerfenchel für den Eigenbedarf zu ernten.«

»Ja, gut, aber was hat das mit unserem Toten zu tun?«, fragt nun auch Klaus etwas ungeduldig.

»Lasst mich doch ausreden. Vielleicht irre ich mich ja, aber der Meerfenchel war auf der Landzunge unseres Toten nur zur Hälfte geerntet. Und jetzt kommt es: Der Meerfenchel wird mit einer Sichel geschnitten.«

»Du meinst, die Wunde des Opfers könnte von so einer Sichel stammen?« Klaus ist fasziniert.

»Ja, der Gedanke kam mir, als ich gesehen habe, dass der Felsen voll von Meerfenchel ist.«

»Mal langsam«, mischt sich Jörg ein. »Ich dachte, es könnte mit dem Besitz der Landzunge zu tun haben, weil er nicht verkaufen wollte. Und die Erben langsam ungeduldig werden.«

»Kann natürlich auch sein«, räumt Wolfgang ein, spricht aber sofort weiter. »Ich mache euch einen Vorschlag. Wir klettern morgen früh auf den Felsen und schauen mal, wer sich die zweite Hälfte des Meerfenchels unter den Nagel reißt.«

Bei Tagesanbruch stehen die drei Freunde auf dem leicht abfallenden großen Felsvorsprung. Wolfgang hat in der Finca ein Fernglas gefunden, das er mitgenommen hat. Nun sucht er das Meer nach Booten ab. Plötzlich berührt Jörg ihn an der Schulter.

»Da kommt jemand«, flüstert er. Sie ziehen sich in die Rundung eines ausgehöhlten Felsens zurück, die ihnen Deckung gibt und dennoch die Sicht auf den Felsvorsprung ermöglicht. Zwei junge Männer mit Körben auf dem Rücken nähern sich dem äußeren Rand des Felsvorsprungs und schauen auf das Meer. Von dort kommt ein kleines Fischerboot. Als es am Felsen anlegt, wird von den drei jungen Leuten im Boot kurz nach oben gegrüßt, dann beginnen sie konzentriert, den Meerfenchel zu ernten: die einen vom Wasser und die anderen vom Felsvorsprung aus.

»Was jetzt?« Jörg schaut Wolfgang verunsichert an.

»Ich rufe Juan Carlos an, der hat mir doch seine Visitenkarte gegeben.« Wolfgang holt sein Handy aus der Hosentasche und tippt die Nummer ein.

»Und?«, fragt Klaus, als Wolfgang das Gespräch beendet hat.

»Er kommt sofort mit seinen Leuten.«

Nach kurzer Zeit sehen sie Juan Carlos mit zwei weiteren Polizisten den schmalen Weg zum Felsvorsprung entlangeilen. Zeitgleich nähert sich ein Patrouillenboot der *Guardia Civil*. Die Männer auf dem Felsen werfen ihre Körbe ins Boot. Selbst schaffen sie es nicht mehr hinunterzuklettern und versuchen die Flucht über die Felsen. Sie laufen den Polizisten direkt in die Arme. Das Boot fährt mit Vollgas los, verfolgt von der Küstenwache, die ebenfalls Gas gibt.

Nach einer halben Stunde, die Freunde haben sich abwartend auf die Felsplatte gesetzt, kommt Juan Carlos über das Plateau auf die drei zu.

»Meinen Glückwunsch, Sie haben nicht nur die Meerfencheldiebe erwischt, sondern auch den Mörder des alten Mannes.«

»War meine Vermutung also doch nicht falsch«, rutscht es Wolfgang erfreut heraus.

»Die Wunde am Hals des Toten hat uns beschäftigt. Als Sie vorhin anriefen, war mir plötzlich klar, woher sie stammt. Und der eine von den beiden, die wir gerade festgenommen haben, ist nicht nur der Anführer der Bande, sondern zudem der Neffe des Toten.«

»Und jetzt?«, fragt Wolfgang neugierig.

»Der Neffe versucht sich zwar noch herauszureden, aber seine Helfer aus dem Fischerboot haben bereits die Attacke auf den Alten bei meinen Kollegen gestanden und ihren Anführer als den Angreifer benannt.«

»Schau an, man braucht eben nicht nur Intuition, sondern auch manchmal Glück«, lacht Wolfgang und klopft seinen Freunden zufrieden auf die Schulter.

Pimientos de Padrón

Bratpaprika mit Meersalz

Zutaten (für 4 Personen):
400 g Pimientos
Olivenöl
Fleur de sel

Zubereitung:
Die Pimientos kurz unter kaltes Wasser halten und gut trocken tupfen. In einer tiefen Pfanne reichlich Olivenöl erhitzen, die Paprika hineingeben und unter Rühren braten. Sobald sich bei einigen Schoten Blasen bilden, die Pimientos aus der Pfanne nehmen, mit Meersalz bestreuen und sehr heiß servieren. Als Beilage eignet sich Weißbrot.

Santanyí

Santanyí ist eine der 53 selbstständigen Gemeinden auf Mallorca und gehört zu den wohlhabendsten. Sie liegt im Südosten der Insel und grenzt im Westen an Ses Salines, im Norden an die Gemeinde Campos und im Osten an die Gemeinde Felanitx. Sie kann mit einem Küstenabschnitt von ca. 35 Kilometern aufwarten und mit zahlreichen kleineren und mittelgroßen Buchten. Die bekanntesten sind Cala Santanyí, Cala d'Or, Cala Llombards und mehrere kleine Buchten, die unter dem Namen Cala Mondrago zusammengefasst werden. Das immer noch verträumte Fischerdorf Cala Figuera gehört ebenso zum Gemeindebezirk wie das Hafenstädtchen Portopedro. Die Gemeindeverwaltung sitzt in der gleichnamigen kleinen Stadt, die bereits von den Römern angelegt wurde, wie die rechtwinklig angelegten Straßenzüge erkennen lassen. Dominiert wird der Ort durch kleine Häuser aus Marès, dem hellen, widerstandsfähigen Sandstein, der zwischen Santanyí und Campos abgebaut wird.

Cala Santanyí

Die Bucht gehört zu denen Mallorcas, die vor groben Bausünden bewahrt werden konnten. Noch Anfang des 20. Jahrhunderts fanden sich hier nur wenige Fischerhäuser. 1950 entstanden die ersten kleinen Strandrestaurants, die am Wochenende von den Bewohnern Santanyís und Cala Figueras besucht wurden. Schon 1960 wurde das touristische Potenzial der Bucht erkannt und erste Hotels und Unterkünfte entstanden. Doch mit drei großen Hotels und zahlreichen Privat- und Appartementhäusern hält sich die Bebauung noch in Grenzen. Auch die 1980 entstandene Siedlung Son Moja liegt von der Bucht aus gesehen versteckt, sodass die Sonnen- und Badehungrigen die wunderschöne Cala mit dem flach abfallenden Sandstrand genießen können, ohne das Gefühl zu haben, zugebaut worden zu sein.

Ausgeknockt

Cala Figuera

Bleischwer fühlten sich Toms Augenlider an, die er kaum zu öffnen vermochte. Sein Schädel dröhnte, als würde er von einem Presslufthammer attackiert. Als er es nach einigen Minuten endlich schaffte, wenigstens zu blinzeln, blendete ihn das grelle Sonnenlicht, das durch ein kleines, vergittertes Fenster den Weg in das Innere des Raumes fand. Seltsam, in die Heckkajüte konnte gewöhnlich am frühen Morgen kein Strahl einfallen, da der Bug seiner Jacht nach Osten ausgerichtet war.

Plötzlich schoss Toms Oberkörper senkrecht in die Höhe, und ihn durchzuckte ein Kopfschmerz, der ihm die Luft raubte.

Erst allmählich nahm er wahr, dass er sich nicht in seiner Kajüte befand, sondern in einer winzigen Kammer, in der er auf einer verschlissenen Matratze auf einem schmutzigen Boden die Nacht verbracht hatte und ausrangiertes Gerümpel wie alte Fischernetze und Angeln ihr Dasein fristeten. Die Bettwäsche, wenn man sie überhaupt so nennen konnte, roch muffig und stank nach Fischabfällen. Ihm wurde augenblicklich speiübel, und er hatte Mühe, seinen Mageninhalt bei sich zu behalten. Wie kam er hierher? Mühsam kurbelten seine angeschlagenen Gehirnzellen das Erinnerungsvermögen an.

Gestern war er am späten Abend mit seiner Gästecrew von einem Dreitagetörn in Cala Figuera gestrandet, dem idyllischsten Fischereihafen der Insel. Die bunt zusammengewürfelten Teilnehmer hatten ihm viel Geduld und Diplomatie abverlangt. Vom Besserwisser in Sachen Segeln bis zur Mimose, die jedes Wort auf die Goldwaage legte und ständig kurz vor einem Heulanfall stand, war alles an Charaktereigenschaften vorhanden gewesen. Für diese Jahreszeit im Mittelmeer eher ungewöhnlich, hatte sich aus heiterem Himmel eine Schlechtwetterfront gebildet, der Tom in letzter Minute ausweichen konnte. Allerdings geriet die Jacht dennoch in die Ausläufer des Sturms und verlangte der zahlenden Crew alles an zu mobilisierenden Kräften ab. Sie erreichten schließlich nach mehrstündigem Kampf gegen Wind und haushohe Wellen den kleinen Hafen von Cala Figuera auf Mallorca. Drei Touristen wurden seekrank und waren wild entschlossen, den Törn vorzeitig zu beenden. Die anderen vier hatten ebenfalls keine Lust mehr, weiter mitzusegeln, obwohl sie alle für eine Woche gebucht und bezahlt hatten. Tom sollte das recht sein. Auf diese Weise fiel ihm eine Erholungspause in den Schoß. Die Jacht benötigte sowieso eine gründliche Reinigung, und das Großsegel musste geflickt werden. Der Liegeplatz in diesem Hafen kostete ihn außerdem weit weniger als in anderen Mittelmeerhäfen. Damit schlug Tom sogar Profit aus dem Unwetter, denn die Mitsegler hatten den Törn ja selbst abgebrochen und konnten daher kein Geld zurückverlangen. Erst in drei Tagen würde er aufbrechen müssen, um neue Gäste auf dem Festland einzusammeln, geschenkte Zeit, die er genießen wollte.

Um sich von den Strapazen zu erholen, genehmigte sich Tom, nachdem die Gäste alle von Bord gegangen waren und sich von ihm mehr oder weniger freundlich verabschiedet hatten, in der Hafenkneipe erst mal einen spanischen Cognac. Der Hafen lag idyllisch zwischen zwei Pinienhügeln und mutete wie ein Minifjord an. Hier schien kein Sturm gewütet zu haben. Der Himmel präsentierte sich ganz klar, und unzählige Sterne funkelten und schickten ab und zu eine Schnuppe zur Erde. Richtig romantisch. In diesen Ort verirrten sich offensichtlich im beginnenden Frühjahr keine Touristenmassen. Jedenfalls entdeckte Tom kaum welche oder hatte er nach dem dritten Cognac einen getrübten Blick?

So genau erinnerte er sich in diesem Moment nicht mehr. Seinen Kopfschmerzen nach zu urteilen konnte es sich jedenfalls nicht um nur drei Gläser gehandelt haben. Was zum Teufel war danach passiert?

Langsam dämmerte es Tom wieder. Als er sich gerade auf der Terrasse bei dem Kellner das mallorquinische Gericht Tumbet bestellt hatte, ging plötzlich ein Raunen durch die Reihen der anderen Kneipenbesucher, die zu so später Stunde ausschließlich Fischer waren. Auf dem Pflaster stolzierte eine Frau auf knallroten High Heels daher. Ihr Rock hätte einige Zentimeter länger sein dürfen und ihr Top weniger durchsichtig. Sie warf ihre blond gefärbte Lockenmähne in den Nacken und steuerte schnurstracks auf Toms Tisch zu, an dem er allein saß und an seinem Getränk nippte.

»Ist hier noch ein Plätzchen für mich frei?«, säuselte die Frau und benetzte aufreizend mit der Zunge ihre Lippen.

»Bitte, suchen Sie sich einen freien Stuhl aus.« Tom wollte nicht unhöflich sein, aber er hätte den Abend lieber ohne Konversationszwang ausklingen lassen. Außerdem passte dieser Typ Frau nicht in sein Beuteschema. Mit ihren grellrot geschminkten Lippen und zu viel Kajal um die Augen schien sie einem bestimmten Gewerbe anzugehören. Seltsam, dass sie sich ausgerechnet Toms Gesellschaft ausgesucht hatte. Sah er so aus, als hätte er Abwechslung nötig? Vermutete sie einen zahlungskräftigen Kunden in ihm? In seiner alten, verschlissenen Jeans und seinem farblich unpassenden T-Shirt machte er wohl kaum den Eindruck eines lukrativen Fangs. Gerade als seine Tischnachbarin zu einem Small Talk ansetzen wollte, brachte der Kellner eine Auflaufform mit Tumbet und einen weiteren Cognac.

»Bringen Sie mir bitte auch so ein Glas und etwas Weißbrot«, richtete die Unbekannte das Wort an den Ober.

Täuschte sich Tom, oder tauschten die beiden einen merkwürdig vertrauten Blick miteinander aus? Da der Cognac bereits seine Wirkung zeigte, maß er seiner flüchtigen Beobachtung keine wirkliche Bedeutung bei. Vielmehr konzentrierte er sich auf das Füllen seines Magens, der seit Tagen kaum etwas bekommen hatte. Da Tom als Skipper die alleinige Verantwortung für die Crew und die Jacht oblag, hatte er das Steuer niemand anderem überlassen können. Seine Nahrung hatte folglich hauptsächlich aus heißem Kaffee oder einer Suppe mit Brot bestanden, womit ihn die anderen Crewmitglieder versorgten.

Umso himmlischer mundete ihm jetzt das Gemüsegericht, bestehend aus Zucchini, Auberginen, Paprikaschoten und Kartoffeln in einer pikanten Tomaten-Knoblauch-Sauce. Das Leben konnte so schön sein, wenn man es nicht mit nörgelnden Möchtegern-Seebären teilen musste. Aber Tom sah zu diesem Zeitpunkt keine andere Möglichkeit, als damit Geld zu verdienen, Touristen auf seiner Jacht herumzuschippern.

»Darf ich auch mal probieren?«, platzte die Blondine plötzlich in seine Gedanken.

Perplex nickte Tom, ohne nachzudenken.

»Süß von dir, danke. Ich heiße übrigens Marita, und du?«

»Tom.«

Marita nahm ohne jegliche Hemmungen einfach die Gabel aus Toms Hand und bediente sich. Dabei beugte sie sich so tief zu ihm hinüber, dass die Einblicke ihn richtig schwindlig machten.

Tom verschluckte sich an dem heißen Gemüse, sodass Marita ihm auf den Rücken klopfte.

»Hier, spül schnell nach.« Seine vermeintliche Retterin hielt ihm ihr Cognacglas unter die Nase, das er in einem Zug leerte.

Filmriss. Hier endete Toms Erinnerung an den gestrigen Abend. Was war geschehen? Hatte ihm der Alkohol derartig das Gehirn vernebelt? Als langjähriger Skipper vertrug er eigentlich manches Quantum. So schnell haute ihn normalerweise nichts von den Planken.

Er hatte nur noch ein Ziel: raus aus diesem Loch und ab in die Koje seiner Jacht. Vielleicht fiel ihm alles wieder ein, wenn er sich ausgeruht hatte und klar denken konnte. War er Opfer eines Raubüberfalls geworden? Hektisch beförderte er den Inhalt seiner Hosentaschen zutage. Es fehlte jedoch nichts, weder Geld noch Papiere oder seine Scheckkarte. Trotzdem wurde er von einem mulmigen Gefühl übermannt.

Wie sich herausstellte, war die verzogene Holztür der Kammer verschlossen. Mehrmals warf sich Tom mit aller Kraft dagegen, doch sie gab nicht nach. Das vergitterte Fenster bot ebenso wenig eine Fluchtmöglichkeit. Außerdem war es derart schmal, dass Tom ohnehin darin stecken geblieben wäre. Was tun? Schreien?

»Hilfe, hört mich jemand?« Mit an die Tür hämmernden Fäusten versuchte er, sich bemerkbar zu machen. Absolute Stille war die Reaktion. »Hey, lasst mich raus!« Je mehr Tom brüllte, desto schlimmer wurden seine Kopfschmerzen. Nie wieder Cognac, wenn ich hier heil herauskomme, schwor er sich.

Nicht umsonst hatte er vor einigen Jahren in einem Camp an einem Überlebenstraining teilgenommen. Wie war das noch? Ruhe bewahren und schauen, was einem zur möglichen Rettung zur Verfügung steht. Auf den ersten Blick schien von dem Gerümpel nichts brauchbar zu sein. Nach und nach landeten die Gegenstände auf der Matratze. Plötzlich quiekte etwas, eine aufgeschreckte Maus huschte an Tom vorbei und flüchtete unter dem Türspalt ins Freie. Die Glückliche! Er hatte die Nacht folglich nicht allein verbracht. Wie tröstlich. Schließlich stießen Toms Hände auf einen verrosteten Anker. Dieser könnte die Befreiung aus seinem Gefängnis bedeuten. Mit aller Kraft rammte er die Ankerspitze mehrfach in die Tür, bis das Holz endlich nachgab und splitterte. Seine Hand tastete sich vorsichtig durch das Loch bis zur Außenklinke vor. Zu Toms Überraschung fühlte er etwas wie einen Stiel, den er wegstieß. Tatsächlich ließ sich die Klinke von innen problemlos hinunterdrücken, und die Tür öffnete sich. Die Welt hatte

Tom wieder. Bei dem Gegenstand handelte es sich wirklich um einen Besen, der zur Blockade eingesetzt war. Wie Tom realisierte, befand er sich augenscheinlich auf einem Schrottplatz. Hier war weit und breit niemand, und seine Behausung entpuppte sich als baufälliger Schuppen. Tom konnte froh sein, dass dieser nicht über ihm zusammengebrochen war.

Wie sollte er jetzt von hier zurück zum Hafen finden? Zunächst musste ein Stacheldrahtzaun überwunden werden, bevor Tom eine schmale Asphaltstraße erreichte. Intuitiv entschied er, die Richtung bergab einzuschlagen. Auf einer Insel führten alle Wege irgendwann ans Meer.

Nach etwa einer Stunde, in der die Sonne unbarmherzig auf Toms Kopf knallte, hörte er das Knattern eines herannahenden Mopeds, das neben ihm stoppte. So viel Spanisch verstand Tom, um die Chance, mitgenommen zu werden, sofort zu ergreifen. Er nannte dem einheimischen Fahrer den Hafen, in den er wollte. Zu seiner Erleichterung hielt der Mann wenig später in Cala Figuera an.

Schnell rannte Tom zu dem Bereich, wo die privaten Boote ihren zugewiesenen Liegeplatz inmitten der Fischerboote hatten. Doch wo war Toms Jacht? Jedenfalls lag sie nicht mehr da, wo er gestern vom Hafenmeister hindirigiert worden war. Ein anderes Boot dümpelte dort inzwischen vertäut vor sich hin. Ein süffisantes Lächeln huschte über Toms Gesicht, während er den ganzen Hafen absuchte. Nichts! Seine Jacht blieb unsichtbar. Der Hafenmeister staunte nicht schlecht, als Tom ihm den Fall schilderte.

»Verstehe ich nicht«, erklärte der Mann in gebrochenem Deutsch. »Jacht sich um Mitternacht über Funk ordnungsgemäß abgemeldet.«

»Dann rufen Sie bitte die Polizei.«

Es dauerte eine ganze Stunde, bis zwei Polizisten eintrafen. Glücklicherweise sprach einer von ihnen einigermaßen deutsch.

»Was haben Sie nach dem Verlassen Ihrer Jacht gemacht?«

Tom schilderte seinen Restaurantbesuch und beschrieb die Frau, die sich Marita nannte.

Die Polizeibeamten warfen sich einen wissenden Blick zu.

»Ihre Jacht ist leider nicht die einzige, die in den letzten Wochen auf den umliegenden Inseln plötzlich den Besitzer gewechselt hat. Es ist immer die gleiche Masche. Irgendwann hat Ihnen die Frau K.-o.-Tropfen in den Cognac geschüttet. Deshalb haben Sie einen Blackout und können sich an nichts mehr erinnern.«

»Was ist mit dem Kellner und den anderen Kneipenbesuchern? Die müssten doch etwas beobachtet haben?«, hakte Tom nach.

»Es arbeiten jede Menge Aushilfskräfte in den Restaurants. Der, der Sie bedient hat, war bestimmt ein Komplize dieser Marita und hat ihr geholfen. Sicher wurden Sie wegtransportiert, ohne große Aufmerksamkeit zu erregen. Die sind bestimmt längst über alle Berge, womöglich mit Ihrer Jacht.«

»Und wie bekomme ich mein Eigentum zurück?«

»Das können Ihnen allein die Sterne erzählen. Wir geben uns alle Mühe, den Dieben das Handwerk zu legen.«

»Na, super, dann habe ich jetzt wohl Zwangsurlaub.«

Tom unterschrieb das Protokoll und bedankte sich bei den Beamten.

Am nächsten Tag genoss Tom seine Freizeit in einer einsam gelegenen Bucht, wo er sich bäuchlings auf einen flachen Felsen legte und kurz darauf einnickte. Ihn weckten plötzlich zwei Hände, die sanft seinen Rücken mit Lotion einmassierten.

Ein Lächeln huschte über sein Gesicht, als er sich langsam umdrehte und in ein türkisblaues Augenpaar blickte.

»Alles nach Plan verlaufen?«, fragte er die Bikinischönheit.

»Bis auf die Tatsache, dass es nach deiner Kursänderung schwierig war, sofort nach Mallorca zu kommen und alles umzuorganisieren. Glücklicherweise habe ich die Fähre vorgestern gerade noch erwischt. Und bei dir?«

»Ich hatte Mühe, diesem Rattenloch zu entkommen, aber es sollte ja alles echt wirken, und die Polizei hat sich den Schuppen natürlich angesehen, um nach Spuren zu suchen. Hast du nach dem Coup etwas von der Bande gehört?«

»Nein«, antwortete Conny alias Marita, »nach der Nennung des geänderten Hafens war unser kurzer Kontakt beendet. Für uns alle ist das sicherer. Wie lief dein Telefonat mit der Versicherung?«

»Sie wartet den Polizeibericht ab. Es sieht gut aus für eine nagelneue Jacht.«

Conny grinste. »Dann haben sich deine Entführungsstrapazen ja gelohnt, und du bist das marode Schiff elegant losgeworden.«

Tom umschlang seine Freundin mit beiden Armen und küsste sie.

»Bis ich das Ersatzboot bekomme, lassen wir es uns richtig gut gehen. Das haben wir uns verdient.«

Tumbet

Mallorquinisches Gemüsegericht

Zutaten (für 4 Personen):
8 große Kartoffeln
4 kleine Auberginen
2 bis 3 Zucchini
4 grüne Paprikaschoten
Olivenöl, kalt gepresst
3 bis 4 Knoblauchzehen
etwas Chilisalz
Oregano und Pfeffer
1 kg Tomaten für die Sauce
2 Lorbeerblätter

Zubereitung der Sauce:
Tomaten schälen, Kerne entfernen und klein hacken. Die Hälfte der Knoblauchzehen in dem Olivenöl kurz anbraten und die Tomaten dazugeben. Anschließend alles auf kleiner Flamme zusammen mit den Lorbeerblättern köcheln lassen. Mit dem Chilisalz, dem Oregano und Pfeffer abschmecken und die Lorbeerblätter wieder herausnehmen.

Zubereitung der Gemüsemischung:
Zucchini und Auberginen waschen und in Scheiben schneiden, dann mit Salz bestreuen.
Paprikaschoten ebenfalls waschen, entkernen und in Stücke schneiden.
Kartoffeln schälen und in dünne Scheiben schneiden. Das ganze Gemüse anschließend mit Küchenpapier abtrocknen.
Die Kartoffelscheiben werden in reichlich Olivenöl gebraten, bis sie halb gar sind. Anschließend das Öl abtropfen lassen und die Scheiben auf dem Boden einer feuerfesten Form verteilen.

Auberginen und Zucchini ebenfalls kurz in Olivenöl braten, anschließend abtropfen lassen und schichtweise auf die Kartoffeln geben.

Paprikaschoten mit den restlichen Knoblauchzehen braten und auf das andere Gemüse in die Form geben. Zum Schluss die heiße Tomatensauce darübergießen und alles im vorgeheizten Ofen bei 200 Grad höchstens 20 Minuten schmoren lassen. Dazu schmeckt ein knuspriges Weißbrot und ein Glas Rotwein.

Cala Figuera

*Der Ort liegt etwa fünf Kilometer südöstlich von Santanyí.
Er hat zwar keinen Sandstrand, aber dafür den idyllischsten
Fischerhafen von Mallorca, da er wie ein Minifjord zwischen
zwei Hügeln eingebettet liegt.*

*In der Fußgängermeile findet man zahlreiche Restaurants
mit typischen mallorquinischen Spezialitäten und viele kleine Läden wie Boutiquen und Souvenirshops. Einige Eisdie-
len laden zum Verweilen ein, von deren Terrassen man einen
herrlichen Blick auf den Hafen hat. Die Rückkehr der Fisch-
kutter zwischen 15 und 17 Uhr bietet werktags eindrucks-
volle Einblicke in die Welt der Fischerei.*

Willkommen in der Finca Abuela Hierbas

Manacor

Kräuter-Kalle hatte erst nicht mit der Sache rausrücken wollen. Aber da er noch sieben Jahre sitzen würde, hatte er Marcel den Plan schließlich doch haarklein erzählt. Eine todsichere Sache, Geldsegen im Urlaubsparadies. Risiko gleich null. Es gab nur einen Haken: Kräuter-Kalle wollte mit den letzten Einzelheiten erst rausrücken, als Marcel versprach, den Aufenthalt während des Coups bei Kräuter-Kalles Großmutter zu verbringen. Darum war Marcel direkt nach seiner Entlassung aus Klingelpütz zum Flughafen gefahren und in den Flieger nach Mallorca gestiegen. Nun suchte er in der Dunkelheit nach der Finca von Kräuter-Kalles Großmutter. Die war in den 60er-Jahren nach Mallorca ausgewandert und hatte für die Aussteiger spezielle Kräuter angebaut. Als die Drogengesetze strenger wurden, wechselte sie das Geschäftsfeld. Sie kaufte eine kleine Finca in der Nähe von Porreres und baute sie zur Pension aus. Allerdings kamen kaum Gäste. Marcel hatte eine Ahnung, warum. Erst nachdem er dreimal mit dem am Flughafen gemieteten SUV die einsame Straße zwischen Porreres und Felanitx rauf und runter gefahren war, sah er das unauffällige Schild Pension Abuela Hierbas an einer Steinmauer.

Kieselsteine spritzten auf, als Marcel den SUV auf den Hof fuhr und bremste. Kaum stand der Wagen, schoss eine dürre Siebzigjährige mit schneeweißen Haaren, hellem Leinenkleid und buntem Webschal aus der Tür. »Bien venidos! Ich bin Oma Regina.« Sie strahlte ihn an, und bevor er antworten konnte, drückte sie ihn an ihren mageren Körper. Anschließend schob sie ihn mit einem für eine so kleine Person erstaunlich festen Druck ins Haus. Marcel stolperte über die

glattgelaufenen Steine und hätte fast eines der alten Bauern-
geräte von der weiß verputzten Wand gerissen. Erst in letzter
Sekunde fing er sich. Die kleine Frau lief geschäftig an ihm
vorbei. »Ich habe das Cala-Rajada-Zimmer für dich fertig
gemacht. Dein Freund Toby hat Deià bezogen, mit Blick auf
die Olivenhaine. Wenn du willst, kann ich euch beiden natürlich auch ein Doppelzimmer geben, die Caverna d'amor ist
frei.« Sie zwinkerte ihm zu.

Marcel atmete durch. »Wird nicht nötig sein«, stieß er
zwischen zusammengepressten Lippen hervor. Toby. Das
zweite Zugeständnis. Er konnte den Coup nicht allein durch-
führen. Weil Kräuter-Kalle die nächsten sieben Jahre noch
unter Polizeibeobachtung Tüten kleben würde, hatte er seinen beschränkten Kumpel vorgeschlagen. Besagter Toby saß
draußen auf der Terrasse vor einer nach Marcels Geschmack
deutlich zu kitschigen Kulisse. Pinienbäume zeichneten sich
schwarz vor dem dunklen Blau der beginnenden Nacht
ab, ein Stück weiter stand eine Ziege auf einem Felsen und
schaute in die Dunkelheit. In Tobys Augen glitzerten Tränen.
»Es ist wunderschön, nicht wahr?«

Marcel ließ sich in einen Korbsessel fallen. Er drehte sich
prüfend um, ob die wuselige Oma in der Nähe war, dann
flüsterte er: »Hast du die Waffen?«

Toby nickte. Seine Stupsnase war mit breiten Sommer-
sprossen übersät und seine Augen hatten einen debilen Ausdruck. »Alles oben. Habe es genau gemacht, wie du gesagt
hast, das Paket bei der Post abgeholt.« Das war der Grund,
warum Kräuter-Kalle mit Toby zusammengearbeitet hatte. Toby war dumm wie Brot. Marcel sollte es recht sein.
Schließlich brauchte man zum Fahren eines Fluchtwagens
keinen exorbitanten IQ. Er beugte sich vor und flüsterte:
»Morgen fahren wir nach Manacor und kundschaften die
Fabrik aus.«

»Morgen?« Das Lächeln auf Tobys Gesicht erstarb. »Ich
wollte morgen mit Oma Regina nach Sóller. Da gibt es eine

alte Straßenbahn aus Holz, mit der man bis in den Hafen fahren kann. Oma Regina ist sooooo nett.« Toby strahlte.

Im gleichen Augenblick kam besagte sooooo nette Oma Regina heraus. Sie balancierte ein Tablett mit Wurst, die merkwürdig roch. »Was ist das?«, fragte Toby.

Sie strahlte ihn an. »Das hier ist Sobrasada«, sie deutete auf eine grobe Mettwurst. »Aus eigener Schlachtung. Die streichst du am besten auf das Brot, sie schmeckt hervorragend, wunderbar nach Paprika. Die andere Wurst ist Camiot mallorquin. Die habe ich nach dem Räuchern an der salzigen Meeresluft getrocknet, eine Spezialität der Insel.« Ihre kleinen Kieselaugen huschten flink von Marcel zu Toby und zurück. »Ihr möchtet morgen zur Perlenfabrik? Da hat ja auch Sophia Loren eingekauft. Das war natürlich in den glanzvollen Zeiten, bevor die Chinesen mit ihren Zuchtperlen den Markt überrollt haben. Heute ist die Fabrik mehr«, sie zögerte, »touristisch.« Wieder dieser neugierige Blick.

Sie war eindeutig zu interessiert, fand Marcel. Das Beste wäre, sie so weit wie möglich von sich fernzuhalten. Gezwungen lächelnd griff er sich die Sobrasada und betrachtete misstrauisch die groben Stücke darin. »Fahrt ihr ruhig mit der Holzbahn, ich kann mir die Perlen allein ansehen. Schaue nach einem Geschenk für meine Freundin.«

Toby klatschte in die Hände. »Das ist so nett von dir, Marcel. An der Station gibt es Zitronenkuchen, der wird nach Gewicht verkauft, weil er so schwer ist. Ist das nicht der Wahnsinn?«

Marcel nickte und biss vorsichtig in die Wurst. »Ja. Wahnsinn. Absolut.«

Am nächsten Morgen sah Marcel mit einer gewissen Schadenfreude zu, wie sich Toby und Regina in einen verrosteten Fiat 500 zwängten. Er selbst sprang in seinen SUV. Die Straße war breit und die Fahrt ein Traum. Er konnte gar nicht verstehen, dass er kaum andere SUVs sah. Die meisten Touristen saßen in kleinen Wagen, an denen er sich mit lautem Hupen vorbeidrängte.

Schon Kilometer vor der Fabrik wiesen große Schilder den Weg. Er hielt vor einem modernen Zweckbau ohne Flair. Drinnen lud ein Schild zu Bier in der Bar ein. Kostenpunkt ein Euro. Die erste Busladung Touristen, die vor der Tür abgeladen wurde, nahm das Angebot dankend an, bevor sie sich die Perlen ansah.

Marcel ging durch die Reihen der Verkaufsstände und ließ sich beraten. Doch sein Blick ging unablässig hin und her. Er registrierte die unauffälligen Überwachungskameras, die Kassen hinter den Verkaufstheken, die Showfabrikation im hinteren Bereich. Draußen prüfte er die Ausgänge. Es war alles perfekt. Wie Kräuter-Kalle gesagt hatte.

Als er in den Wagen stieg, spürte er das erste Mal, seit er auf Mallorca war, die entspannte Urlaubsstimmung. Kurzerhand lenkte er den Wagen Richtung Manacor. Die zweitgrößte Stadt nach Palma. Marcel dachte an schicke Bars, lauschige Plätzchen, Mädchen. Er würde sich einen wunderbaren Nachmittag machen. Sollte Toby doch mit Oma Regina auf einer harten Holzbahn durch die Gegend zuckeln.

Als er drei Stunden später auf den Hof der Pension fuhr, stiegen die beiden gerade aus dem verrosteten Fiat. Toby trug einen Strohhut auf dem Kopf und Espandrillos an den Füßen. »Es war fan-tas-tisch!«, schwärmte er. »Die Bahn, alles aus Holz, mit offenen Fenstern. Mitten durch die Zitronenhaine sind wir gefahren. Den Pan de limón haben wir dir mitgebracht.« Er hielt ein großes Paket hoch.

Oma Regina besah mit neugierigen Augen die große Delle, die den Kotflügel des SUV zierte. »War eng mit dem großen Wagen in den Straßen?«

Marcel antwortete nicht. Er schnappte sich den Kuchen und ging ins Haus. Scheiß Manacor. Er hatte mit dem SUV keinen Parkplatz gefunden und war von einer engen Gasse in die nächste gefahren. Als er einem Lkw ausweichen musste, war er erst an einer Mülltonne, dann an einer Laterne hängen geblieben. Das war der Moment gewesen, in dem er beschloss, die Stadt hinter sich zu lassen. Die Patrizierhäuser, Wachtürme und die alte Windmühle interessierten ihn sowieso nicht. Es gab noch nicht mal einen Strand in dieser Scheißstadt. Auf der Suche nach etwas Interessantem hatte er an der Landstraße von Manacor nach Calles de Mallorca bei einem Schild angehalten. Eine begeisterte Touristenführerin hatte ihn sofort abgefangen und erzählt, dass er sich auf der vorgeschichtlichen Siedlung Hospitalet Vell befinde. Charakteristisch sei der Talayot, ein Turm mit quadratischem Grundriss. Marcel warf einen Blick auf die bröckeligen Steine und beeilte sich, wieder in den Wagen zu springen. Von Manacor hatte er die Schnauze gestrichen voll.

Als er am späten Nachmittag des nächsten Tages mit Toby Richtung Perlenfabrik fuhr, war seine Stimmung so düster wie der Himmel. Dunkle Regenwolken lagen über der Stadt. Toby plapperte dagegen die ganze Zeit, und immer ging es um das Gleiche: Oma Regina macht dies, sie macht das. Brennt Schnaps, baut Gemüse an, räuchert. »Findest du nicht auch, dass sie das nicht mehr allein machen sollte? Sie kann doch nicht ewig die Koffer der Gäste schleppen.«

Marcel atmete durch. Was hatte Toby am Gangsterdasein nicht kapiert? Er war froh, als sie an der Fabrik ankamen. Sie parkten auf dem hinteren Parkplatz, direkt vor dem unscheinbaren Seiteneingang zur Fabrik. Toby legte den Kopf schief, als er ein Werbebild im Schaufenster betrachtete. Enttäuscht bemerkte er: »Die Perlen sind ja grau!«

»Das sind künstliche Perlen. Werden aus Fischmehl oder so gemacht«, erklärte Marcel, während er aufmerksam die Straße beobachtete.

»Fischmehl? Und die kauft jemand? Warum?«

Marcel seufzte. »Weil die Perlen haltbarer sind als echte Perlen. Weil sie einzigartig sind. Und weil es Touristen sind, die sie kaufen.« Gleich musste der gelbe Geldtransporter auftauchen. Er nahm seine Waffe aus dem Handschuhfach und überprüfte die Munition. Toby riss ihn erneut aus seinen Gedanken. »Und diese Fischmehl-Perlen stehlen wir?«

Marcel schloss die Augen und atmete durch. »Nein, wir stehlen nicht die Perlen. Das hab ich dir doch schon tausendmal erklärt. Wir ...« Er unterbrach sich. Der Geldtransporter. »Es geht los. Sobald ich raus bin, setzt du dich auf den Fahrersitz. Den Rest überlässt du mir.«

Toby folgte seinem Blick. Dann nickte er zögernd.

Der Wagen hielt ein Stück vor ihnen. Zwei Männer stiegen aus, gingen zu der kleinen Eingangstür, fünf Minuten später waren sie wieder da. Einer von ihnen trug einen schweren Koffer. Die Tageseinnahmen. Marcel spürte sein Herz bis zum Hals schlagen. Er atmete durch und zog sich ein Tuch vor das Gesicht. Mit einem Ruck sprang er aus dem Wagen, rannte hinüber zu den beiden Wachmännern, richtete die Waffe auf sie und deutete auf den Koffer, den einer von ihnen in der Hand trug. Die beiden sahen sich an, dann wiesen sie auf die feine Kette, mit der der Koffer am Handgelenk gesichert war, und zuckten breit grinsend die Achseln. Marcel fühlte, wie der Schweiß seinen Rücken hinunterlief. »Macht das Scheißding einfach auf.« Seine Stimme klang schriller als beabsichtigt.

Die beiden Männer bewegten sich nicht. Marcel atmete tief durch. Er war nicht gekommen, um dieses Spiel zu verlieren. Langsam hob er seine Waffe und zielte. Mit einem Mal war er ganz ruhig. »Her mit dem Geld!« Die Augen des Mannes mit dem Koffer weiteten sich unmerklich, für einen winzigen Augenblick musterte er Marcel schweigend, dann hob er die Hand und hielt sie seinem Kollegen hin. Der zögerte, doch schließlich griff er in seine Jackentasche, zog den Schlüssel hervor und Sekunden später schlitterte der Koffer über den Kies vor Marcels Füße. »Das wirst du bereuen«, sagte der Wachmann auf Spanisch, während er sein Handgelenk rieb. Jedenfalls vermutete Marcel, dass die Worte das bedeuteten. Marcel musterte ihn stumm, die Waffe noch immer erhoben, dann riss er den Koffer an sich, sprintete zum Auto und sprang hinein. »Los!«

Toby trat das Gaspedal durch, der Wagen heulte auf – und der Motor ging aus. Marcel sah im Rückspiegel, wie einer der Wachmänner eine Waffe zog. Eine ziemlich große Waffe. »Fahr!«, schrie er. Toby drehte den Zündschlüssel, der Wagen gab ein gurgelndes Geräusch von sich. Der Wachmann war nur noch wenige Meter von ihnen entfernt, zielte mit der Pistole. Eine Kugel pfiff an ihnen vorbei. Im gleichen Moment sprang der Motor an, der Wagen schoss nach vorne. Sekunden später waren sie auf der Schnellstraße.

Sie versteckten den SUV in Oma Reginas Garage. Toby war während des Abendessens in sich gekehrt und aß kaum von den mit Sobrasadas und scharfen Chorizos angemachten Garnelen. Als Regina kurz hinausging, bemerkte er: »Ich glaube, ich bin kein guter Räuber.« Marcel gab ihm aus tiefsten Herzen recht. Noch bevor Regina die Ensaimada de albaricoque auftischte, ging Toby mit hängendem Kopf auf sein Zimmer. Marcel dagegen war bester Laune und lud sich gleich mehrere Stücke des süßen Blätterteiggebäcks mit Aprikosen auf den Teller. Sein Plan hatte bestens funktioniert. 19.450 Euro hatte er erbeutet. Mehr als erwartet. Den Wachleuten hatte er es gezeigt. Vielleicht sollte er sich ein T-Shirt drucken lassen: Super-Räuber. Er grinste. Auf jeden Fall würde er heute Nacht seine Sachen packen und abhauen. Teilen war was für Anfänger. Und das war Marcel bestimmt nicht.

Er setzte sich auf die Terrasse und betrachtete den kitschigen Sonnenuntergang. Oma Regina gesellte sich zu ihm, stellte eine Flasche Hierbas auf den Tisch. »Selbstgebrannter Kräuterlikör«, lächelte sie und goss Marcel ein großzügiges

Glas ein. Der griff ohne Zögern zu, schließlich hatte er sich das mehr als verdient. In einem Zug kippte er das Getränk hinunter.

Regina stand früh auf an diesem Morgen. Es gab viel zu tun, die Räucherkammer lief seit Stunden, die frische Ladung Sobrasada war angeräuchert, nun trocknete sie an der salzigen Meeresluft. Als die Nachrichten anfingen, stellte sie das Radio lauter. Inselradio, ihr Lieblingssender, von Deutschen für Deutsche. Ein Überfall auf die Perlenfabrik. Von den Tätern gab es keine Spur.

Sie hörte Toby oben im Zimmer rumpeln, er bereitete die Betten vor. Sie hatte ihm erklärt, dass Marcel offenbar in der Nacht abgereist war. Toby war traurig, aber auch erleichtert gewesen. Er war ein guter Junge. Einfältig, aber gut. Sie wurde nicht jünger. Auf Dauer würde sie die Sache mit den Gästen, der Schlachtung und der Räucherei nicht mehr allein machen können. Ihr Enkel hatte ihr genau den Richtigen geschickt.

Ihr Handy piepte, eine Mail. Kalle kündigte einen neuen Gast an. Der hieß Ringo und sollte um vier Uhr landen. Spezialisiert auf Trickbetrug.

Summend öffnete Regina den Safe in ihrem Büro und legte das Geld hinein. Sie hatte es vorhin gezählt. 19.450 Euro. Keine schlechte Ausbeute. Sie war gespannt, was der Trickbetrüger bringen würde.

Pan de Limón

Zitronenkuchen

Zutaten:

Als Maßeinheit gilt immer die Größe des Joghurtbechers
1 Becher Joghurt
2 Becher Puderzucker
3 Eier
1 Becher Olivenöl
abgeriebene Schale einer Zitrone
2 1/2 Becher Mehl
1/2 Päckchen Backpulver
5 Prisen Zucker
Arbeitszeit ca. 15 Minuten
Koch- / Backzeit ca. 25 Minuten

Zubereitung:

Den Ofen auf 175 Grad Umluft vorheizen und eine Form mit Öl bestreichen. Danach den Joghurt mit den Eiern, dem Zucker, dem Öl und der Zitronenschale verrühren. Anschließend das Mehl mit dem Backpulver gut mischen und auf die Ei-Joghurt-Masse sieben und zu einem glatten Teig verarbeiten.

Den Teig in die Auflaufform geben und Zucker darüber stäuben.
Etwa 25 Minuten bei 175 Grad Umluft backen.

Manacor

Manacor ist bekannt für seine Perlenherstellung. Die künst-
lichen Perlen werden aus Muschelsand und Fischschuppen
gearbeitet und gelten als besonders haltbar. Die bekannteste
Perlenfabrik ist Perlas Majorica, die Fabrik liegt am Ortsaus-
gang von Manacor.

Neben den Perlen bietet Manacor einiges mehr. So lockt die
historische Innenstadt mit interessanten Geschäften in den
engen Gassen. Auch die frühchristliche Kirche Son Pereto
und das im Jahr 1576 gebaute Kloster Sant Vicenç Ferrer
sind einen Blick wert. Vor den Toren der Stadt befindet sich
die Ausgrabungssiedlung Hospitalet Vell, und in Porto Cristo
kann man die Tropfsteinhöhlen Coves del Drac besichtigen.

INGRID WERNER

Zwanzig Jahre später

Cabrera

»Auf unser Wiedersehen.« Frank reißt sein Glas in die Höhe. Cava schwappt über den Rand, tropft auf den Tisch und vermischt sich mit der Pfütze neben der Flasche. Die beiden Frauen schwingen ihre Kelche in die Mitte, die Gläser klirren.

»Auf den Urlaub«, sagt Lisa.

»Ja, auf den Urlaub.« Sabrina senkt ihre Lippen an den Rand des Sektglases und trinkt. Cava-Bläschen prickeln vor ihrem Gesicht. Durch diesen Schleier blickt Frank ihr in die Augen. Ihre rehbraunen und großen Augen. Sie ist immer noch da, die magische Anziehung zwischen ihnen. Er sieht, wie ihr Körper erschaudert und wie hastig sie das Glas leert. Hat sie sich auch gerade an ihre einzige gemeinsame Nacht erinnert?

Er ist fast fünfzig, aber Sabrinas Nähe macht aus ihm einen pubertären Jungen. Er kann nicht still halten. Unaufhörlich rutscht er auf der Holzbank, die an der Außenwand der Kajüte angebracht ist, hin und her. Wie soll er sich auch entspannen? Zwischen zwei Frauen. Zwischen den zwei Frauen seines Lebens. Lisa, seine Ehefrau, und Sabrina. Ihre Cousine.

»Was wollen wir morgen unternehmen?« Mit einer Hand fährt Lisa durch ihre frisch blondierten Locken.

Frank klopft auf die Karte, die im Cava-See arg in Mitleidenschaft gezogen worden war. »Wir schlafen heute Nacht in unseren Kojen wie Babys in der Wiege und steuern morgen frisch und munter Cabrera an. Die Ziegeninsel. Soll keine Anspielung sein.« Er lacht. Zu hoch, aber er kann nichts dagegen tun. Die Anstrengung, locker zu bleiben, ist schier unmenschlich.

Von den Frauen kommt keine Reaktion, so redet er schnell weiter. Zu schnell. »Cabrera ist Nationalpark. Wir haben die Erlaubnis, für zwei Tage dort zu ankern. Im Mai ist nicht viel los. Morgen früh gehen wir sofort tauchen. Die Unterwasserwelt ist sensationell, Seeschildkröten, Wale und Unterwasserklippen, die plötzlich bis auf neunzig Meter abfallen. Das Wasser glasklar. Und dann in die Cova Azul, die blaue Grotte, so ein Blau habt ihr noch nie gesehen. Wie Curaçao. Für eine Nacht werden wir dann in der einzigen Herberge auf Cabrera wohnen. Wegen des besonderen Feelings. Es sind umgebaute Militärbaracken. Total abgefahren.« Erschöpft hält er inne.

»Gut.« Lisa schaut auf das Wasser hinaus. Vor einer Stunde sind sie in Palma aufgebrochen und jetzt auf dem offenen Meer, mehrere Seemeilen von der Küste entfernt.

Sabrina scheint Frank nicht zugehört zu haben. Sie hat den Kopf in den Nacken gelegt und sieht in den sternenübersäten Nachthimmel. Frank folgt ihrem Blick. Wolken schieben sich vor den Vollmond und verdecken ihn. Der Wind frischt auf. Wellen klatschen rhythmisch an die Bootswand. An der Romantik gibt es nichts auszusetzen. Sie haben für heute eine Nachtfahrt mit Abendessen gebucht und bis jetzt war es grandios. José – Kapitän, Schiffsjunge und Smutje in einem – hat ein köstliches mallorquinisches Abendessen aus Fisch in Mandelsauce gezaubert. Der Fisch ganz frisch gefangen. Die Kartoffeln, der Weißwein und die Mandeln natürlich von der Insel. So etwas bekommt man in Deutschland nicht. Die Teller stehen bis auf den letzten Bissen geleert und mit Weißbrot ausgewischt vor ihnen auf dem Tisch. Sie haben genug zu trinken an Bord und keine lästigen Mitreisenden – bis auf ihre gemeinsame Vergangenheit.

Nach einigen stillen Minuten beugt sich Sabrina vor und spricht Lisa an. »Wie ist es dir in den letzten Jahren ergangen, erzähl.«

»Nun.« Lisa setzt sich gerade hin. »Ich bin stets die Karriereleiter hinaufgeklettert und schon seit Jahren Leiterin des

Einkaufs. Wegen Kindererziehung musste ich ja nicht aussetzen, da ist das keine große Kunst.« Sie hustet und fasst sich an den Hals. Frank kennt diese Geste zur Genüge. Das macht sie immer, wenn sie von ihrer Kinderlosigkeit spricht. Wann kommt sie endlich darüber hinweg? Mein Gott! Sie ist schließlich schon sechsundvierzig.

»Aber das weißt du ja bereits aus dem Weihnachtstelefonat.« Lisa streckt ihre Hand aus, um ihre Cousine zu berühren, zuckt jedoch zurück und umfasst stattdessen ihr Sektglas. »Du musst uns endlich besuchen und – wie war sein Name? – Thorben? mitbringen.«

Sabrina nickt. »Ja, das wäre schön.« Mit einer grazilen Bewegung wirft sie ihre langen braunen Haare nach hinten.

Frank nimmt die Flasche aus dem Sektkühler und schwenkt sie. »Die ist leer. Lasst uns noch etwas trinken. José! One more bottle. Por favor.« Ohne Alkohol wird er das hier nicht lange durchstehen. Er weiß, Lisa überwacht jede Geste, jedes Wort von ihm. Er spürt förmlich, wie ihr Blick Löcher in seine Stirn brennt, als ob sie so zu seinen Gedanken vordringen könnte.

Er versteht nicht, warum sie plötzlich mit Sabrina in den Urlaub fahren müssen. Nach zwanzig Jahren Funkstille. Dann dieses Telefonat an Weihnachten. Aus heiterem Himmel hat Sabrina angerufen und sie mit den Plänen für den gemeinsamen Segeltörn überrascht. Lisa war danach sehr unausgeglichen. Und ihm fiel kein Argument dagegen ein. Er konnte ja schlecht sagen: Bist du dir sicher, mit der Frau in Urlaub fahren zu wollen, die uns beinahe auseinandergebracht hätte?

»Ah, da kommt der Nachschub.«

Der Spanier übergibt die Flasche und macht sich dann am Schiff zu schaffen. Die Segel werden eingeholt, der Motor klopft in der Nacht.

Frank öffnet die Flasche. Schwungvoll schenkt er nach, der Cava sprudelt in den Gläsern.

»Hoch die Tassen. So jung wie heute kommen wir nicht mehr zusammen.«

Sie stoßen an.

Lisa wendet sich ihrem Mann zu. Im Plauderton sagt sie: »Sieht sie nicht genauso bezaubernd aus wie damals?«

Frank versteift sich. Sei auf der Hut, Junge, denkt er. Jetzt beginnt es. »Natürlich, meine Liebe. Ganz bezaubernd.« Und sie hat immer noch dieselbe fatale Wirkung auf mich wie vor zwanzig Jahren.

»Ach, Lisa, hör auf«, bittet Sabrina.

»Warum denn? Sind wir nicht deswegen auf diesem Schiff? Lass uns doch die Dinge endlich beim Namen nennen. Mein Mann hier«, bei diesen Worten hält sie Frank ihr leeres Glas auffordernd hin und er beeilt sich einzuschenken, »war vollkommen vernarrt in dich. Nicht wahr, Frank?« Sie stürzt den Schaumwein hinunter und streckt ihm ihr Glas erneut entgegen. Er gießt es bis zum Rand voll.

»Wir wollen nicht an der Vergangenheit rühren, Lisa. Uns geht es gut. Wir sind zufrieden. Oder etwa nicht?«

Frank dreht sein Glas in der Hand, dann leert er es in einem Zug. Schließlich ist er vor langer Zeit wieder vernünftig geworden und hat Lisa doch geheiratet.

»Pah. Tu nicht so abgeklärt.« Sie nimmt einen Schluck. »Ich musste all die Jahre gegen das Phantom Sabrina ankämpfen. Und konnte nur verlieren.« Lisa kneift die Lippen zusammen.

»José, one more bottle!«, schreit Frank über seine Schulter in die Tiefen des Unterdecks. Er hat gewusst, dass es so enden würde. Er hat es gewusst. Allerdings hat er gehofft, erst noch ein paar sonnige Tage auf dem Meer verbringen zu können. Er hat nicht gedacht, dass die Bombe schon am ersten Abend hochgehen würde.

Sabrina sieht auf ihre Hand hinunter. Sie dreht den Stil ihres Glases und hat nicht einmal mehr am Sekt genippt. »Es ist so viel Zeit vergangen, Lisa. Kannst du nicht vergessen?

Ich hab gehofft, dass wir neu anfangen können. Wir sind doch eine Familie.«

»Eine Familie. Dass ich nicht lache! Ha!« Lisa lehnt sich nach vorn. Ihre Augen schimmern. »Das hätte dir damals einfallen sollen, als du mit meinem Mann geschlafen hast, du Flittchen.« Sie spuckt ihrer Cousine die Worte entgegen. Dann holt sie Luft, um noch mehr vom Stapel zu lassen. Aber Josés Schritte auf der Holztreppe sind zu hören und Lisa klappt den Mund wieder zu.

Sie schweigen. Der Spanier kommt näher, stellt die neue Flasche auf den Tisch, nimmt die leere entgegen und bleibt einen Moment stehen.

»All okay?« Seine dunklen Augen ruhen auf Sabrinas zierlicher Figur.

»Ja. Ja, alles okay«, antwortet Frank angespannt. »Is the weather good tomorrow?« Wenigstens vor dem Spanier will er Normalität vortäuschen.

José schiebt seine Kappe nach hinten und reibt sich die Stirn. Dann dreht er seine Hand und wackelt mit dem Kopf. »It could be stormy that night.« Er macht eine wegwerfende Handbewegung. »Oh, no worry. This ship is tucky.« Er grinst in die Runde, bedenkt Sabrina mit einem Augenzwinkern, räumt die leeren Teller ab und kehrt in sein Reich zurück.

Frank hat die Gläser wieder gefüllt. Lisa nimmt einen tiefen Schluck. »Damals.«

»Damals, damals.« Ungehalten unterbricht Sabrina sie, blickt in den Himmel hinauf, blinzelt heftig. Nach einer kurzen Pause fügt sie leise hinzu. »Ich sterbe.«

Frank schießt vor. »Was?« Er greift nach ihrer Hand. »Was ist los?«

Seine Ehefrau schweigt. Hochaufgerichtet sitzt sie an ihrem Platz und hält ihr Glas in beiden Händen.

Sabrina hat den Kopf gesenkt. Die dunklen Haare fallen ihr vor das Gesicht. »Ich habe Leukämie. Die aggressive

Form. Nach dieser Fahrt begebe ich mich ins Krankenhaus. Das war's dann.«

Frank bekommt feuchte Augen. »Nein, Sabrina, nein!«

Sabrina laufen Tränen über die Wangen. »Deshalb wollte ich euch wiedersehen. Ich wollte Frieden schließen. Damit ich in Ruhe ...«

»Nein, sag das nicht!« Frank drückt ihre Hand. Der Wind weht inzwischen stärker und bläst ihnen Haarsträhnen ins Gesicht.

»In Ruhe was?«, brüllt Lisa. Sie springt auf. »Sterben? Wegen dir musste mein Kind sterben.« Mit einem dumpfen Laut zerbricht das Glas in ihren Händen. Die Scherben schneiden in die Haut. Ihre verkrampften Finger färben sich dunkelrot, aber Lisa bemerkt es nicht.

»Welches Kind?«, fragt Frank.

»Unser Kind, du Arschloch!« Sie wirft die Glasscherben nach ihm, verfehlt ihn jedoch. Der Seegang ist rauer geworden, das Boot schaukelt beachtlich. »Ich war schwanger, als du dich mit ihr eingelassen hast. Ja, da staunst du, was?« Sie beugt sich zu ihm hinüber. »Ich kann meine Geheimnisse für mich behalten, du Memme. Im Gegensatz zu dir. Meinst du, ich hätte damals nichts gemerkt? Für wie blöd hältst du mich?« Sie schluchzt auf. »Ich war verzweifelt, als du mich verlassen hast. Ich dachte, es wäre für immer. Ich wollte, ich konnte das Kind nicht allein großziehen. Also hab ich's abgetrieben.« Weinend fällt sie auf die Bank zurück. Sie verbirgt ihre Augen mit den Händen, dahinter kriechen Tränen hervor.

Frank hält es nicht mehr auf seinem Platz. Er stürzt aus der Bank und hetzt zwischen Tisch und Schiffswand hin und her. Mit seinen Fingern fährt er sich durch die Haare. »Abgetrieben?«, schreit er. »Mein Kind abgetrieben? Warum hast du nichts gesagt, um Himmels willen?«

Lisa stöhnt. Sie presst die Arme gegen ihren Bauch und wiegt sich vor und zurück. »Weil du damals verhext warst«, jammert sie. »Verhext von ihr.«

In Zeitlupe hebt Sabrina den Kopf. Sie ist blass, umso klarer leuchten ihre fein geschnittenen Gesichtszüge. »Das ist schlimm, Lisa. Und es tut mir leid, dass du damals nicht mutiger warst.«

»Was?« Lisa schreit auf wie ein verwundetes Tier.

Sabrina spricht unbeirrt weiter. »Aber hier geht es um die Gegenwart. Und in der Gegenwart geht es um mich.«

Sie erhebt sich, strafft den Rücken und sieht auf die zusammengekrümmte Gestalt ihrer Cousine hinunter. »Ich sterbe. Und ich möchte meine Dinge regeln. Deshalb war ich glücklich, als du mit dieser Reise einverstanden warst.«

Lisa springt auf. »Du stirbst?«, kreischt sie. »Du stirbst? Ich bin schon lange tot!« Ihr Gesicht verzerrt sich. »Und du hast mich getötet!« Sie stößt Sabrina zur Seite. Diese taumelt nach hinten und ergreift die Reling, um nicht zu fallen.

»Lisa, beruhige dich doch!« Frank hat seinen rasenden Lauf unterbrochen. Nun macht er einen Schritt auf seine Frau zu und streckt eine Hand nach ihr aus.

Lisa trommelt jedoch mit beiden Fäusten gegen seinen Oberkörper. »Beruhigen? Ich soll mich beruhigen?« Ihre Stimme überschlägt sich. Sie reißt die halb volle Cava-Flasche vom Tisch und haut sie ihrem Mann vor die Brust. Flüssigkeit spritzt nach allen Seiten. Frank wankt, schliddert auf den nassen Planken, rutscht aus und fällt auf den Boden.

»Any problems?« José kommt die Treppe hoch.

»Nein!« Lisas gellendes Lachen übertönt für einige Momente das Schlagen der Wellen. »Wer hat hier schon problems?« Sie schwingt die Flasche im Kreis über ihrem Kopf. Der schwere Flaschenboden rotiert gefährlich nah über Sabrina in der Luft.

Da wälzt sich eine gewaltige Welle gegen das Schiff. Die vier torkeln und Sabrina rutscht in die Flugbahn der Flasche. Das harte Glas schmettert gegen ihre Schläfe, ihr Kopf wird nach hinten geschleudert und sie schlägt einen Rückwärtssalto über die Reling. Der Wind heult. Frank schreit. Man hört kein Platschen, nur Wasser spritzt meterhoch.

»Dios mio!«, ruft José und springt hinterher. Das Boot ächzt.

»Was hast du gemacht?«, brüllt Frank seine Frau an.

Aber Lisa antwortet nicht, sie würgt. Mit drei Schritten ist sie bei der Reling, beugt sich hinüber und übergibt den Cava dem Meer.

Frank stürzt neben sie. Er kümmert sich jedoch nicht um seine Frau, sondern sucht das brodelnde Wasser nach Sabrina und José ab. Schwärze ist alles, was er sieht. Schwärze, die sich wütend erhebt und mit grauer Gischt die Bootswand emporschlägt. Der Mond bricht durch die dunklen Wolken und taucht die Wellen in ein unheimliches Licht.

»Sabrina«, schreit Frank. »José! Sabrina!«

Aber es antwortet niemand. Der Wind und das Meer spielen mit dem Schiff. Die Gläser rutschen vom Tisch, fallen auf das Deck und zersplittern. Die Flasche kullert von einer Seite des Decks zur anderen.

»Sabrina!« Frank starrt immer noch in das tobende Meer, kann jedoch nichts erkennen.

»Sabrina. Das hast du zwanzig Jahre im Schlaf gemurmelt. Ich kann es nicht mehr hören.« Obwohl Lisa leise gesprochen hat, ist sie klar zu verstehen.

»Was?« Frank fährt herum.

»Jetzt ist endlich Schluss damit«, schreit sie gegen das Getöse des Meeres an. »Ich ertrage es nicht mehr. Hörst du? Ich dachte, ich könnte euch verzeihen. Aber ich kann es nicht!« Sie streckt sich hinauf und packt seinen Hals. Entschlossen legt sie ihr ganzes Gewicht in den Druck der Hände. Die Fingernägel schneiden in seine Haut.

Frank röchelt. Damit hat er nicht gerechnet. Lisa ist stärker, als er es jemals für möglich gehalten hätte. Er greift nach ihren Handgelenken. Sie fühlen sich hart und sehnig an. Lisa verstärkt den Druck und starrt auf seinen Kehlkopf, in den sich ihre Daumen pressen. Ihre weit aufgerissenen Augen glänzen im blutverkrusteten Gesicht. Sie macht ihm Angst. Er muss sie loswerden. Auf der Stelle!

Verbissen kämpfen sie gegeneinander. Sie wanken im Sturm. Das Meer spritzt Wasser auf ihre Körper, wie um ihre Glut zu kühlen. Aber sie merken es nicht. Endlich gelingt es Frank, ihre Handgelenke nach außen zu drehen und sie von seinem Hals wegzuziehen.

»Bist du wahnsinnig geworden?« Seine Stimmbänder versagen ihm beinahe den Dienst. Wütend blickt er Lisa an und schüttelt sie. Mit einem Mal scheint alle Kraft aus ihr gewichen zu sein.

Frank stößt sie von sich und dreht sich zum Meer. Er lehnt sich gegen die Windböen und kneift die Augen zusammen. Er muss Sabrina finden und retten! Jetzt mehr denn je. Jetzt ist er frei. Endlich.

Lisa rutscht langsam an der Schiffswand nach unten, plumpst auf ein zusammengerolltes Tau. Meerwasser tropft aus ihren Haaren. Sie sieht hinunter auf ihre zerschundenen Hände. »Wahnsinnig? Vielleicht«, flüstert sie. »Ich weiß nur eines: Ich will Rache.«

Lautlos saust von hinten der unzureichend vertäute Großbaum heran. Mit Wucht trifft er Frank am Hinterkopf und katapultiert ihn in einem riesigen Bogen über die Reling.

Lisa wurde erhört.

Rape con almendrado

Seeteufel in Mandelsauce

Zutaten:
400 g Kartoffel
800 g Seeteufel
1 Zitrone
Salz, Pfeffer
2 Eier
Mehl zum Bestäuben
4 EL Öl
250 ml Weißwein, trocken
100 g Mandeln (geschält und gehackt)
250 ml Sahne

Zubereitung:
Den Seeteufel in Scheiben schneiden und mit Zitrone beträufeln, mit Salz und Pfeffer würzen. Den Fisch in den verquirlten Eiern wenden und dann in Mehl wälzen. Kartoffeln schälen, vierteln und in Salzwasser garen.
Den Fisch von beiden Seiten in Öl gut anbraten und mit dem Wein ablöschen. Anschließend einmal aufkochen und bei minimaler Hitze zehn Minuten auf dem Herd lassen.
Die Mandeln werden in einer zweiten Pfanne im restlichen Öl geröstet und danach zerstoßen. Mit der Sahne zu einer Sauce verrühren. Kurz aufkochen lassen und über den Fisch gießen.

Cabrera

Man kann Mallorca auch vom Wasser aus entdecken. Es werden etliche Segeltörns angeboten oder man schippert auf gut Glück von einer traumhaften Bucht zur nächsten. In dieser Geschichte wollen die Hauptfiguren nach Cabrera segeln, die Ziegeninsel. Die Römer setzten Ziegen aus, damit sie auf ihren Fahrten hier Station machen konnten und etwas zu essen hatten. Cabrera war auch Piraten- und Gefängnisinsel.

Heutzutage ist sie Teil des Parque Nacional del Archipiélago de Cabrera. Man darf hier nur nach schriftlicher Erlaubnis an vorgegebenen Bojen anlegen, damit das Neptungras nicht zerstört wird. Es kommen nur wenige Touristen auf die Insel. Meist sind es Tagesausflügler. Seit ein paar Jahren kann man aber auch auf der Insel übernachten. Man hat Militärbaracken in mehrere, einfach eingerichtete Doppelzimmer umgebaut. Die Unterwasserwelt um Cabrera ist einmalig. Unberührt wie zu Zeiten von Odysseus. Unter Wasser kann man bis zu fünfzig Meter weit sehen und seltene Fische oder Seeschildkröten beobachten. Unbedingt sehenswert ist auch die Cova Azul, die blaue Grotte. Oder man wandert zum Leuchtturm auf einem der drei Wege, die man nicht verlassen darf.

Die Autoren

Ina Boa

wurde im Ruhrgebiet geboren und studierte erfolgreich an der Universität Mainz Naturwissenschaften. Seit ihrer Jugend gehört das Schreiben zu ihren wichtigsten Hobbys. Nachdem sie sich in verschiedenen Berufsrichtungen ausprobiert hat, konzentriert sie sich nun auf das Schreiben. Dabei ist sie nicht auf ein Genre festgelegt und schreibt Kurzgeschichten und Lyrik. Mit der vorliegenden Geschichte präsentiert sie erstmals eines ihrer Werke der Öffentlichkeit.

Ella Dälken

wurde in einem malerischen Kurort am Teutoburger Wald geboren. Sie studierte Geschichte und Germanistik in Osnabrück und Nottingham und lebt heute in Düsseldorf. 2013 gewann sie den zweiten Platz beim Sylter Kurzgeschichtenpreis, im Jahr darauf erschien ihr erster Kriminalroman »Nur fünf Tage« beim *Sieben Verlag*. 2017 wird ihr neuer Roman beim *Heyne Verlag* erscheinen.
www.elladaelken.de

Paul Decrinis

wurde 1968 in Graz geboren, hat eine weitere Kurzgeschichte in der Anthologie »Auf der Sonnenseite des Schreibens« veröffentlicht. Sein erster Roman »Todesernst« wird zurzeit den Verlagen angeboten, zudem arbeitet er an seinem neuen Krimi »Ligo«.

Sabine Giesen

wurde 1964 in der Eifel geboren, wuchs im Bergischen Land auf und lebt seit 30 Jahren in Düsseldorf. Sie hat bereits in ihrer Jugend Geschichten geschrieben und nach vielen Jahren endlich wieder die Zeit gefunden, sich dem zu widmen, was ihr besonders am Herzen liegt: als Autorin tätig zu sein. Sie studierte u. a. Betriebswirtschaft und arbeitete über die Jahre in unterschiedlichen Unternehmen.

Anne Grießer

arbeitete nach ihrem Studium (Ethnologie und Germanistik) einige Zeit als Reisejournalistin und Wanderführerin auf Mallorca. Heute lebt sie in Freiburg und schreibt hauptsächlich über Mord und Totschlag. Als Autorin, Herausgeberin und Krimi-Entertainerin (Live-Krimis in der Brauerei, Hör- und Fühlkrimis im Stockdunkeln) schwingt sie die Feder und so manches blutige Theaterrequisit. Zuletzt erschienen ihr historischer Krimi »Das Heilige Blut« und im *Wellhöfer Verlag* »Die tote Spur«.

www.anne-griesser.de

Ursula Hahnenberg

geboren 1974, lebt mit ihrer Familie und zwei Katzen in der Nähe von München. Im Sommer erholt sie sich gern im Nordosten Mallorcas. Sie studierte Forstwissenschaften, ist heute als freie Autorin tätig und schreibt neben Büchern auch Artikel und Kolumnen. Ihr erster Krimi »Teufelstritt« erscheint im Juli 2016 bei *Goldmann*. Sie arbeitet an ihrem zweiten Krimi, wird durch die Verlagsagentur Lianne Kolf vertreten und ist Mitglied beim Verband der freien Lektorinnen und Lektoren, bei den *42erAutoren* und bei den *Mörderischen Schwestern*.

Kriminalinski

geboren 1969, heißt mit bürgerlichem Namen Andreas Kaminski. Der Autor ist im Ruhrgebiet aufgewachsen. Sein Beruf führte ihn später ins westfälische Lippstadt und Soest, danach ins jecke Rheinland (Düsseldorf, Krefeld, Bonn, Neuss) und schließlich ins niedersächsische Cloppenburg. Der Besuch eines Schreibseminars machte den Betriebswirt zum spätberufenen Schreibtischtäter. Seine Kurzkrimis sind in Anthologien und als E-Book zu lesen. 2013 war er für den Agatha-Christie-Krimipreis nominiert. 2014 hat er mit »Mörderischer Rhein« eine Krimi-Anthologie herausgegeben. Der Autor ist Mitglied im *Syndikat* und freut sich schon jetzt auf seinen nächsten Mallorca-Urlaub, der ihn wieder in die Bucht von Alcúdia führen soll.

www.kriminalinski.de

Jan Lammers

geboren 1972, studierte in seiner Heimatstadt München Literatur- und Politikwissenschaft. 1999 wanderte er in einem dreimonatigen Fußmarsch von Deutschland bis nach Spanien. Seitdem lebt er mit seiner Frau (eine gebürtige Mallorquinerin) und drei gemeinsamen Kindern in der Altstadt von Palma, sodass die Inselsprache *Mallorquí* mittlerweile sowohl im Berufs- als auch im Privatleben zu seiner zweiten Muttersprache geworden ist.

Neben der regelmäßigen Zusammenarbeit mit der Kulturfinca Son Bauló ist er seit 2010 bei der *Mallorca-Zeitung* als Kolumnist tätig. Unter dem Titel »I això d'on ve?!« werden hierbei mallorquinische Begriffe und Redewendungen vor ihrem historischen Hintergrund erläutert. Daraus entstanden sind die beiden Bücher »Unser kleiner Felsen« sowie »Mehr von unserem kleinen Felsen«. Seit 2015 erscheinen zwei neue Kolumnen »Man wird ja wohl noch fragen dürfen!« sowie »Neues aus Absurdistan«; letztere erscheint neben der Print-Version auch als Blog in der Online-Ausgabe der *MZ*.

Brigitte Lamberts

ist promovierte Kunsthistorikerin, PR-Beraterin und Redakteurin. Nach Stationen in Museen, PR-Agenturen und Verlagen hat sie sich im Bereich Corporate Publishing selbstständig gemacht. Als begeisterte Krimileserin wollte sie es endlich wissen: Klappt es auch mit dem Krimischreiben? Mittlerweile sind in Zusammenarbeit mit ihrer Co-Autorin drei Düsseldorf-Krimis bei *edition oberkassel* in Düsseldorf erschienen: »Ausgeweidet«, »Totgetanzt« und »Wutentbrannt«. Ihr erster Kurzkrimi findet sich in der Anthologie »Grüne Soße mit Schuss« im *Wellhöfer Verlag*. Sie ist Mitglied bei den *Mörderischen Schwestern e. V.* und im *Syndikat*.
www.moerderisches-duett.de

Kerstin Lange

geboren 1966, schreibt seit 2009 Kriminalromane mit meist regionalem Bezug. Im Herbst 2016 erscheint ihr siebter Krimi, der zweite mit dem pensionierten Kriminaloberrat Ferdinand Weber, der in seiner Heimatstadt Speyer Verbrecher jagt und den örtlichen Kollegen immer eine Nase voraus ist. Darüber hinaus hat sie über 50 Kurzgeschichten veröffentlicht, von denen einige ausgezeichnet und prämiert wurden.

www.kerstinlange.com

Josef Rauch

geboren 1968 in Eichstätt, schreibt seit 2007 Kriminalliteratur der Kategorie *hardboiled*. Protagonist seiner Werke ist der hartgesottene Fürther Privatdetektiv Philipp Marlein. Nach zwei Fürth-Krimis und dem Max-und-Moritz-Krimi »Rickeracke« veröffentlichte er im Herbst 2014 die bayerische Antwort auf »Sakrileg«, den zusammen mit Xaver Maria Gwaltinger verfassten Duett-Roman »Schwarze Madonna«, in dem Marlein gemeinsam mit dem Allgäuer Hobbydetektiv Emil Bär ermittelt und auf den die Erzählung in diesem Buch Bezug nimmt. Im Herbst 2016 erscheint das zweite Bär-Marlein-Abenteuer, der Kriminalroman »Heiliger Bastard«, in dem sich die beiden Detektive mit der Frage befassen müssen, wer der wahre Vater von Jesus war.

Kai Riedemann

geboren 1957 in Elmshorn (Schleswig-Holstein). Studium der Germanistik und Allgemeinen Sprachwissenschaft in Hamburg, Dissertation über die Comic-Strip-Serie »Peanuts«. Tätig als Redakteur bei einer TV-Zeitschrift. Über 250 Veröffentlichungen in Genres wie Krimi, Science-Fiction, Fantasy, Kinderliteratur sowie als Beiträge für Kabarett und Kindertheater. Wahl-Hamburger mit Freude an der vielfältigen Küche der Hansestadt. Gastronomie-Erfahrung: mehrere Jahre Mitarbeit im elterlichen Restaurant.

Ursula Schmid-Spreer

Lehrerin im Gesundheitsbereich, (Mit-)Herausgeberin von Krimianthologien. Kommissarin Bertaluise Nürnberger ermittelt nun im dritten Kriminalroman (editon oberkassel). Zahlreiche Veröffentlichungen in Anthologien, Literatur- und Fernsehzeitschriften. Mit-

glied bei den *Mörderischen Schwestern* und im *Syndikat*. Redakteurin bei *The Tempest*.
www.schmid-spreer.de

Anette Schwohl

geboren 1959 in Neumünster, Abitur und Studium Kunstgeschichte und Neuere Deutsche Literatur in Hamburg, Aufbaustudium Kulturmanagement, 1993–2002 Museumsdirektorin am Vogtlandmuseum Plauen. Seit 2002 wieder in Schleswig-Holstein als Autorin und Dozentin für Kreatives Schreiben tätig, 2005 Förderung eines Drehbuchs durch die *FFA Berlin*, 2013 Koautorin bei »Kreatives Schreiben – Vom leeren Blatt zum fertigen Text« (Brockhaus), 2014 Kurzgeschichte »In petto« für die Anthologie »Diagnose Mord«, *Buchvolk Verlag*, Zwickau.

Rike Stienen

war einige Jahre als Anwältin und Mediatorin tätig, bevor sie eine Ausbildung zur Drehbuchautorin absolvierte. Aus einem Filmstoff entstand schließlich ihr erster Liebesroman, dem bisher fünf weitere folgten. Daneben sind zwei Kurzromane erschienen und eine Kurzgeschichte in der Anthologie »Fränkische S(ch)auerbraten«. Die Autorin lebt und arbeitet am oberbayerischen Alpenrand und gehört einigen Autorenverbänden an, darunter den *Mörderischen Schwestern e. V.* und der Vereinigung deutschsprachiger LiebesromanautorInnen. Neben dem Schreiben beinhaltet ihre zweite Leidenschaft das Gestalten von romantischen Gärten. So ist auch ihr eigenes Blumenparadies die Quelle für ihre Kreativität.
www.rike-stienen.de

Klaus Stickelbroeck

geboren 1963, aufgewachsen und wohnhaft in Kerken am Niederrhein. Verheiratet, drei Kinder, arbeitet als Polizeibeamter in Düsseldorf. Sein erster Kurzkrimi erschien im Jahr 2000, sein erster Kriminalroman »Fieses Foul« mit Privatdetektiv Hartmann 2007, dessen Nachfolger »Kalte Blicke« im Herbst 2008. Sein dritter

Hartmann-Krimi »Fischfutter« (2010) wurde 2011 für den Friedrich-Glauser-Preis als bester Kriminalroman des Jahres nominiert. Im September 2014 ging Privatdetektiv Hartmann ein fünftes Mal in Düsseldorf auf die turbulente Mördersuche, diesmal verbeult, verrostet und abgewrackt in »Schrott«. Der Autor ist einer der fünf Krimi-Cops, deren Kriminalromane »Stückwerk« (2007), »Teufelshaken« (2009), »Umgelegt« (2011) und »Bluthunde« (2013) im *KBV-Verlag* erschienen sind. Neben seinen Romanen schreibt er witzig-spannende Kurzkrimis, die in verschiedenen Anthologien erschienen sind. Er ist Mitglied im *Syndikat*.
www.klausstickelbroeck.de

Ingrid Werner
liebt die berufliche Abwechslung und arbeitete als Bankkauffrau, Juristin, Mutter von drei Kindern, Heilpraktikerin, Entspannungspädagogin, freischaffende Malerin und Autorin. Nach langen Jahren in München und Studium in Erlangen lebt sie nun mit ihrer Familie in Bad Griesbach in Niederbayern. Im Emons Verlag erschienen die Rottal-Krimis »Niederbayerische Affären«, »Unguad« und »Karpfhamer Katz«. Sie ist Mitglied bei den *Mörderischen Schwestern e.V.* und im *Syndikat*.
www.werner-ingrid.de

Bruno Woda
alias Gerald K. Bruno Kaliwoda, geboren 1944, wuchs in Nürnberg auf, studierte in Erlangen und promovierte in Naturwissenschaften. Auf seinem Berufsweg und daneben begegnete er den Typen und Charakteren, die sich in seinen Kurzgeschichten und Romanen wiederfinden. Er lebt jetzt am Niederrhein. Veröffentlichungen: »Unschuldig?« (*edition oberkassel*, Düsseldorf), Kurzgeschichtenband »Feste feiern, wohin sie fallen«, Mitautor in den Anthologien »Schreibaffären«, »Haus der 13 Mörder« und in e-Stories im Internet.
www.brunowoda.com